suhrkamp taschenbuch 4688

AF198412

Simon lebt, jedenfalls schlägt sein Herz noch. Doch die Ärzte stellen den klinischen Tod des Neunzehnjährigen fest. Simons Eltern müssen nun entscheiden, ob sie seine Organe zur Spende freigeben wollen, ob ein anderer mit Simons Organen weiterleben darf.

In einer rasanten Folge von emotional aufwühlenden Szenen erzählt *Die Lebenden reparieren* von einem Tod mitten im Leben und der vielleicht schwersten Entscheidung, die Eltern treffen müssen. Ein spannender und bewegender Roman, der erschüttert und zugleich tröstet.

Maylis de Kerangal, geboren 1967, veröffentlichte im Jahre 2000 ihren ersten Roman. Für *Die Lebenden reparieren* wurde sie mit zahlreichen wichtigen Literaturpreisen ausgezeichnet.

Maylis de Kerangal

Die Lebenden reparieren

Roman

Aus dem Französischen von
Andrea Spingler

Suhrkamp

Die Arbeit der Übersetzerin wurde
vom Deutschen Übersetzerfonds gefördert.

Die französische Originalausgabe erschien 2014
unter dem Titel *Réparer les vivants* bei Verticales, Paris.
© Éditions Gallimard Paris 2014.

2. Auflage 2023

Erste Auflage 2016
suhrkamp taschenbuch 4688
© Suhrkamp Verlag AG, Berlin, 2015
Alle Rechte vorbehalten. Wir behalten uns auch
eine Nutzung des Werks für Text und Data Mining
im Sinne von § 44b UrhG vor.
Umschlag: hißmann, heilmann, hamburg
Umschlagfoto: plainpicture/Gallery Stock/Eliseo Miciu
Druck: CPI books GmbH, Leck
Printed in Germany
ISBN 978-3-518-46688-9

www.suhrkamp.de

»My heart is full«

Die Wirkung von Gammastrahlen auf Ringelblumen,
Paul Newman, 1972

Was Simon Limbres' Herz, dieses Menschenherz, ist, seit sein Rhythmus sich im Augenblick der Geburt beschleunigt hat, als andere Herzen draußen, die das Ereignis begrüßten, sich ebenfalls beschleunigten, was dieses Herz ist, was es hat hüpfen, überlaufen, anschwellen, leicht wie eine Feder tanzen oder schwer wie ein Stein wiegen lassen, was es betäubt hat, was es zum Schmelzen gebracht hat – die Liebe; was Simon Limbres' Herz gefiltert, aufgezeichnet, archiviert hat, Blackbox eines zwanzigjährigen Körpers, das weiß niemand so genau, nur ein durch Ultraschall erzeugtes bewegtes Bild könnte ein Echo davon wiedergeben, die Freude zeigen, die es weitet, und die Traurigkeit, die es zusammenschnürt, nur die von Anfang an aufgezeichnete Verlaufskurve eines Elektrokardiogramms könnte es darstellen, seine Leistung, seine Beanspruchung beschreiben, die aufpeitschende Emotion, die Energie, die es verbraucht, um sich etwa hunderttausend Mal pro Tag zusammenzuziehen und jede Minute bis zu fünf Liter Blut in Umlauf zu bringen, ja, nur diese Kurve könnte davon erzählen, sein Leben umreißen, ein Leben von Hin- und Rückfluss, von Ventilen und Klappen, von Pulsschlägen; wenn Simon Limbres' Herz, dieses Menschenherz, den Maschinen entrinnt, kann niemand behaupten, es zu kennen; in dieser Nacht, einer sternenlosen Nacht, da es im Pays de Caux und an der Seinemündung Stein und Bein fror, während an der Steilküste eine Dünung ohne Lichtreflexe wogte, während der Kontinentalsockel erodierte und seine geologischen Streifen entblößte, pulsierte es im regelmäßigen Rhythmus eines ruhenden Organs, eines sich langsam wieder aufladenden Muskels – ein Puls von wahrscheinlich weniger als fünfzig Schlägen pro Minute –, als neben dem schmalen Bett der Weckton eines Mobiltelefons losschrillte, das Echo eines Echolots, das mit Leuchtbalken auf dem taktilen Display die Zahlen 05:50 schrieb, und plötzlich alles sich überschlug.

In dieser Nacht also bremst ein Lieferwagen auf einem leeren Parkplatz, bleibt schräg stehen, die Vordertüren schlagen und eine seitliche Schiebetür gleitet zu, drei Gestalten erscheinen, drei Schatten heben sich von der Dunkelheit ab, erschauern vor Kälte – eisiger Februar, Fließschnupfen, Schlafen in Kleidern –, drei Jungen, offenbar, die ihre Jacken bis zum Kinn schließen, ihre Fleecemützen über den fleischigen oberen Rand ihrer Ohren bis dicht an die Augenbrauen ziehen und sich, während sie in ihre zusammengelegten hohlen Hände hauchen, dem Meer zuwenden, das um diese Zeit ein einziges Rauschen ist, Rauschen und Finsternis.

Jungen, jetzt sieht man es. Sie haben sich aufgereiht hinter dem Mäuerchen, das den Parkplatz vom Strand trennt, sie stampfen mit den Füßen und atmen heftig, Jod und Kälte schmerzen in der Nase, und sie suchen diese dunkle Fläche ab, wo nichts ist außer dem Donnern der explodierenden Wellen, dem gewaltigen Krachen der Brecher, sie starren auf das, was ihnen entgegengrollt, dieses wahnsinnige Gebrüll, wo nichts ist, woran sich der Blick festmachen kann, nichts, außer vielleicht der weißlich schäumende Saum, Milliarden gegeneinandergeschleuderter Atome in einem phosphoreszierenden Schein, und jetzt, nachdem beim Aussteigen zunächst der Winter ihnen die Sinne geraubt, die Meeresnacht sie betäubt hat, fangen die Jungen sich wieder, richten ihre Augen, ihr Gehör auf das aus, was sie erwartet, den Swell, taxieren mit den Ohren den Seegang, schätzen seine Brecherkennzahl, seinen Tiefenkoeffizienten und erinnern sich, dass die im offenen Meer entstehenden Wellen rascher vorankommen als die schnellsten Schiffe.

Es ist gut, flüstert einer der Jungen, das wird eine schöne Session, die beiden andern lächeln, dann gehen die drei zusammen zurück, langsam schlurfen sie mit den Sohlen über den Boden, drehen sich um sich selbst, wie Tiger, heben den Blick, um die Nacht über dem Dorf zu ergründen, die noch tiefe Nacht hinter der Steilküste, dann sieht der, der gesprochen hat, auf die Uhr, noch eine Viertelstunde, Jungs, und sie steigen wieder ins Auto, um auf die nautische Dämmerung zu warten.

Christophe Alba, Johan Rocher und er, Simon Limbres. Als die Wecker klingelten, haben sie ihre Decken zurückgeschlagen und sind aufgestanden; sie hatten sich kurz vor Mitternacht per SMS zu einer Session verabredet, einer Session bei Mittelwasser, wie man sie zwei- oder dreimal im Jahr bekommt – hoher Seegang, regelmäßige Dünung, schwacher Wind und keine Menschenseele am Spot. Jeans, eine Jacke, so sind sie nach draußen gehuscht, ohne etwas zu frühstücken, nicht mal ein Glas Milch, eine Handvoll Müsliflocken, nicht mal ein Stück Brot, und haben sich unten vor den Wohnblock (Simon), vor das Gartentor des Einfamilienhauses (Johan) gestellt und auf den Lieferwagen gewartet, der ebenfalls pünktlich kam (Chris); sie, die sonntags trotz mütterlicher Ermahnungen nie vor dem Mittag aufstehen, von denen es heißt, sie könnten nur schlaff zwischen dem Wohnzimmersofa und dem Stuhl in ihrem Zimmer hin- und herpendeln, sie sind um sechs Uhr morgens ungeduldig auf der Straße gestanden, mit losen Schnürsenkeln und schlechtem Mundgeruch – unter der Straßenlampe hat Simon Limbres die Auflösung der Atemwolke beobachtet, die er ausstieß, die Metamorphosen der weißen Fumarole, die kompakt aufstieg und dann in der Luft zerging, bis sie verschwunden war, er hat sich erinnert, wie er als Kind gern Rauchen spielte, indem er Zeige- und Mittelfinger ausgestreckt an seine Lippen hielt, kräftig Luft einsaugte, wobei er die Wangen hohl machte, und dann ausblies wie ein Mann –, sie, Chris, John und Sky, alias die Drei Caballeros, alias die Big Wave Hunters, was keine Spitznamen sind, sondern Pseudonyme, die sie gewählt haben, Gymnasiasten in der Seinemündung, um sich als globale Surfer neu zu erfinden, so dass umgekehrt das Aussprechen ihres Vornamens sie sofort auf eine feindliche Situation zurückwirft, den eisigen Nieselregen, die bescheidenen Wellen, die Wand der Steilküste und die menschenleeren Straßen am Abend, die elterlichen Vorwürfe und die schulischen Anforderungen, die im Stich gelassene Freundin, die sich beklagt, weil man ihr wieder mal den Van vorgezogen hat; nie wird sie gegen das Surfen ankommen.

Sie sind im Van – niemals würden sie Lieferwagen sagen, lieber sterben. Schmierige Feuchtigkeit, alle Oberflächen rau von Sand, der am Hintern kratzt wie Schmirgelpapier, ranziges Gummi, Schlick- und Ölgestank, aufeinandergestapelte Surfbretter, ein Berg von Neos – dicke Ganzanzüge oder Shortys mit integrierter Kapuze –, Handschuhe, Füßlinge, Dosen mit Wachs, Leashes. Haben sich alle drei nach vorn gesetzt, Schulter an Schulter, reiben sich die Hände zwischen den Schenkeln und stoßen Affenschreie aus, verdammt, ist das kalt, kauen Müsliriegel – aber man sollte nicht alle futtern, erst hinterher darf man sie verschlingen, nachdem man sich selbst hat verschlingen lassen –, reichen sich die Colaflasche weiter, die Nestlé-Kondensmilch aus der Tube, die Packung mit den weichen süßen Keksen, angeln schließlich unter dem Sitz die letzte Nummer von *Surf Session* hervor, die sie auf dem Armaturenbrett aufschlagen, stecken ihre Köpfe über den im Halbdunkel schimmernden Seiten zusammen, das Hochglanzpapier wie eine mit Sonnenöl und Urlaubsspaß gepflegte Haut, tausend Mal umgeblätterte Seiten, die sie von neuem studieren, die Augen fallen ihnen fast aus dem Kopf, der Mund steht ihnen offen: die Brandungswelle von Mavericks und der Pointbreak von Lombok, die Riesenbrecher von Jaws in Hawaii, die Tubes von Vanuatu, die Wellen von Margaret River, die besten Küstenstriche des Planeten künden hier von der Herrlichkeit des Surfens. Mit dem Finger zeigen sie begeistert auf die Bilder, da, da wollen sie irgendwann hinfahren, vielleicht sogar schon im kommenden Sommer, mit dem Van werden sie zu einem sagenhaften Surftrip aufbrechen, werden sich auf die Suche nach der schönsten Welle machen, die sich jemals auf Erden gebildet hat, werden diesen wilden und geheimen Spot finden, ihn entdecken, wie Christoph Kolumbus Amerika entdeckt hat, und allein auf dem Line-up sein, wenn sie endlich auftaucht, die Welle, auf die sie gewartet haben, die Welle aus der Tiefe des Ozeans, archaisch und vollkommen, die Schönheit selbst, dann werden Bewegung und Geschwindigkeit sie in einem Adrenalinrausch auf dem Brett halten, eine unbändige Freude wird über ihren ganzen Körper und bis zu den Wimpernspitzen perlen, und sie werden auf der Welle reiten, sich vereinen mit der Erde und der Sippe der Surfer, diesem Volk von Nomaden mit ihren von Salz und ewigem Sommer ausgebleichten Haaren, ihren wässrigen Augen, Jungen und Mädchen, die nichts anhaben als diese mit Tiaréblüten oder Hibiskusblättern bedruckten Shorts und türkisgrüne oder blutorangenfarbene T-Shirts, die keine anderen Schuhe tragen als Plastikflipflops, jung und strahlend vor Sonne, vor Freiheit. Bis an den Strand werden sie auf der Welle surfen.

Die Magazinseiten hellen sich auf, je fahler draußen der Himmel wird, sie entfalten ihre Palette von Blautönen, darunter reines Kobalt, das den Augen wehtut, und so tiefen Grünschattierungen, dass man an Acrylfarben denkt, hier und da kommt eine Surfspur zum Vorschein, ein winziger weißer Strich auf phänomenaler Wasserwand, die Jungs blinzeln, murmeln geil, verdammt, ist das irre, dann löst sich Chris von den anderen, um auf sein Handy zu schauen, das Display lässt sein Gesicht bläulich leuchten und, weil das Licht von unten kommt, die Knochen hervortreten – vorspringende Augenbrauenbogen, Überbiss, violette Lippen –, während er laut die Informationen für den Tag vorliest: die Petites-Dalles today, ideale Südwest/ Nordost-Dünung, Wellen zwischen einem Meter fünfzig und einem Meter achtzig, beste Surfsession des Jahres; dann verkündet er feierlich: Wir hauen rein, yes, wir sind die Kings! Ständig mischen sie Englisch in ihr Französisch, für alles und nichts, Englisch, als lebten sie in einem Popsong oder in einer amerikanischen Serie, als wären sie Helden, Ausländer, auf Englisch sind die großartigen Wörter leichter, »Leben« und »Liebe« werden luftiger, life und love, Englisch gegen die Scham – und John und Sky nicken zustimmend, yeah, wir sind die Big Wave Riders, wir sind die Kings.

Es ist so weit. Tagesanbruch, das Formlose nimmt Form an. Die Elemente ordnen sich, der Himmel trennt sich vom Meer, der Horizont zeichnet sich ab. Die drei Jungs treffen ihre Vorbereitungen, systematisch, in einer bestimmten Reihenfolge, die einem Ritual entspricht: Auf dem Parkplatz wachsen sie ihr Brett, prüfen die Befestigung der Leash, ziehen Spezialunterwäsche aus Polypropylen an, bevor sie sich unter Verrenkungen in die Surfanzüge zwängen – das Neopren klebt am Körper, es reibt und greift manchmal die Haut an –, ein Ballett von Gummihampelmännern, das gegenseitige Hilfe erfordert, sie berühren einander, hantieren miteinander; danach die Schuhe, die Kapuze, die Handschuhe, und dann fallen die Wagentüren zu. Sie gehen zum Meer hinunter, Surfbrett unterm Arm, leicht, durchmessen mit großen Schritten den Strand, wo die Kieselsteine unter ihren Füßen höllisch prasselnd nachgeben, am Wasser angekommen, alles vor ihnen wird jetzt deutlicher, das Chaos und das Fest, fixieren sie die Leash am Fußgelenk, ziehen die Kapuze zurecht, lassen noch den letzten Streifen nackter Haut am Hals verschwinden, indem sie nach der Strippe in ihrem Rücken greifen und den Reißverschluss bis zum obersten Zahn schließen – sie müssen ihre Jungmännerhaut so gut wie möglich schützen, eine Haut, die am Rücken, an den Schulterblättern oft von Pickeln übersät ist, nur Simon Limbres trägt an der Schulter ein Maori-Tatoo zur Schau –, und diese Bewegung, das ruckartige Hochrecken des Arms, bedeutet, dass die Session anfängt, let's go!, während gleichzeitig die Herzen zu beben, sich im Brustkorb zu regen beginnen, vielleicht ihre Masse und ihr Volumen zunimmt, ihr Pochen sich verstärkt, zwei unterschiedliche Sequenzen in ein und demselben Puls, zwei Schläge, immer dieselben: Angst und Lust.

Sie gehen ins Wasser. Schreien nicht, als sie eintauchen mit ihren hautengen elastischen Hüllen, in denen Körperwärme, Beweglichkeit und Schnellkraft erhalten bleiben, geben keinen Laut von sich, überqueren, das Gesicht verziehend, den Wall der rollenden Kieselsteine, und da das Wasser rasch tief wird und sie nach fünf oder sechs Metern schon keinen Grund mehr haben, beugen sie sich nach vorn, legen sich bäuchlings auf ihr Brett und paddeln, kraftvoll mit den Armen die Fluten teilend, durch die Brandungszone ins Offene.

Zweihundert Meter vom Ufer ist das Meer nur noch eine Wellenbewegung, es wölbt und senkt sich, wie ein Laken, das man ausbreitet und über eine Matratze wirft. Simon Limbres verschmilzt mit der Bewegung, er paddelt dem Line-up entgegen, der Zone, in der der Surfer auf die Welle wartet, er schaut sich nach Chris und John um, die weiter links liegen, kleine schwarze Figuren, kaum noch sichtbar. Das Wasser ist dunkel, marmoriert, geädert, zinngrau. Noch immer keinerlei Schimmer, keinerlei Glanz, aber diese weißen Partikel auf der Wasseroberfläche, wie Zucker, und das Wasser ist eiskalt, 9 oder 10°C, mehr nicht, niemals wird Simon mehr als drei oder vier Wellen nehmen können, er weiß es, Surfen im kalten Wasser strapaziert den Organismus, nach einer Stunde wird er erledigt sein, er muss die Welle auswählen, die am besten geformt ist, die einen hohen, aber nicht zu spitzen Kamm hat, deren Volute sich weit genug öffnet, damit er darin Platz findet, die bis zum Schluss andauert und dann noch die nötige Kraft hat, um auf den Strand zu sprudeln.

Er dreht sich zur Küste um, wie er es immer gern tut, bevor er sich noch weiter entfernt: Das Land ist da, auseinandergezogen, eine schwarze Kruste in bläulichem Schimmer, und es ist eine andere Welt, eine Welt, von der er sich getrennt hat. Die wie ein Sagittalschnitt aufragende Steilküste zeigt ihm die Zeitschichten, doch da, wo er sich befindet, existiert die Zeit nicht mehr, gibt es keine Geschichte mehr, nur die zufällige Flut, die ihn trägt und umherwirbelt. Sein Blick bleibt an dem zum kalifornischen Van umgewidmeten Lieferwagen hängen, der auf dem Parkplatz am Strand steht – er erkennt die Karosserie mit den im Lauf der Sessions gesammelten Aufklebern, er kennt die dicht an dicht prangenden Namen, Rip Curl, Oxbow, Quiksilver, O'Neill, Billabong, Surfweltmeister und Rockstars bunt gemischt zu einem psychedelischen Fresko mit langhaarigen Mädchen in knappen Bikinis dazwischen, dieser Van ist ihr gemeinsames Werk und das Vorzimmer der Welle –, dann fällt sein Blick auf die Rücklichter eines Autos, das landeinwärts, aufs Plateau hinauffährt, er sieht die schlafende Juliette vor sich, sie liegt mit angezogenen Beinen unter ihrer Kinderdecke, sogar im Schlaf macht sie ihr bockiges Gesicht, und plötzlich dreht er sich um, wendet sich vom Festland ab, reißt sich mit einem Ruck los, noch ein paar dutzend Meter, dann hört er auf zu paddeln.

Die Arme ruhen sich aus, die Beine lenken, Simon Limbres' Hände umklammern den Rand des Surfboards, sein Oberkörper ist leicht aufgerichtet, sein Kinn erhoben, so liegt er im Wasser. Er wartet. Alles schwankt um ihn, Stücke von Meer und Himmel tauchen auf und verschwinden wieder in den Strudeln der trägen, schweren, holzigen Oberfläche, einer basaltischen Masse. Sein Gesicht brennt im rauen Morgengrauen, die Haut spannt, seine Wimpern werden hart wie Plastikschnüre, die Linsen hinter seinen Pupillen vereisen, als hätte man sie in der Tiefe eines Gefrierfachs vergessen, und sein Herz beginnt auf die Kälte zu reagieren und schlägt langsamer; da sieht er sie plötzlich, sieht sie näher kommen, fest und homogen, die Welle, die Verheißung, und instinktiv nimmt er die richtige Position ein, um hineinzugleiten, sich hineinzustehlen wie ein Gangster in einen auszuraubenden Tresor – dieselbe Vermummung, dieselbe Millimeterarbeit –, sich in die Rückseite der Welle einzufädeln, in diese Torsion der Materie, wo das Innere sich noch weiter und tiefer anfühlt als das Äußere, sie ist da, dreißig Meter entfernt, sie kommt mit konstanter Geschwindigkeit näher, und nun, die Energie auf seine Unterarme konzentriert, legt Simon los, paddelt mit aller Kraft, um genau in dieser Geschwindigkeit die Welle zu nehmen, um von ihrer Wand mitgenommen zu werden, und jetzt kommt das Take-off, eine superschnelle Phase, in der sich die ganze Welt konzentriert und überstürzt, in der man blitzschnell tief einatmen, die Luft anhalten, die Körperspannung auf eine einzige Aktion ausrichten und aufspringen, sich auf die Beine stellen muss, den linken Fuß nach vorn, regular, die Knie gebeugt, den Rücken fast parallel zum Brett, die Arme ausgebreitet, um das Ganze zu stabilisieren, diese Sekunde ist für Simon entschieden die schönste, in dieser Sekunde kann er seine zersplitterte Existenz als ein Ganzes begreifen, sich im Einklang mit den Elementen fühlen, mit dem Leben verschmelzen, und wenn er sich dann auf dem Brett aufgerichtet hat – der Höhenunterschied zwischen Wellental und Wellenberg beträgt in diesem Augenblick schätzungsweise mehr als eineinhalb Meter –, weitet er den Raum, dehnt die Zeit, schöpft die Energie jedes Meeresatoms bis zum Ende aus. Wird Brandung, wird Welle.

Er stößt einen Schrei aus bei diesem ersten Ride und befindet sich für einen Moment im Stand der Gnade – Taumel der Horizontalen, er ist ganz dicht an der Oberfläche der Welt, als ginge er aus ihr hervor, triebe in ihrem Strom –, der Raum überwältigt ihn, erdrückt ihn genauso, wie er ihn befreit, sättigt seine Muskelfasern, füllt seine

Bronchien, versorgt sein Blut mit Sauerstoff; die Welle entfaltet sich in ungewissem Tempo, man weiß nicht, ob langsam oder schnell, sie schiebt die Sekunden auf, eine um die andere, bis sie sprudelnd ausläuft, sinnlose organische Masse, Simon Limbres aber, es ist unglaublich, macht kehrt, nachdem er die prasselnden Kieselsteine zu spüren bekommen hat, und paddelt sofort wieder los, ohne den Boden zu berühren, ohne sich mit den flüchtigen Figuren aufzuhalten, die sich im Schaum bilden, wenn das Meer aufs Land trifft, Oberfläche auf Oberfläche, er paddelt noch stärker, hinaus aufs offene Meer, zu der Schwelle, wo alles beginnt, wo alles ins Rollen kommt, er hat seine Freunde eingeholt, die bald den gleichen Schrei ausstoßen werden, und das Set von Wellen, das vom Horizont her auf sie zurollt und ihre Körper fordert, gönnt ihnen keine Pause.

Kein anderer Surfer ist am Spot erschienen, niemand hat sich an die Brüstung gestellt, um ihnen beim Surfen zuzuschauen, niemand hat sie eine Stunde später ausgelaugt, gerädert, taumelnd aus dem Wasser kommen, mit weichen Knien über den Strand zurück zum Parkplatz gehen und das Auto aufschließen sehen, niemand hat ihre blauen, geschundenen, bis unter die Nägel violett verfärbten Hände und Füße bemerkt, die schuppige Haut ihrer sich schälenden Gesichter, ihre rissigen Lippen und klappernden Zähne, tack, tack, tack, dieses anhaltende Zittern des Kiefers und des gesamten Körpers, das sie nicht bändigen konnten; niemand hat etwas gesehen, und als sie wieder angezogen waren, mit wollener Unterwäsche unter den Hosen, mehreren Pulloverschichten, Lederhandschuhen, hat niemand beobachtet, wie sie sich gegenseitig den Rücken rieben, ohne etwas anderes sagen zu können als

Scheiße nochmal, meine Fresse aber auch, wo sie doch so gern geredet, ihre Wellenritte beschrieben, von der Session geschwärmt hätten; frierend haben sie sich in den Lieferwagen gesetzt, Chris hat, umstandslos, die Kraft gefunden, den Motor anzulassen, und sie sind davongefahren.

Chris sitzt am Steuer – es ist immer er, der Van gehört seinem Vater, und weder Johan noch Simon haben einen Führerschein. Von den Petites-Dalles nach Le Havre muss man ungefähr eine Stunde rechnen, wenn man ab Étretat die alte Landstraße nimmt, die über Octeville-sur-Mer, das Tal von Ignauval und Sainte-Adresse zur Flussmündung hinunterführt.

Die Jungs haben aufgehört zu zittern, die Autoheizung ist voll aufgedreht, die Musik auch, und wahrscheinlich ist die plötzliche Wärme im Wageninnern ein neuerlicher Temperaturschock für sie, wahrscheinlich macht sich die Müdigkeit bemerkbar, und sie gähnen, schwanken hin und her, suchen sich in die Polster zurückzulehnen, eingehüllt in die Vibrationen des Fahrzeugs, die Nase im Schal, und bestimmt dösen sie auch, bestimmt fallen ihnen zwischendurch die Augen zu, und dann, hinter Étretat, hat Chris vielleicht beschleunigt, ohne es zu merken, die Schultern schlaff, die Hände schwer auf dem Lenkrad, die Straße führt jetzt geradeaus, ja, vielleicht hat er sich gesagt, alles gut, alles frei, und schließlich hat der Wunsch, die Rückfahrtzeit zu verkürzen, um sich zu Hause hinzuhauen, die heftige Session zu verdauen, auf das Tempo gedrückt, und er hat es laufen lassen, über das Plateau und die brachliegenden schwarzen Felder, auch die Felder schlafen, und bestimmt hat der Blick auf die Landstraße – eine auf die Windschutzscheibe gerichtete Pfeilspitze wie auf dem Bildschirm eines Videospiels – ihn irgendwann hypnotisiert wie eine Luftspiegelung, so dass er nur noch darauf gestarrt hat, ohne aufzupassen, dabei ist doch jedem bewusst, dass es in der Nacht gefroren und der Winter die Landschaft wie mit Alufolie überzogen hatte, jeder kennt das Glatteis, das sich auf dem Asphalt bildet und das man unter dem fahlen Himmel nicht sieht, das aber die Straßenränder verschwinden lässt, und jeder fürchtet, wenn mit dem beginnenden Tag die Feuchtigkeit aus dem Schlamm verdunstet, die in unregelmäßigen Abständen auftauchenden gefährlichen Nebelbänke, die alles verschlucken und jeden Anhaltspunkt auslöschen, ja, okay, und was noch, was weiter? Ein Tier, das die Straße überquert? Eine verirrte Kuh, ein Hund, der unter einem Zaun hindurchgeschlüpft ist, ein Fuchs mit feurigem Schwanz oder gar eine menschliche Gestalt, schemenhaft aufgetaucht am Rand der Böschung, der man durch Herumreißen des Steuers im letzten Moment ausweicht? Oder ein Lied? Ja, vielleicht sind die Bikinimädchen, die die Karosserie des Van zierten, plötzlich lebendig geworden, haben sich mit ihren grünen Haaren lasziv auf der Kühlerhaube und der Windschutzscheibe geräkelt und ihre unmenschlichen oder allzu menschlichen Stimmen ertönen lassen, und Chris hat den Kopf verloren, ist ihnen in die Falle gegangen, hat ihren Gesang vernommen, der nicht von dieser Welt war, den Sirenengesang, der tötet? Oder Chris hat vielleicht eine falsche Bewegung gemacht, ja, genau, eine Ungeschicklichkeit, so wie der Tennisspieler einen leichten Ball verfehlt, wie der Skifahrer sich verkantet, irgendeine Dummheit, vielleicht hat er das Lenkrad nicht gedreht, obwohl die Straße eine Kurve beschrieb, oder aber, denn auch diese Möglichkeit muss in Betracht gezogen werden, Chris ist am Steuer eingeschlafen, hat sich von der düsteren Landschaft gelöst, um in die Tube einer Welle zu surfen, in die herrliche und plötzlich sichtbare Spirale, die sich vor ihm öffnete und die Welt in sich aufsaugte, die Welt und das Himmelsblau der Welt.

Um 9.20 Uhr sind Rettungswagen und Polizei am Ort eingetroffen, oberhalb und unterhalb der Unfallstelle hat man sofort Schilder aufgestellt, um den Verkehr auf kleine Seitenstraßen umzuleiten und so den Einsatzbereich abzuschirmen. Im Wesentlichen bestand die Arbeit darin, die drei eingeschlossenen Jungs aus dem Autowrack zu bergen, wo sie sich mit den Sirenenmädchen vermischten, die auf der Motorhaube lächelten oder Grimassen schnitten, entstellt, zusammengequetscht zu einem Haufen von Schenkeln, Popos, Brüsten.

Die ersten Ermittlungen haben ergeben, dass der kleine Lieferwagen zu schnell gefahren ist, man schätzt seine Geschwindigkeit auf 92 km/h, so dass er die an dieser Stelle erlaubte Geschwindigkeit um 22 km/h überschritten hat, und sie haben ebenfalls ergeben, dass er aus unbekannten Gründen nach links ausgeschert und nicht wieder auf seine Spur zurückgekehrt ist, dass er nicht gebremst hat – keine Reifenspuren auf dem Asphalt – und dass er mit voller Wucht gegen den Mast geprallt ist; es hat sich herausgestellt, dass der Wagen keine Airbags besaß, das Modell war zu alt dafür, und dass von den drei Insassen auf dem Vordersitz nur zwei angeschnallt waren, die beiden, die an den Türen saßen, auf der Fahrerseite und auf der Beifahrerseite; der dritte Insasse, der in der Mitte, so hat sich weiter herausgestellt, ist durch den Aufprall nach vorn geschleudert worden und mit dem Schädel gegen die Windschutzscheibe gekracht, zwanzig Minuten hat es gedauert, bis man ihn aus dem Wrack befreit hatte, er war ohnmächtig, als der Rettungswagen eintraf, doch das Herz schlug noch, und da man in seiner Jackentasche seinen Kantinenausweis fand, wusste man, dass er Simon Limbres heißt.

Pierre Révol hat an diesem Morgen um acht seinen Dienst angetreten. Er hat am Eingang zum Parkplatz seine Magnetkarte gezückt, als die Nacht dem Grau-in-Grau wich – bleicher Himmel, leicht taubengrau, jedenfalls weit entfernt von den bombastischen Choreographien, die den Wolken der Seinemündung in der Malerei zu Berühmtheit verholfen haben –, ist langsam über das Krankenhausgelände gefahren, um die nach einem komplexen Plan mehr oder weniger miteinander verbundenen Gebäude herum bis zu dem Platz, der für ihn reserviert ist, hat vorwärts eingeparkt mit seinem petrolfarbenen Laguna, einem schon älteren, aber immer noch bequemen Fahrzeug, Lederausstattung und gute Stereoanlage, das Lieblingsmodell der Taxibarone, sagt er lächelnd, dann hat er die Klinik betreten, zügig die riesige verglaste Halle Richtung Nordflügel durchquert und im Erdgeschoss die Station für Intensiv- und hyperbare Notfallmedizin erreicht.

Er geht durch die Tür, die er mit der flachen Hand aufdrückt, so dass sie mehrmals hinter ihm in der Leere schwingt, und andere, die ihren Dienst beenden, Männer und Frauen in weißen oder grünen Kitteln, alle gleich erledigt, zerzaust, abrupte Gesten und glänzende Augen, hektisches Zucken auf angespannten Gesichtern – Haut wie eine Tamburinbespannung –, die zu laut lachen oder husten oder sich räuspern, begegnen ihm im Flur, gehen an ihm vorbei oder, im Gegenteil, sehen ihn von weitem kommen, werfen einen Blick auf ihre Uhr und beißen sich auf die Lippen, denken, es ist so weit, wir sind fertig, in zehn Minuten hauen wir ab, in zehn Minuten sind wir weg, und sofort erschlaffen ihre Züge, sie verändern ihre Farbe, werden aschfahl und haben plötzlich dunkle Schatten unter den flatternden Lidern.

Mit ruhigen, gleichmäßigen Schritten strebt Révol seinem Büro zu, ohne von seinem Weg abzuweichen, ohne bereits jetzt auf ein Zeichen einzugehen, das man ihm macht, irgendwelche Unterlagen, die ihm überreicht werden, irgendeine Assistenzärztin, die sich an seine Fersen heftet und etwas von ihm will; vor einer unauffälligen Tür zückt er seinen Schlüssel, tritt ein und führt die Handgriffe aus, mit denen er sich in der Arbeit einrichtet, er hängt seinen Mantel – einen kittfarbenen Trenchcoat – an den Kleiderhaken innen an der Tür, zieht seinen Kittel über, schaltet die Kaffeemaschine und den PC ein, betastet mechanisch die Papiere, die seinen Schreibtisch bedecken, sortiert sie stapelweise neu, setzt sich, stellt die Verbindung mit dem Internet her, sichtet seine E-Mails, schreibt eine oder zwei Antworten – kein Gruß, kein Nichts, die Wörter vokallos und keinerlei Interpunktion –, dann steht er auf und atmet tief durch. Er ist in Form, er fühlt sich gut.

Er ist ein großgewachsener magerer Typ, eingefallener Brustkorb und runder Bauch – die Einsamkeit –, lange Arme, lange Beine, weiße Schnürschuhe von Repetto, etwas Schlaksiges und Unsicheres, verbunden mit einer jugendlichen Erscheinung, und sein Kittel ist immer offen, so dass, wenn er geht, die Rockschöße wehen, sich ausbreiten wie Flügel, und eine Jeans zum Vorschein kommt und ein ebenfalls weißes, zerknittertes Hemd.

Die kleine Diode am Sockel der Kaffeemaschine leuchtet rot, während der beißende Geruch der heizenden Platte sich im Leeren verströmt, der Kaffeerest in der Glaskanne wird kalt. Obwohl winzig – bestenfalls fünf oder sechs Quadratmeter –, ist dieser eigene Raum im Krankenhaus ein Privileg, und man wundert sich, dass er trotzdem so unpersönlich, unaufgeräumt und nicht besonders sauber ist: ein Drehsessel, recht bequem trotz hohem Sitz, ein Schreibtisch, vollgepackt mit Formularen aller Art, Papieren, Heften, Notizblöcken und Werbekugelschreibern in Plastiketuis mit dem Logo der Labors, einer angebrochenen Flasche San Pellegrino und einem gerahmten Foto von einer Landschaft am Mont Aigoual, wobei zwischen dem ganzen Plunder ein Briefbeschwerer aus Muranoglas, eine steinerne Schildkröte, ein Becher mit Stiften vielleicht eine persönliche Absicht erkennen lassen; ein Metallregal an der hinteren Wand enthält nach Jahren nummerierte Archivboxen und verschiedene Akten mit einer dicken Staubschicht und wenige Bücher, deren Titel man lesen kann, wenn man nahe genug herangeht: *Geschichte des Todes* von Philippe Ariès, *La sculpture du vivant* von Jean-Claude Ameisen, ein Buch von Margaret Lock mit zweifarbigem Umschlag, auf dem ein Gehirn abgebildet ist, *Twice Dead. Organ Transplants and the Reinvention of Death*, eine Nummer der *Revue neurologique* von 1959 und *Mondlicht steht dir gut* von Mary Higgins Clark – ein Krimi, den Révol schätzt, man wird noch verstehen, warum. Ansonsten kein Fenster, hartes Neonlicht wie um drei Uhr morgens in einer Großküche.

Innerhalb des Krankenhauses ist die Intensivstation eine Welt für sich, der Ort, wo die auf der Kippe stehenden Leben, die undurchdringlichen Komata, die angekündigten Tode aufgenommen, die zwischen Leben und Tod schwebenden Körper beherbergt werden. Ein Reich aus Fluren,

Krankenzimmern, Räumen, in dem die Spannung regiert. Hier bewegt sich Révol, auf der Rückseite der Tagwelt, der Welt des stetigen, beständigen Lebens, der Welt des Lichts und der Zukunftspläne, in diesem Reich ist er tätig, es umgibt ihn wie ein großer Mantel mit seinen dunklen Falten, seinen Ausbuchtungen. Deswegen liebt er die Sonntags- und Nachtdienste, schon in seiner Assistenzarztzeit hatte er eine Vorliebe dafür – man kann sich vorstellen, wie den langgliedrigen jungen Révol die Idee der Bereitschaftsdienste begeistert, dieses Gefühl, gebraucht zu werden, als diensthabender Arzt autonom zu sein, eingesetzt, um in einem bestimmten Umkreis die durchgehende medizinische Versorgung sicherzustellen, wachsam zu sein und Verantwortung zu tragen. Er liebt die Intensität dabei, den besonderen Zeitrhythmus, die Müdigkeit, die sich wie ein heimliches Aufputschmittel allmählich im Körper ausbreitet, ihn beschleunigt und präzisiert, diese ganze unbestimmte Erotik; liebt die vibrierende Stille, das Helldunkel – blinkende Geräte im Dämmerlicht, bläuliche Computerbildschirme, der Schein der Schreibtischlampe, der wirkt wie eine Kerzenflamme bei Georges de La Tour, auf dem Bild *Das Neugeborene*, beispielsweise – und auch die äußeren Gegebenheiten, die Isolation, die Abgeschiedenheit, die Situation wie in einem Raumschiff auf der Reise in die schwarzen Löcher, einem U-Boot auf Tauchfahrt ins tiefste Meerestief, in den Marianengraben. Schon lange aber schöpft Révol daraus etwas anderes, das nackte Bewusstsein seiner Existenz. Nicht Machtgefühl, größenwahnsinnige Hochstimmung, sondern genau das Gegenteil, eine Klarheit, die sein Handeln steuert und seine Entscheidungen bestimmt. Eine Dosis Gelassenheit.

Dienstbesprechung: Übergabe. Die Teams, die sich ablösen, sind versammelt, man steht, lehnt sich an die Wand, einen Kaffeebecher in der Hand. Der Oberarzt, der den vorhergehenden Dienst geleitet hat, ist um die dreißig, stämmig, dichtes Haar, muskulöse Arme. Er strahlt erschöpft. Schildert die Situation der Patienten auf Station – keine nennenswerte Entwicklung, beispielsweise bei dem Achtzigjährigen, der nach sechzig Tagen Intensivstation immer noch bewusstlos ist, wohingegen sich der neurologische Zustand des vor zwei Monaten nach einer Überdosis eingelieferten jungen Mädchens verschlechtert hat –, bevor er ausführlicher die Neuzugänge vorstellt: eine siebenundfünfzigjährige Obdachlose mit fortgeschrittener Zirrhose, die aufgenommen wurde, nachdem sie in der Notunterkunft einen Krampfanfall hatte, und deren hämodynamischer Zustand instabil bleibt; ein Mann in den Vierzigern, am Abend eingeliefert nach schwerem Infarkt und mit einem Hirnödem – ein Jogger, lief am Meer entlang Richtung Cap de la Hève, Luxuslaufschuhe an den Füßen, um den Kopf ein orangefarbenes Neonband, brach in Höhe des Café de l'Estacade zusammen, und obgleich in eine Wärmedecke eingepackt, war er bei der Einlieferung blau, in Schweiß gebadet, das Gesicht eingefallen. Wie steht es mit ihm? Révol fragt in neutralem Ton, ans Fenster gelehnt. Eine Krankenschwester meldet sich zu Wort, berichtet, dass die Werte (Puls, Blutdruck, Temperatur, Sauerstoffsättigung) normal sind, die Diurese ist schwach, der PVK (peripherer Venenkatheter) wurde gelegt. Révol kennt die Schwester nicht, erkundigt sich nach dem Blutbild des Patienten, sie antwortet, dass es gerade erstellt wird. Révol schaut auf die Uhr, gut, es kann losgehen. Die Versammlung löst sich auf.

Die Schwester, die gesprochen hat, bleibt im Raum, geht auf Révol zu, gibt ihm die Hand: Cordélia Owl, ich bin neu, ich war vorher im OP. Révol nickt, okay, willkommen – würde er sie genauer betrachten, würde er merken, dass etwas nicht stimmt, dass sie einen klaren Blick hat, aber merkwürdige Flecken am Hals, Knutschflecken, könnte man meinen, und einen viel zu roten Mund, obwohl er ungeschminkt ist, dicke Lippen, verfilzte Haare, Blutergüsse an den Knien, vielleicht würde er sich fragen, woher dieses unsichere Lächeln kommt, dieses Mona-Lisa-Lächeln, das selbst dann nicht verschwindet, wenn sie sich zur Augen- und Mundpflege über die Patienten beugt oder Infusionen anhängt, Vitalparameter prüft, Medikamente verabreicht, und vielleicht würde er schließlich erraten, dass sie heute Nacht ihren Liebhaber wiedergesehen hat, dass er sie angerufen hat nach wochenlangem Schweigen, der Hund, und dass sie zum Rendezvous erschienen ist, nüchtern und bildschön, geschmückt wie ein Weihnachtsbaum, rauchgrauer Lidschatten, glänzendes Haar, schwellende Brüste, entschlossen zu freundschaftlicher Distanz, und dann doch eher wie eine mittelmäßige Schauspielerin flötete: Geht's dir gut? Ich freue mich, dich zu sehen!, während ihr ganzer Körper Verwirrung ausstrahlte und vor Erregung glühte, so dass sie ein Bier tranken und dann noch eins und versuchten, ein Gespräch anzufangen, das versandete, worauf sie hinausging, um zu rauchen, und dauernd dachte, ich muss gehen, ich muss jetzt gehen, es ist Schwachsinn, er aber folgte ihr nach draußen, ich werde nicht mehr lang bleiben, ich will nicht zu spät ins Bett kommen, eine Finte, er zog sein Feuerzeug hervor, um ihr die Zigarette anzuzünden, und sie hielt schützend ihre Hände vor die Flamme und neigte den Kopf, Locken fielen ihr ins Gesicht und drohten Feuer zu fangen, er strich sie ihr mit einer beiläufigen Handbewegung hinters Ohr, seine Fingerkuppen berührten ihre

Schläfe, so beiläufig, dass sie schwach wurde, weiche Knie bekam, all das übrigens reichlich abgegriffen und ein uralter Hut, und rumms, ein paar Sekunden später taumelten die beiden in eine benachbarte Toreinfahrt, spürten in Dunkelheit und Weingeruch, gegen Mülltonnen stoßend, die Körperzonen auf, wo ihre Haut blass war, die Schenkel, die sich aus Jeans oder Strumpfhosen schälten, Bauch und Po, wenn das Hemd hochgeschoben, der Gürtel gelöst war, alles zugleich heiß und eiskalt, und steigerten ihr gegenseitiges heftiges Begehren ins Maßlose – ja, würde Révol sie genauer betrachten, sähe er eine Cordélia Owl, die ihren Dienst erstaunlicherweise in Bestform antritt, obwohl sie die Nacht durchgemacht hat, eine junge Frau, die viel besser drauf ist als er und auf die er sich wird verlassen können.

Man hat jemanden für Sie. Ein Anruf um zehn Uhr zwölf. Die Worte fallen neutral, informativ. Ein Mann, ein Meter dreiundachtzig, siebzig Kilo, ungefähr zwanzig Jahre alt, Verkehrsunfall, Koma nach Schädelhirntrauma – wir wissen, wer es ist, den man derart beschreibt, wir kennen seinen Namen: Simon Limbres. Das Telefonat ist kaum beendet, da trifft das Rettungsteam bereits auf der Intensivstation ein, die Brandschutztüren gehen auf, die Trage rollt durch den Hauptflur der Station, man macht ihr Platz. Révol erscheint – er hat gerade die Patientin untersucht, die in der Nacht nach einem Krampfanfall aufgenommen wurde, und er ist pessimistisch, die Frau hat nicht rechtzeitig Herzdruckmassage bekommen, der Scan hat gezeigt, dass nach dem Herzstillstand Leberzellen abgestorben sind, ein Zeichen, dass die Gehirnzellen betroffen sind –, man hat ihn alarmiert, und als er am Ende des Flurs die Trage kommen sieht, sagt er sich, dass an diesem Sonntag der Dienst wohl hart werden wird.

Der Rettungsarzt folgt der Trage. Er sieht aus wie ein Hochgebirgsgeodät, kahl, gute fünfzig und absolut dürr, wie Holz, er entblößt spitze Zähne, als er laut verkündet: Glasgow 3!, und dann Révol berichtet: Die neurologischen Untersuchungen haben ergeben, dass keinerlei spontane Reaktion auf auditive (Rufe), visuelle (Licht) oder taktile Reize erfolgt; zudem wurden okulomotorische Störungen (unkontrollierte Augenbewegungen) und Atemstörungen festgestellt; wir haben sofort intubiert. Er schließt die Augen und streicht sich über den Schädel, von der Stirn zum Hinterkopf: Verdacht auf Hirnblutung infolge eines Schädelhirntraumas, areaktives Koma, Glasgow 3 – er benutzt diese ihnen gemeinsame Sprache, eine Sprache, die Weitschweifiges als Zeitverschwendung verbannt, Beredsamkeit und Wortgewandtheit ausschließt, Missbrauch treibt mit Nominalkonstruktionen, Codes und Akronymen, eine Sprache, in der Sprechen vor allem bedeutet zu beschreiben, anders gesagt, ein Gremium zu unterrichten, die Parameter einer Situation zusammenzutragen, damit eine Diagnose gestellt werden kann, damit Untersuchungen angeordnet werden, damit behandelt und gerettet werden kann: Macht der Knappheit. Révol registriert jede Information, stellt sich auf ein Schädel-CT ein.

Es ist Cordélia Owl, die den jungen Mann übernimmt, sich darum kümmert, dass er in ein Zimmer gebracht, in ein Bett gelegt wird; danach können die Rettungsleute mit ihren Geräten – Trage, Transportrespirator, Sauerstoffflasche – die Intensivstation verlassen. Nun müssen ein arterieller Zugang und ein Blasenkatheter gelegt, Elektroden am Thorax angebracht und der Monitor in Gang gesetzt werden, der Simons Vitalparameter aufzeichnet – es erscheinen verschiedenfarbige und unterschiedlich geformte Kurven, durchgehende oder unterbrochene Linien, gestrichelte Passagen, rhythmische Wellen: Morsezeichen der Medizin. Cordélia arbeitet mit Révol zusammen, ihre Handgriffe sind sicher, ihre Gesten fließend und mühelos, ihr Körper scheint befreit von der zähen Schwermut, die noch gestern ihre Bewegungen lähmte.

Eine Stunde später zeigt sich der Tod, kündigt der Tod sich an, ein Fleck mit unregelmäßiger Kontur, der eine hellere und größere Form verdunkelt, da haben wir ihn, das ist er.

Ein Anblick, hart wie ein Schlag mit dem Knüppel, aber Révol zuckt nicht mit der Wimper, konzentriert auf die Bilder des Scans, die er auf seinem Computer betrachtet, labyrinthische Bilder, mit Legenden versehen wie Landkarten, die er in alle Richtungen dreht und heranzoomt, wo er Bezugspunkte sucht und Abstände misst; in Reichweite, auf seinem Schreibtisch, liegen in einer Mappe mit dem Schriftzug des Krankenhauses Papierabzüge der »aussagekräftigen« Bilder, die die Radiologie von Simon Limbres' Gehirn geliefert hat. Um diese Darstellungen zu erhalten, wurde also bei einer sogenannten Computertomographie der Kopf des Jungen von einem Röntgenstrahlenbündel abgetastet und aus den gewonnenen Daten wurden Schnittbilder erzeugt, millimeterdünne coronare, axiale, sagittale oder schräge Querschnitte. Révol kann diese Bilder lesen, was sie aussagen über den Zustand des Organs und über den möglichen weiteren Verlauf, er erkennt die Formen, die Flecken, die Schatten, interpretiert die milchigen Ränder, die schwarzen Stellen, entziffert Legenden und Codes; er vergleicht, prüft, beginnt von vorn, führt die Befundung gründlich durch, aber da ist nichts zu machen, es steht bereits fest: die Zerstörung des Gehirns von Simon Limbres ist nicht aufzuhalten, es ertrinkt im Blut.

Diffuse Verletzungen, frühzeitiges ausgedehntes Hirnödem und keine Möglichkeit, den bereits übermäßig erhöhten intrakraniellen Druck in Grenzen zu halten. Révol lehnt sich in seinem Stuhl zurück. Er stützt das Kinn in die Hand, und sein Blick wandert über den Schreibtisch, streift die Unordnung, die gekritzelten Notizen, die Verwaltungsrundschreiben, die Fotokopie eines Artikels der Ethikkommission über Organentnahmen nach Herzstillstand, schweift über die kleinen Dinge, die da stehen, einschließlich der Schildkröte aus Jade, Geschenk einer

34

jungen Patientin, die an schwerem Asthma litt, verweilt plötzlich auf den violetten, von rieselnden Bächen durchzogenen Abhängen des Mont Aigoual, und zweifellos denkt Révol, ein Flash, an jenen Septembertag, als er in seinem Haus in Valleraugue mit dem Peyotl vertraut gemacht wurde – am späten Nachmittag kamen in einer smaragdgrünen Limousine mit schlammverkrusteten Felgen Marcel und Sally an, schwer bremste das Fahrzeug auf dem Hof, und Sally winkte aus dem Fenster, huhu, wir sind's!, ihre schneeweißen Haare flatterten, so dass man ihre Ohrringe sah, glänzend rote Zwillingskirschen aus Holz; später, nach dem Essen, als sich die Nacht über die Hochebene gesenkt hatte, ein Regen leuchtender Sterne, gingen sie in den Garten, und Marcel wickelte aus Packpapier ein paar kleine Kakteen aus, graugrün, rund und stachellos, die die drei Freunde in ihren Händen rollten, bevor sie den bitteren Geruch einsogen; die Früchte kamen von weit her, Marcel und Sally hatten sie in der Wüste, in einem Bergbaugebiet Nordmexikos gesucht, hatten sie illegal ausgeführt und vorsichtig bis in die Cevennen transportiert, und Pierre, der sich mit halluzinogenen Pflanzen beschäftigte, war ungeduldig, den Kaktus auszuprobieren. Dessen Alkaloide, ein Drittel davon Meskalin, konnten Visionen hervorrufen, die aus dem Nirgendwo kamen, ohne Zusammenhang mit irgendwelchen Erinnerungen, Visionen, die eine wichtige Rolle spielten für den rituellen Gebrauch des Peyotl, den die Indianer zumeist während schamanischer Zeremonien konsumierten; mehr noch aber interessierte sich Pierre für die Synästhesie, die bei den Halluzinationen auftrat: Da in der ersten Phase des Rauschs die psychosensorische Aktivität zunehmen sollte, hoffte er, Geschmacksnuancen, Gerüche und Töne, taktile Empfindungen zu sehen und durch die Übersetzung der Sinneswahrnehmungen in Bilder dem Geheimnis des Schmerzes näherzukommen oder sogar es zu lüften. Révol denkt an diese schimmernde Nacht, in der das Himmelszelt über den Bergen aufriss und unvermutete Räume freigab, in die sie sich, auf dem Rücken im Gras liegend, hineinstürzen wollten, und plötzlich geht ihm die Idee eines Universums durch den Kopf, das sich ausdehnt, im ständigen Werden begriffen ist, eines Raums, in dem der Zelltod die Metamorphosen in Gang halten würde, in dem der Tod das Lebendige beeinflusst wie die Stille den Lärm, die Dunkelheit das Licht oder das Statische das Veränderliche, ein flüchtiger Gedanke, der ihm im Hinterkopf bleibt, während seine Augen auf das Rechteck des Bildschirms zurückkehren, auf diesen dunkel strahlenden 16-Zoll-Monitor, auf dem sich das Ende jeder geistigen Aktivität in Simon Limbres' Gehirn ankündigt. Er bringt das Gesicht des jungen Mannes nicht mit dem Tod zusammen, und es schnürt ihm die Kehle zu. Obwohl er doch bald dreißig Jahre im Job ist, bald dreißig Jahre sich hier herumtreibt.

Pierre Révol ist 1959 geboren. Kalter Krieg, Sieg der kubanischen Revolution, im Kanton Waadt dürfen Schweizerinnen zum ersten Mal wählen, Godard dreht *Außer Atem*, *Naked Lunch* von Burroughs erscheint, und Miles Davis bringt das legendäre Album *Kind of Blue* heraus – die beste Jazzplatte aller Zeiten, so Révol, der gern mit seinem Jahrgang angibt. Noch etwas? Ja – er schlägt mit Bedacht einen gleichgültigen Ton an, man stellt sich vor, dass er es vermeidet, seinen Gesprächspartner anzuschauen, und stattdessen etwas ganz anderes macht, in seiner Tasche kramt, eine Telefonnummer wählt, eine E-Mail liest –, es ist das Jahr, in dem man den Tod neu definiert hat. Und in diesem Augenblick ist er nicht unzufrieden mit der Mischung aus Verblüffung und Entsetzen, die er auf den Gesichtern der Umstehenden beobachtet. Dann hebt er den Kopf und fügt unbestimmt lächelnd hinzu: Was für einen Anästhesisten ja nicht ohne Belang ist.

Tatsächlich denkt Révol oft, statt dieser friedliche Säugling im kompliziert geknöpften Strampelanzug mit dem Dreifachkinn eines Provinzsenators zu sein und zwei Drittel seiner Zeit in einem hellen, mit kariertem Stoff ausgeschlagenen Weidenkörbchen zu verschlafen, wäre er 1959 lieber auf dem 23. Internationalen Neurologenkongress dabei gewesen, als Maurice Goulon und Pierre Mollaret auf die Rednertribüne stiegen und ihre Arbeit vorstellten; er hätte viel darum gegeben, sie vor der Ärzteschaft oder vielmehr vor der Welt auftreten zu sehen, die beiden Männer, den Neurologen und den Infektologen, im Alter von etwa vierzig und sechzig, dunkler Anzug, schwarze Lackschuhe, wohl eher Fliege; er hätte sie nur zu gern beobachtet, ihr Verhältnis zueinander, ihren gegenseitigen Respekt, auf den sich der Altersunterschied auswirkt, indem er diese Art stillschweigende Hierarchie begründet, die man in wissenschaftlichen Versammlungen antrifft, verehrter Herr Kollege, verehrter Herr Kollege – aber wer äußerte sich als Erster? Wer hatte das Privileg des Schlussworts? Je mehr Révol darüber nachdenkt, desto bewusster wird ihm, wie gern er ihnen begegnet wäre, wie gern er an jenem Tag zwischen den fieberhaften, konzentrierten, hauptsächlich männlichen Pionieren der Reanimation gesessen hätte, einer von ihnen gewesen wäre an diesem Ort, dem Hôpital Claude-Bernard, das eine Vorreiterrolle spielte: Pierre Mollaret schuf dort 1954 das erste moderne Reanimationszentrum der Welt, er stellte ein Team zusammen, gestaltete den Pavillon Pasteur um und brachte darin siebzig Betten unter, ließ die berühmten »Engström 150«

kommen, Beatmungsgeräte, die aus Anlass der damals in Nordeuropa wütenden Kinderlähmungsepidemien entwickelt wurden und die seit den dreißiger Jahren verwendeten eisernen Lungen ersetzten. Und je mehr Révol sich konzentriert, desto plastischer sieht er die Szene vor sich, diese Urszene, die er nicht erlebt hat, hört die beiden Professoren, die leise ein paar Worte wechseln, ihre Blätter auf dem Pult zurechtlegen und sich vor den Mikros räuspern, die unbewegt warten, bis der Lärm verstummt und Stille einkehrt, um endlich ihren Vortrag mit der kühlen Klarheit derjenigen zu beginnen, die im Bewusstsein der grundlegenden Tragweite dessen, was sie sagen wollen, auf Übertreibungen verzichten und sich damit begnügen, zu beschreiben, beschreiben, beschreiben, und die ihre Schlussfolgerungen auf den Tisch legen wie vier Asse beim Poker; und die Ungeheuerlichkeit ihrer Aussage verblüfft ihn, haut ihn um. Denn was Goulon und Mollaret darlegen, lässt sich in einem Satz zusammenfassen, der seine Wirkung entfaltet wie eine Splitterbombe: Das sichere Zeichen für den Tod ist nicht mehr der Herzstillstand, sondern der Ausfall der Hirnfunktionen. Mit anderen Worten, wenn ich nicht mehr denke, dann bin ich nicht mehr. Absetzung des Herzens und Inthronisation des Gehirns – ein symbolischer Staatsstreich, eine Revolution.

Die beiden Männer sind also vor die Versammlung getreten, haben die Merkmale dessen beschrieben, was sie nun »coma dépassé«, irreversibles Koma, nennen, haben mehrere Fälle von Patienten angeführt, bei denen unter künstlicher Beatmung die Herz- und Atemfunktionen erhalten blieben, aber keine Hirntätigkeit mehr vorhanden war – Patienten, die ohne die Perfektionierung der Reanimationsapparate und -techniken und die dadurch mögliche Blutversorgung des Gehirns eben den Herztod gestorben wären; und schließlich haben sie dargelegt, dass die Entwicklung der Reanimation alles verändert hat, dass die Fortschritte in der Medizin zu einer neuen Definition des Todes geführt haben und dass eine Konsequenz dieses wissenschaftlichen Wandels von unerhörter philosophischer Tragweite die Erlaubnis von Organentnahmen und Transplantationen sein wird.

Dem Vortrag von Goulon und Mollaret folgte die Veröffentlichung eines Grundsatzartikels in der *Revue neurologique*, der dreiundzwanzig Fälle von »coma dépassé« vorstellte – wir erinnern uns an die paar Bücher auf dem Regal in Révols Büro, darunter jene Zeitschrift von 1959, und wir ahnen, dass es genau diese Nummer ist, ein Dokument, das Révol auf Ebay entdeckt, ohne zu feilschen gekauft und an einem Novemberabend an der Station Lozère-École polytechnique der Linie RER B in Empfang genommen hatte – er stand lange in der Kälte und hielt nach seinem Verkäufer Ausschau, der dann in Gestalt einer kleinen Dame erschien; sie trug einen topasfarbenen Turban und kam den Bahnsteig entlanggetrippelt, als sie bei ihm anlangte, steckte sie das Geld ein und versuchte hinterhältig, während sie das Heft aus ihrer karierten Einkaufstasche zog, sich aus dem Staub zu machen.

Révol hängt erneut vor dem Bildschirm seines PCs, nimmt zur Kenntnis, was sich ankündigt, schließt die Augen, öffnet sie wieder und richtet sich plötzlich auf, als würde er Schwung holen, es ist elf Uhr vierzig, als er auf der Station anruft, Cordélia Owl nimmt ab, Révol fragt sie, ob die Familie von Simon Limbres benachrichtigt worden sei, und die junge Frau antwortet, ja, die Polizei hat die Mutter angerufen, sie ist auf dem Weg.

Marianne Limbres betritt das Krankenhaus durch den Haupteingang und geht direkt zum Empfang, zwei Frauen sitzen da hinter Computerbildschirmen, zwei Frauen in zartgrünem Kittel, die sich leise unterhalten. Die eine trägt einen dicken schwarzen Zopf, der ihr über die Schulter hängt, sie schaut zu Marianne auf, guten Tag! Marianne antwortet nicht gleich, weiß nicht, nach welcher Abteilung sie sich erkundigen soll – Notaufnahme, Intensivstation, Unfallchirurgie, Neurobiologie –, hat Mühe, auf der großen Tafel an der Wand die Liste der Stationen zu entziffern, Buchstaben, Wörter, Zeilen verschwimmen, ohne dass sie sie zuordnen, eine Bedeutung ablesen kann. Simon Limbres, bringt sie schließlich hervor. Wie bitte? Die Frau zieht die Brauen hoch – auch sie sind dicht und schwarz und über der Nasenwurzel zu einem Büschel zusammengewachsen –, Marianne verbessert sich, bildet einen Satz: Ich suche Simon Limbres, er ist mein Sohn. Ah. Auf der anderen Seite des Schalters beugt sich die Frau über den Computer, und das Ende ihres Zopfs streicht über die Tastatur wie ein chinesischer Pinsel. Wie war der Name? Limbres, L-i-m-b-r-e-s, buchstabiert Marianne und dreht sich dann zur Eingangshalle um, riesig, hoch wie eine Kathedrale, Boden wie eine Schlittschuhbahn – Akustik, Glanz, Spuren –, weit auseinanderstehende Pfeiler, es ist still hier, wenig Leute, ein Typ in Bademantel und Schlappen humpelt mit einer Gehstütze zu einem Wandtelefon, eine Frau im Rollstuhl wird von einem Mann geschoben, der einen Filzhut mit orangefarbener Feder trägt – ein nervenschwacher Robin Hood –, und weiter hinten, bei der Cafeteria, vor den aneinandergereihten Türen, stehen drei Frauen in Weiß, Plastikbecher in der Hand. Ich sehe ihn nicht, wann ist er aufgenommen worden?, die Frau schaut auf den Bildschirm und klickt mit der Maus, heute Morgen, Marianne hat ihre Antwort gehaucht, die Frau hebt den Kopf, ach, ist es vielleicht ein Notfall? Marianne senkt nickend den Blick, während die Frau sich aufrichtet, ihren Zopf in den Rücken wirft, auf die Aufzüge am Ende der Halle deutet und ihr erklärt, wie sie in die Notaufnahme kommt, ohne wieder in die Kälte hinaus und um die Gebäude herumgehen zu müssen, Marianne bedankt sich und macht sich auf den Weg.

Sie war noch einmal eingeschlafen, als das Telefon läutete, und verstrickt in ein Gewirr blasser Träume, in die das Tageslicht und die schrillen synthetischen Stimmen eines japanischen Zeichentrickfilms einsickerten – später würde sie vergeblich ein Zeichen darin suchen, doch je mehr sie sich erinnerte, umso mehr löste sich der Trauminhalt auf, sie bekam nichts zu fassen, nichts, was der Tragödie, die sich zur selben Zeit dreißig Kilometer entfernt im Straßendreck ereignet hatte, einen Sinne geben konnte –, und nicht sie hat abgehoben, sondern die siebenjährige Lou, die ins Schlafzimmer gerannt kam, weil sie ja kein Bild des Films verpassen wollte, den sie im Wohnzimmer anschaute, und das Telefon einfach ans Ohr ihrer Mutter legte, bevor sie genauso rasch wieder verschwand, so dass die Stimme aus dem Hörer sich mit Mariannes Träumen vermischte, auch als sie lauter und dringlicher wurde, und erst als Marianne hörte, bitte, antworten Sie, sind Sie die Mutter von Simon Limbres?, richtete sie sich in ihrem Bett auf, plötzlich hellwach vor Angst.

Sie muss laut geschrien haben, laut genug jedenfalls, dass die Kleine erneut auftauchte, langsam, ernst, mit großen Augen, und an der Zimmertür stehen blieb, den Kopf an den Türrahmen gelehnt, den Blick auf die Mutter gerichtet, die hechelte wie ein Hund und sie gar nicht sah, die mit verzerrtem Gesicht hektisch auf ihr Telefon eintippte, um Sean anzurufen, der nicht abhob – geh dran, geh doch dran, verflucht –, die sich dann hastig anzog, warme Stiefel, weiter Mantel, Schal, ins Bad stürzte, um sich mit kaltem Wasser das Gesicht zu waschen, aber keine Creme, nichts, und, als sie den Kopf vom Waschbecken hochhob, im Spiegel ihrem Blick begegnete – starre Iris unter geschwollenen Lidern, als hätte sie einen Schlag abgekriegt, Signoret-Augen, Rampling-Augen, ein grünes Blitzen zwischen den Wimpern –, sie begriff, dass sie sich nicht wiedererkannte, dass sie bereits entstellt war, dass sie eine andere zu werden begann. Ein Stück ihres Lebens, ein massives, noch warmes, kompaktes Stück, löste sich aus der Gegenwart, um in eine vergangene Zeit zu kippen, zu fallen und darin zu verschwinden. Sie nahm Geröllabgänge wahr, Erdrutsche, Verwerfungen, durch die sich der Boden unter ihren Füßen auftat. Etwas verschloss sich wieder, etwas war jetzt außer Reichweite – ein Felsstück trennte sich vom Plateau und stürzte ins Meer, eine Halbinsel riss sich langsam vom Kontinent los und trieb einsam aufs offene Meer hinaus, der Eingang einer Wunderhöhle war plötzlich von einem Gesteinsblock versperrt –; die Vergangenheit breitete sich auf einmal mächtig aus, lebenfressendes Ungeheuer, und die Gegenwart bestand nur aus einer ultradünnen Schwelle, einer Linie, jenseits deren es nichts Bekanntes mehr gab. Das Telefonläuten hatte die Kontinuität der Zeit durchbrochen, Marianne, die Hände ans Waschbecken geklammert, versteinerte schockstarr vor ihrem Spiegelbild.

Sie griff ihre Tasche und drehte sich um, da entdeckte sie das Kind, das sich nicht gerührt hatte, oh, Lou, die Kleine ließ sich in den Arm nehmen, ohne irgendetwas zu verstehen, alles an ihr war Frage, aber ihre Mutter wich aus, zieh deine Hausschuhe an, nimm einen Pulli, komm, und während sie die Tür hinter sich zuschlug, durchfuhr sie eiskalt der Gedanke, dass sie, wenn sie das nächste Mal ihren Schlüssel ins Schloss stecken würde, Gewissheit hätte über Simon. Ein Stockwerk tiefer läutete Marianne an einer Wohnungstür, läutete wieder – Sonntagmorgen, alles schlief –, dann öffnete eine Frau, der Marianne zuraunte, Krankenhaus, Unfall, Simon, es ist ernst, die Frau machte große Augen, nickte, sagte sanft, wir kümmern uns um Lou, und das kleine Mädchen im Pyjama ging hinein in die Wohnung, winkte seiner Mutter durch die offene Tür kurz zu, besann sich aber plötzlich anders, stürzte hinaus ins Treppenhaus und rief: Mama! Marianne kam rasch noch einmal herauf, kniete sich vor ihre Tochter hin, drückte sie an sich, schaute ihr in die Augen und versuchte zu erklären, Simon, Surfen, Unfall, ich komme bald wieder, das Kind zuckte nicht mit der Wimper, gab der Mutter einen Kuss auf die Stirn, ging zurück in die Wohnung.

Danach musste sie das Auto aus der Tiefgarage holen, in ihrer Panik brauchte sie mehrere Anläufe, um rückwärts auszuparken und in Millimeterarbeit bis zu der schrägen Rampe zu steuern, die auf die Straße mündete. Die Tür ging auf, geblendet musste sie blinzeln. Das Tageslicht war weiß, hellte das Grau auf, Schneehimmel, aus dem es nicht schneite, eine Gemeinheit. Sie nahm all ihre Kraft, ihren Verstand zusammen und konzentrierte sich auf die Straße, sie fuhr direkt nach Osten, durch die Oberstadt, den schnurgeraden Verkehrsadern nach, die sich wie Sonden horizontal in den Raum bohrten, Rue Félix-Faure, Rue du

329ème, Rue Salvador-Allende, Namen, die auf derselben Achse aufeinanderfolgten, je weiter man in die Vororte von Le Havre vordrang, Namen, die mit der Geschichte der Stadt verwoben waren – an prachtvolle Villen, die die Kloake der Unterstadt überragten, große, luftige Gärten, Privatschulen und dunkle Limousinen schlossen sich abgetakelte Mietskasernen an, kleine Einfamilienhäuser mit Veranden oder Gärtchen, zementierte Höfe, in denen neben Mopeds und Bierkästen das Regenwasser stand, und jetzt säumten Nutzfahrzeuge und aufgemotzte Kleinwagen die schmalen Bürgersteige, auf denen zwei Personen nicht nebeneinander gehen konnten; sie fuhr am Fort de Tourneville vorbei, an den Beerdigungsinstituten vor dem Friedhof mit den hinter hohen Schaufenstern ausgestellten Grabsteinen, in der Höhe von Graville sah sie eine erleuchtete Bäckerei, eine offene Kirche – sie bekreuzigte sich.

Die Stadt regte sich nicht, aber unter der Oberfläche spürte Marianne die Bedrohung – die Angst des Seemanns vor dem glatten Meer. Ihr schien sogar, als wäre der Boden um sie herum leicht gewölbt, weil er die phänomenale Energie zurückdrängen musste, die in der Materie steckte, diese inneren Kräfte, die sich in unerhörte zerstörerische Gewalt verwandeln konnten, wenn man die Atome spaltete; das Seltsamste aber war, überlegte sie, als sie später daran zurückdachte, dass sie an jenem Morgen niemand begegnete, keinem anderen Wagen, keinem anderen Menschen und nicht dem geringsten Tier – Hund, Katze, Ratte, Insekt –, die Welt war wie ausgestorben, die Stadt entvölkert, als hätten sich die Bewohner in die Häuser geflüchtet, um sich vor einer Katastrophe zu schützen, als wäre der Krieg verloren und sie verschanzten sich hinter ihren Fenstern, um die feindlichen Truppen vorübermarschieren zu sehen, als hätten sich alle vor einer ansteckenden Seuche in Sicherheit gebracht – Angst trennt, das weiß jeder –, die eisernen Rollläden der Geschäfte waren geschlossen, die Jalousien heruntergelassen, nur die Möwen, die sich in der Seinemündung tummelten, begrüßten Mariannes Fahrt, kreisten über ihrem Auto, das, vom Himmel aus gesehen, das einzige Beseelte in der ganzen Landschaft war, eine mobile Kapsel, die das wenige Leben, das auf Erden noch bestand, einzusammeln schien, knapp über dem Boden dahinschießend wie die Stahlkugel unter der Scheibe des Flippers – unbeugsam, einsam, von Krämpfen geschüttelt. Die äußere Welt weitete sich langsam, sie zitterte und verblasste wie die Luft über dem Wüstenboden, über dem Asphalt, wenn die Sonne auf die Straßen brannte, sie wurde zu einem fliehenden, fernen Dekor, wurde hell, bis sie sich fast auflöste, während Marianne im Wagen mit einer Hand die Tränen von ihrem Gesicht wischte und mit der anderen lenkte, sie starrte auf die Straße und bemühte sich, die Vorahnung abzuschütteln, die sich seit dem Anruf in ihr verfestigte, die Vorahnung, für die sie sich schämte und die ihr wehtat, dann kam Harfleur, die Stadtgrenze von Le Havre, ein Gewirr von Schnellstraßen, wo sie doppelt aufpassen musste, ein Waldstück, dann das Krankenhaus.

Auf dem Parkplatz stellte sie den Motor ab und versuchte wieder zu telefonieren. ˉAngespannt lauschte sie dem schnellen regelmäßigen Rufton, den der Anruf auslöste, und stellte sich den Weg vor, den er zurücklegte: der Schall wurde in den Süden der Stadt transportiert, von einer der Radiowellen, die die unsichtbare Materie der Luft bildeten, wurde er von einer Funkantenne zur nächsten getragen, mit einer hertzschen Frequenz, die sich jeweils von der nächsten unterschied, gelangte im Hafenbereich bei den Docks in eine Industriebrache, strich an den Gebäuden entlang, die gerade saniert wurden, und erreichte endlich den eisigen Schuppen, wohin Marianne schon lange nicht mehr ging; in Gedanken verfolgte sie das Rufzeichen, das sich zwischen Paletten und Holzbohlen, zwischen Pressspan- und Sperrholzplatten hindurchschlängelte, sich mit dem Luftzug, der durch die kaputten Scheiben kam, mit dem in den Ecken aufgewirbelten Sägemehl und dem Staub, mit den Gerüchen von Polyurethanklebstoff, Harz oder Bootslack vermischte, die Fasern der gestapelten Arbeitsklamotten und der dicken Lederhandschuhe durchdrang, in die zu Pinseleimer, Aschenbecher, Küchenschublade umfunktionierten Konservendosen – Jahrmarktdosenwerfen – fuhr, gegen die von der Kreissäge und dem Hit aus dem alten Ghettoblaster – Rihanna, *Stay* – erzeugten Schwingungen ankämpfte, gegen alles, was vibrierte, zitterte, pfiff, einschließlich Sean, der dort arbeitete und sich in dem Augenblick über ein Gestell mit einer Aluschiene beugte, deren Anschläge gleich breite Latten zu schneiden erlaubten, ein biegsamer, wuchtiger Mann mit sonnengegerbten Händen, der sich langsam fortbewegte und dabei Spuren auf dem staubigen Boden hinterließ; er trug eine Staubmaske und einen Gehörschutz und pfiff also, wie ein Maler auf seiner Leiter pfeift, eine schrille Melodie, die sich in der Luft kräuselte wie Ringelband unter der Scherenklinge; sie lauschte dem Ruf, der in der Innentasche eines am Haken hängenden Parkas landete und im Gehäuse eines Telefons den Klingelton auslöste – Regentropfen auf einer Wasseroberfläche –, den er sich in der vergangenen Woche heruntergeladen hatte und den er nicht hörte.

Das Plätschern brach ab, dann ging nach einem grauenhaften Jingle die Mailbox an. Sie schloss die Augen und sah den Schuppen vor sich, und da waren plötzlich auf Metallträgern an den Wänden gestapelt, prächtig, goldbraun, Seans Schätze, seine Taonga: die geklinkerten Boote des Seinetals, der bei den Yupik im Nordwesten Alaskas aus Robbenfell hergestellte Kajak und all die Holzkanus, die er hier baute – das größte hatte ein fein geschnitztes Heck wie ein Waka, jene Auslegerkanus der Maori, die bei rituellen Prozessionen eingesetzt werden; das kleinste war leicht und biegsam, der Rumpf aus Birkenrinde, das Innere mit hellen Holzlamellen ausgekleidet, das Körbchen, in dem Moses auf dem Nil ausgesetzt wird, um ihm das Leben zu retten, ein Nest. Hier spricht Marianne, ruf mich schnell zurück.

Marianne durchquert die Halle. Es ist ein langer Weg, endlos, auf jedem Schritt lastete die Dringlichkeit und die Angst, schließlich betritt sie den zu großen Aufzug, fährt ins Untergeschoss, breiter Flur, der Boden weiß gefliest, sie begegnet niemandem, hört aber Frauenstimmen, die sich etwas zurufen, der Flur macht eine Biegung, und dann ist er auf einmal voller Menschen, die kommen und gehen, stehen, sitzen, in Krankenbetten liegen, die man an die Wand geschoben hat, eine diffuse Betriebsamkeit, in der Klagen zu hören sind, Gemurmel, die Stimme eines Mannes, der die Geduld verliert, ich warte jetzt schon eine Stunde, das Stöhnen einer alten, schwarzverschleierten Frau, das Weinen eines Kindes in den Armen seiner Mutter.

Eine Tür steht offen, es ist ein verglastes Büro. Wieder eine junge Frau vor einem Computer, die mit ihrem runden, sehr offenen Gesicht zu ihr hochschaut, fünfundzwanzig, nicht mehr, eine Schwesternhelferin, ich bin die Mutter von Simon Limbres, bringt Marianne heraus, die junge Frau runzelt die Stirn, verwirrt, dreht sich plötzlich auf ihrem Stuhl um und sagt zu jemand hinter ihr: Simon Limbres, der Junge, der heute Morgen aufgenommen wurde, weißt du? Der Mann wendet sich ihr zu, schüttelt den Kopf, nein, und sagt, als er Marianne sieht, zu der Schwester: Man muss in der Intensivstation anrufen. Die junge Frau nimmt den Hörer, informiert sich, legt auf, nickt, und der Mann kommt aus dem Büro heraus, was irgendwo in Mariannes Bauch einen Adrenalinstoß auslöst, ihr ist plötzlich heiß, sie lockert ihren Schal und öffnet ihren Mantel, wischt sich den Schweiß von der Stirn, man erstickt hier, der Mann reicht ihr die Hand, er ist klein und zierlich, sein Hals im zu weiten Kragen des blassrosa Hemds zerknittert wie der eines Jungvogels, der Kittel sauber und zugeknöpft, das Namensschild ordentlich auf der Brust platziert. Marianne gibt ihm die Hand, kann aber nicht umhin, sich zu fragen, ob das üblich ist oder ob diese doch banale Geste eine von Simons Zustand motivierte Absicht, Fürsorge oder sonst etwas zum Ausdruck bringt, sie aber will ja nichts hören, nichts wissen, nichts, noch nicht, will keine Information erhalten, die etwas anderes bedeuten würde als: Ihr Sohn lebt.

Der Arzt führt sie hinaus auf den Flur, in Richtung der Aufzüge, Marianne kaut auf den Lippen, während er fortfährt: Er ist nicht bei uns, man hat ihn direkt auf die Intensivstation gebracht – seine nasale Stimme vernuschelt die Vokale, der Ton ist neutral, Marianne bleibt stehen, starrt ihn an, stammelt: Er ist auf der Intensivstation? Ja. Die kleinen Schritte des Arztes sind wegen seiner Kreppsohlen geräuschlos, sein weißer Kittel schlottert, seine wächserne Nase glänzt im Licht, und Marianne, die ihn um Haupteslänge überragt, sieht die Kopfhaut unter seinem dünnen Haar. Er verschränkt seine Hände auf dem Rücken: Ich kann Ihnen nichts sagen, aber kommen Sie mit, man wird Ihnen alles erklären, sicher musste er aufgrund seines Zustands auf die Intensivstation. Marianne schließt die Augen und beißt die Zähne aufeinander, plötzlich zieht sich alles in ihr zusammen, wenn er weiterredet, muss sie schreien oder sich auf ihn stürzen und ihm die Hand auf seinen schwafelnden Mund legen, er soll schweigen, mein Gott, ich flehe dich an, und wie durch Magie unterbricht er seinen Redefluss, verstummt, steht steif vor ihr, den Kopf im rosa Hemdkragen zur Seite geneigt, hebt die offenen Hände zur Decke, eine unbestimmte Geste, die auf die Kontingenz der Welt, die Zerbrechlichkeit des menschlichen Lebens verweist, dann fallen die Arme wieder an ihm herab: Auf der Intensivstation weiß man Bescheid, Sie werden erwartet. Sie sind bei den Aufzügen angekommen, die Unterredung ist zu Ende; der Arzt deutet mit dem Kinn den Flur hinunter und erklärt ruhig, aber bestimmt, ich muss gehen, es ist Sonntag, in der Notaufnahme ist es sonntags immer voll, die Leute wissen nicht so recht, was sie machen sollen, er drückt auf den Knopf, die Metalltür öffnet sich langsam, und während sie einander wieder die Hand geben, lächelt er Marianne plötzlich zu, ein Lächeln aus tiefstem Grund, auf Wiedersehn, nur Mut, und wendet sich dann in die Richtung, aus der die Stimmen kommen.

Er hat Mut gesagt, Marianne wiederholt das Wort für sich, während sie ein Stockwerk höher fährt – der Weg zu Simon ist lang, diese Krankenhauslabyrinthe sind mühsam –, der Aufzug ist tapeziert mit Schildern und gewerkschaftlichen Aushängen, Mut, er hat Mut gesagt, ihre Augen kleben, sie hat feuchte Hände, und die Poren öffnen sich durch die Hitze, die geweitete Haut lässt ihre Züge verschwimmen, Scheißmut, Scheißheizung, gibt's hier denn keine Luft?

Die Intensivstation nimmt den ganzen rechten Flügel des Erdgeschosses ein. Schilder an den Türen beschränken den Zutritt auf das Krankenhauspersonal, so dass Marianne vor dem Eingang wartet, sich schließlich an die Wand lehnt und zu Boden gleiten lässt, in die Hocke, dabei dreht sie den Kopf von rechts nach links, ohne ihn von der Wand zu lösen, reibt die Wand sanft mit dem Hinterkopf, höhlt sie aus, das Gesicht den Neonröhren zugewandt, die über die Decke laufen, die Lider geschlossen, sie lauscht, immer noch die geschäftigen Stimmen, die von einem Ende des Flurs zum andern scherzen oder sich etwas mitteilen, die auf Gummisohlen, in Gymnastikschlappen oder gewöhnlichen Turnschuhen gehenden Füße, das metallische Klirren, die Alarmsignale, das Wagengeratter, das unaufhörliche Rauschen des Raums. Sie schaut auf ihr Telefon: Sean hat nicht angerufen. Sie entschließt sich zu handeln, sie muss hinein, sie nähert sich der mit schwarzem Gummi abgedichteten Brandschutztür, stellt sich auf die Zehenspitzen, um durch die Glasscheibe zu sehen. Es ist ruhig. Sie macht die Tür auf und tritt ein.

Er hat sofort gewusst, dass sie es ist – ihr entsetztes Gesicht, der starre Blick, das Wangenkauen –, weshalb er sie nicht fragt, ob sie die Mutter von Simon Limbres sei, sondern ihr mit einem Nicken die Hand gibt: Pierre Révol, ich bin der diensthabende Arzt, ich habe Ihren Sohn heute Morgen aufgenommen, kommen Sie bitte mit. Instinktiv schaut sie auf den Linoleumboden, ohne mit einem Seitenblick in der Tiefe dunkler Zimmer nach ihrem Sohn zu spähen, zwanzig Meter gehen sie nebeneinander durch den lavendelblauen Flur, dann eine gewöhnliche Tür, ein Schild in Visitenkartengröße mit einem Namen, den sie nicht entziffern kann.

An diesem Sonntag meidet Révol den Raum für Familien, den er nicht mag, und empfängt Marianne in seinem Büro. Sie bleibt erst stehen, setzt sich schließlich auf die Stuhlkante, während er um den Schreibtisch herumgeht und sich auf seinen Stuhl setzt, Oberkörper vorgestreckt, Ellbogen aufgestützt. Je mehr Marianne ihn beobachtet, umso mehr verblassen die Gesichter, denen sie seit ihrer Ankunft im Krankenhaus begegnet ist – die Frau mit den zusammengewachsenen Augenbrauen am Empfang, die junge Schwesternhelferin in der Notaufnahme, der Arzt mit dem rosa Kragen –, als hätten sie einander abgelöst, um sie zu diesem Gesicht zu führen, als überlagerten sie sich, bis sie nur noch ein einziges Gesicht bilden, das des Typen, der jetzt vor ihr sitzt, bereit zu sprechen.

Wollen Sie einen Kaffee? Marianne zuckt zusammen, nickt. Révol steht wieder auf, dreht ihr den Rücken zu, nimmt die Kaffeekanne, die sie nicht gesehen hat, und gießt den Kaffee in weiße Plastikbecher, es dampft, seine Gesten sind ausholend und lautlos, Zucker? Er wartet ab, legt sich die Worte zurecht, sie weiß es, passt sich diesem Tempo an, spürt die paradoxe Spannung, denn die Zeit tropft wie der Kaffee in die Kanne, während doch alles auf die Dringlichkeit, das Radikale, Prekäre der Situation verweist, Marianne hat jetzt die Augen geschlossen, sie trinkt, konzentriert auf das flüssige Brennen in ihrer Kehle, sie fürchtet sich so sehr vor dem ersten Wort des ersten Satzes – der Kiefer zittert, die Lippen öffnen und verziehen sich, die Zähne werden sichtbar, manchmal ein Stück Zunge –, dem unglücksgesättigten Satz, von dem sie weiß, dass er soeben gebildet wird, alles in ihr weicht zurück, entzieht sich, ihre Wirbelsäule krümmt sich in den Stuhl – er wackelt –, ihr Kopf sinkt nach hinten, sie möchte sich verdrücken, zur Tür laufen, abhauen oder durch eine Falltür verschwinden, die sich plötzlich unter den Stuhlbeinen auftäte, schwupp!, ein Loch, eine Versenkung – man soll sie hier vergessen, niemand soll sie finden können, nie will sie etwas anderes wissen, als dass Simons Herz klopft –, sie möchte raus aus diesem allzu abgeschlossenen Raum, diesem fahlen Licht und vor der Nachricht fliehen, sie ist nicht mutig, nein, sie duckt sich weg, sie windet sich, sie gäbe alles, was sie besitzt, damit man sie beruhigt und belügt, damit man ihr eine Geschichte erzählt, spannend natürlich, aber mit Happy End, sie ist unendlich feige, aber sie hält stand, jede vergehende Sekunde ist ein Gewinn, jede anbrechende Sekunde bremst den Lauf des Schicksals, Révol beobachtet die zuckenden Hände, die unter dem Stuhl verknoteten Beine, die geschwollenen, noch vom Vortag dunkel verschmierten Lider – schwarzes Kajal, mit der Fingerspitze in einem Schwung aufgetragen – über der verschwommenen, durchsichtigen Iris – trübes, wässriges Jadegrün –, das Zittern ihrer gebogenen Wimpern, und er weiß, dass sie verstanden hat, er weiß, dass sie weiß, und mit unendlicher Sanftmut willigt er ein, die Zeit auszudehnen, bis er zu reden beginnt, greift zu dem Muranoglas-Briefbeschwerer und rollt ihn in der Hand, die Glaskugel funkelt im kalten Neonlicht, überzieht Wände und Decke mit ihrem Schillern, ädert Mariannes Gesicht, und als sie die Augen öffnet, ist dies für Révol das Zeichen, dass er beginnen kann.

»Der Zustand Ihres Sohns ist ernst.«

Bei seinen ersten, mit ruhiger, heller Stimme gesprochenen Worten suchen Mariannes – trockene – Augen Révols Blick, der auf sie gerichtet ist, während sein Satz entsteht, während er Gestalt annimmt, klar, ohne brutal zu sein – Semantik von frontaler Genauigkeit, ruhiges Tempo, durchsetzt von Pausen, Verzögerungen, die sich mit der Entfaltung des Sinns ergeben –, langsam genug, dass Marianne innerlich jede Silbe nachsprechen, in sich aufnehmen kann: Ihr Sohn hat bei dem Unfall ein Schädelhirntrauma erlitten, der Scan weist auf eine erhebliche Verletzung im Bereich des Frontallappens hin – er fasst sich zur Untermalung mit der Hand an den Schädel über der Stirn –, und die heftige Erschütterung hat eine Hirnblutung ausgelöst, Simon war im Koma, als er eingeliefert wurde.

Der Kaffee im Becher wird kalt, Révol trinkt langsam, während Marianne ihm gegenüber sich in eine Statue verwandelt hat. Das Telefon läutet einmal, zweimal, dreimal, doch Révol hebt nicht ab, Marianne starrt ihm in sein langes Gesicht, saugt es buchstäblich auf – seidig weißer Teint, violette Ringe unter großen Augen von transparentem Grau, schwere Lider, zerknittert wie Nussschalen, ein bewegtes Gesicht –, und das Schweigen schwillt an, bis Révol fortfährt: Ich bin besorgt – seine Stimme überrascht ihn, unerklärlich laut ist sie, als hätte sich der Klang verstellt –, im Augenblick machen wir verschiedene Untersuchungen, die ersten Ergebnisse sind nicht gut. Seine Stimme mag in Mariannes Ohren fremd klingen und sofort ihre Atmung beschleunigen, doch will sie sich nicht einschmeicheln wie diese fiesen Stimmen, die zu trösten behaupten, während sie ein Todesurteil sprechen, stattdessen zeigt sie einen Platz für Marianne, einen Platz und eine Richtung.

»Es handelt sich um ein tiefes Koma.«

Die folgenden Sekunden öffnen einen Raum zwischen ihnen, einen nackten, stillen Raum, an dessen Rand sie eine Zeitlang verharren. In Marianne Limbres' Kopf beginnt sich langsam das Wort Koma zu drehen, während Révol über die dunkle Seite seiner Arbeit nachdenkt, in der Hand immer noch die Glaskugel, trübe, einsame Sonne, und nichts erschien ihm je gewaltiger, komplexer, als sich zu dieser Frau zu setzen und sich mit ihr in den delikaten Bereich der Sprache vorzutasten, in dem es um den Tod geht, mit ihr gemeinsam weiter darin vorzudringen. Er erklärt: Simon reagiert nicht mehr auf Schmerzreize, Pupillenstörungen sind aufgetreten, Organfunktionsstörungen, insbesondere Atemstörungen, die Lunge beginnt zu verschleimen, und die ersten Scans sehen nicht gut aus – er spricht langsam, holt zwischendurch Atem, um sich mit seinem Körper einzubringen, ihn in seinen Worten präsent zu machen, durch die klinischen Befunde Empathie auszudrücken, er spricht, als würde er ziselieren, und jetzt schauen sie sich in die Augen, sie sehen einander ins Gesicht, das ist es, nichts anderes als das, dem andern ins Gesicht sehen, ohne auszuweichen, als wären Sprechen und

Anblicken die beiden Seiten ein und derselben Geste, als ginge es ebenso darum, einander ins Gesicht zu sehen, wie darum, dem ins Gesicht zu sehen, was in einem der Zimmer dieses Krankenhauses geschehen wird.

Ich will zu Simon – Panik in der Stimme, Flackern in den Augen, die Hände in der Luft. Ich will zu Simon, ist alles, was sie sagt, während in ihrer Manteltasche zum x-ten Mal das Telefon vibriert – die Nachbarin, die Lou hütet, die Eltern von Chris, die Eltern von Johan, aber noch immer kein Zeichen von Sean, wo ist er? Sie tippt eine Nachricht: Ruf mich an.

Révol hebt den Kopf: Jetzt? Wollen Sie jetzt zu ihm? Er wirft einen Blick auf die Uhr – 12:30 – und antwortet ruhig: Das ist im Augenblick nicht möglich, Sie müssen etwas warten, er wird noch versorgt, aber sobald wir fertig sind, können Sie Ihren Sohn natürlich sehen. Er legt ein gelbliches Blatt Papier vor sich hin und fährt fort: Es wäre für mich, wenn es Ihnen recht ist, wichtig, ein wenig über Simon zu sprechen. Über Simon sprechen. Marianne verspannt sich. Was meint er mit »über Simon sprechen«? Soll sie über seinen Körper Auskunft geben, als würde sie ein Formular ausfüllen? Die Operationen ankreuzen, denen er unterzogen wurde? – Polypen, Blinddarm, sonst nichts; die Brüche, die er sich zugezogen hat? – in dem Sommer, als er zehn wurde, eine Radiusfraktur bei einem Sturz mit dem Fahrrad, das ist alles; die Allergien, die den Alltag komplizieren machen? – nein, keine; die Infektionen, die er sich zugezogen hat? – mit fünf Jahren Ansteckung mit Straphylococcus aureus, wovon er jedem erzählte, stolz auf den Ausnahmestatus, den ihm dieser fabelhafte Name verlieh, mit sechzehn Pfeiffer'sches Drüsenfieber, auch Kusskrankheit genannt, er lächelte schief, wenn man ihn damit neckte, er trug damals einen seltsamen Pyjama, bestehend aus Hawaii-Shorts und einem molligen Sweatshirt. Soll sie die Kinderkrankheiten aufzählen? Über Simon sprechen. Die Bilder stürzen auf sie ein, Marianne schwirrt der Kopf: das Drei-Tage-Fieber des Babys im Strampelanzug, die Röteln des Dreijährigen, die braunen Krusten auf seiner Kopfhaut, hinter den Ohren, er war vom Fieber dehydriert und hatte zehn Tage lang gelbe Augen und verklebte Haare. Marianne antwortet einsilbig, während Révol ein paar Notizen macht – Geburtsdatum, Geburtsort, Gewicht, Größe – und sich im Übrigen für die Kinderkrankheiten wenig zu interessieren scheint, seit er auf sein Papier geschrieben hat, dass Simon keine besondere Vorgeschichte, keine ernsten Erkrankungen, seltene Allergien oder Missbildungen hat, von denen seine Mutter wüsste und die sie mitteilen könnte – hier wird Marianne unsicher, ein Aufwallen von Erinnerung, Skifreizeit in Les Contamines-Montjoie, Simon ist zehn und hat heftige Bauchschmerzen, der Arzt, der ihn untersucht, tastet seine linke Seite ab und diagnostiziert, da er von einer Blinddarmentzündung ausgeht, eine seitenverkehrte Anatomie, das heißt, das Herz sitzt rechts und alles andere entsprechend, eine Diagnose, die niemand in Frage stellte, und diese Anomalie machte ihn bis zum Ende der Freizeit zu einer ganz besonderen Person.

Ich danke Ihnen. Nachdem er das Blatt mit der Hand glattgestrichen hat, legt er es in eine blassgrüne Mappe, Simons Akte. Er schaut zu Marianne auf: Sie können Ihren Sohn sehen, sobald wir mit den Untersuchungen fertig sind. Welche Untersuchungen? Mariannes Stimme ist plötzlich fest, wenn Untersuchungen gemacht werden, dann ist ja noch nichts endgültig. Das Leuchten in ihren Augen alarmiert Révol, und er bemüht sich, die Situation im Griff zu behalten und die Hoffnung zu dämpfen: Simons Zustand ist nicht stabil und verändert sich nicht zum Guten. Marianne schluckt. Ach so, erwidert sie, und wohin verändert sich sein Zustand? Sie weiß, dass sie aus der Deckung geht, wenn sie so spricht, dass es riskant ist, und Révol atmet tief ein, bevor er antwortet.

»Simons Verletzungen sind irreversibel.«

Er hat das böse Gefühl, einen Schlag zu versetzen, eine Bombe platzen zu lassen. Dann steht er auf: Wir rufen Sie so bald wie möglich, und fügt eine Stufe lauter hinzu: Ist Simons Vater unterrichtet? Marianne schaut ihn an, er wird am frühen Nachmittag hier sein – aber Sean ruft nicht an, immer noch nicht, und Marianne gerät plötzlich in Panik, vielleicht ist er gar nicht im Schuppen, denkt sie, und auch nicht zu Hause, sondern liefert ein Boot nach Villequier, Duclair oder Caudebec-en-Caux oder in einen Ruderclub an der Seine, und vielleicht probiert er es in diesem Augenblick mit dem Käufer aus und sie sitzen rudernd auf den Rollsitzen und beobachten sein Verhalten, das sie leise fachmännisch kommentieren, und Marianne sieht den sich verengenden Flusslauf zwischen moosbesetzten hohen Felswänden, aus denen waagrecht Pflanzen herauswachsen, Torfmoose, Riesenfarne und fette Lianen, giftgrünes Gewirr, das in schwindelnde Höhen wuchert oder in Kaskaden auf den Fluss hinabfällt, dann lässt das Licht nach, über dem Boot ist nur ein schmaler Streifen milchig weißen Himmels zu sehen, das Wasser wird schwer, glatt und träge, die Oberfläche wimmelnd von Insekten – türkis schillernde Libellen, durchsichtige Mücken –, es nimmt die Farbe von Bronze an, matt mit silbernen Reflexen, und plötzlich stellt Marianne sich entsetzt vor, Sean sei nach Neuseeland zurückgekehrt und fahre von der Cookstraße aus den Whanganui River hinauf, eine andere Flussmündung, eine andere Stadt, und dringe, allein in seinem Kanu, ins Land vor, absolut friedlich, friedlich, wie sie ihn kennt, mit ruhigem Blick; er rudert gleichmäßig, vorbei an den Maori-Dörfern der Ufer, überwindet die Wasserfälle zu Fuß, das leichte Boot auf dem Rücken, und wandert immer weiter nach Norden, auf das zentrale Plateau und den Vulkan Tongariro zu, wo der heilige Fluss entspringt, legt noch einmal den Weg der Migration in die neuen Landstriche zurück, sie sieht Sean genau und hört sogar seinen Atem, der in der Schlucht wie in einer Echokammer anschwillt, dort herrscht eine erstickende Ruhe – Révol blickt sie an, besorgt über ihr panisches Gesicht, aber er muss zum Schluss kommen, ich sehe Sie also mit ihm, wenn es so weit ist, Marianne nickt, in Ordnung.

Stühlerücken, Quietschen der Tür, jetzt gehen sie durch den Flur zurück, am Ausgang dreht Marianne sich um, ohne dem armseligen Dialog noch einen Satz hinzuzufügen, und entfernt sich langsam, ohne zu wissen wohin, sie kommt am Wartezimmer vorbei, aufgereihte Stühle, der niedrige Tisch übersät mit zerlesenen Illustrierten, von denen knackige Frauen mit gesunden Zähnen, glänzendem Haar und straffem Bauch lächeln, und dann betritt sie wieder die riesige Halle aus Glas und Beton, den Boden mit den unzähligen Spuren, sie geht an der Cafeteria entlang – bunte Chipspackungen, Bonbons und Kaugummi auf Verkaufsständern, übereinander hängende kleine Plakate im Vierfarbdruck mit Pizzas und Burgern, Wasser- und Limoflaschen in Kühlvitrinen –, bleibt abrupt stehen, taumelt, Simon liegt irgendwo da drüben, wie kann sie ihn zurücklassen? Sie möchte umkehren, rafft sich aber auf, sie muss hier weg und Sean finden, sie muss ihn unbedingt erreichen.

Sie geht auf den Haupteingang zu, in der Ferne öffnet sich langsam die Tür, vier Schemen treten ein und kommen ihr entgegen, vier Gestalten, die sich schon bald aus dem Nebel lösen, in den ihre kurzsichtigen Augen sie einhüllen: Es sind die Eltern der beiden anderen Caballeros, die Eltern von Christoph und die von Johan, nebeneinander, und immer in den gleichen Wintermänteln, die auf den Schultern lasten, mit den gleichen dick umgeschlungenen Schals, die wie eine Halskrause die schweren Köpfe halten, den gleichen Handschuhen. Sie erkennen Marianne, verlangsamen den Schritt, dann bricht einer der beiden Männer aus der Reihe aus, eilt ihr entgegen, nimmt sie in den Arm, worauf auch die drei anderen sie umarmen. Wie geht es ihm?, das sagt Chris' Vater; die vier schauen sie an, sie ist wie gelähmt. Flüstert: Er liegt im Koma, man weiß noch nicht. Sie zuckt die Schultern, ihr Mund verzieht sich. Und ihr? Die Jungs? Johans Mutter antwortet: Chris, linke Hüfte und Wadenbein gebrochen; Johan, beide Handgelenke und Schlüsselbein gebrochen, Brustkorb eingedrückt, aber kein Organ perforiert. Sie ist sachlich, eine übertriebene Sachlichkeit, die Marianne zu verstehen geben soll, dass sie sich alle vier ihres Glücks, ihres ungeheueren Massels bewusst sind, denn bei ihnen, das sind nur Bruchschäden, ihr Kind war angeschnallt, war gegen den Aufprall geschützt, und wenn sie die Sorgen derart herunterspielt und sich jeden Kommentars enthält, so will sie damit Marianne auch sagen, dass die anderen bezüglich Simons auf dem Laufenden sind und wissen, dass es ernst ist, sogar sehr ernst, es wird von der Intensivstation etwas durchgesickert sein in die Orthopädie und Unfallchirurgie, wo ihre Söhne liegen, und dass sie nicht so taktlos ist, damit konkurrieren zu wollen, und schließlich gibt es da diese Befangenheit, die sie empfindet, die Schuldgefühle, die sie hemmen, denn das mit dem Gurt hatte sich zwischen ihren beiden Söhnen entschieden, Chris musste ja fahren, und so hätte Johan sich leicht auch in die Mitte setzen können, und dann wäre sie in diesem Augenblick an Mariannes Stelle, genau an ihrer Stelle, stünde vor demselben Abgrund, genauso gezeichnet vom Unglück, und allein dieser Gedanke macht sie schwindeln, ihre Beine geben nach und sie verdreht die Augen, ihr Mann spürt, dass ihr schwach wird, kommt näher, schiebt einen Arm unter den ihren, um sie zu stützen, und während Marianne diese Frau beobachtet, die umkippt, erkennt auch sie den Abgrund zwischen ihnen beiden, zwischen ihr und ihnen, diese Kluft, die sie jetzt trennt, danke, ich muss gehen, wir hören später voneinander.

Sie merkt plötzlich, dass sie nicht nach Hause fahren will, es ist noch nicht an der Zeit, Lou wiederzusehen, ihre Mutter anzurufen, Simons Großeltern, die Freunde zu informieren, es ist noch nicht an der Zeit zu hören, wie sie in Panik geraten und leiden, manche werden in den Hörer schreien, nein, mein Gott, Scheiße, verdammt, das ist nicht wahr, manche werden in Tränen ausbrechen und andere sie mit Fragen bedrängen, die Namen medizinischer Untersuchungen nennen, die sie nicht kennt, ihr den Fall eines Bekannten schildern, der davongekommen ist, obwohl man ihn für verloren hielt, und alles an spektakulären Remissionen zusammentragen, was es in ihrem Umkreis und darüber hinaus gibt, das Krankenhaus, die Diagnose, die Behandlung hinterfragen und sich sogar nach dem Namen des Arztes erkundigen, der ihn aufgenommen hat, ach so, aber ich weiß nicht, ach der, den kenne ich nicht, oh, sicher ist er sehr gut, und darauf bestehen, dass sie doch die Nummer dieses großen Medizinprofessors notiert, bei dem man mindestens zwei Jahre auf einen Termin wartet, sich sogar erbieten, ihn eventuell anzurufen, da sie ihn kennen oder einen Freund haben, welcher, und vielleicht ist sogar jemand dumm genug beziehungsweise so komplett bescheuert, sie darauf aufmerksam zu machen, dass, Obacht, das irreversible Koma auch mit anderen ähnlichen Zuständen verwechselt werden kann wie beispielsweise Alkohol- oder Beruhigungsmittelvergiftung, Hypoglykämie oder auch Hypothermie, und dann wird ihr schlecht werden, wenn sie an die Surfsession im kalten Wasser an diesem Morgen denkt, und dann wird sie sich wieder fangen, um den, der sie quält, daran zu erinnern, dass ein extrem schlimmer Unfall passiert ist, und sosehr sie sich auch wehren und beteuern wird, dass Simon in guten Händen ist, dass man warten muss, werden sie ihrer Zuneigung Ausdruck geben und auf sie einreden, nein, die Zeit ist noch nicht gekommen, was sie will, ist ein Ort, wo sie warten kann, ein Ort, wo sie die Zeit totschlagen kann, sie sucht Schutz, erreicht den Parkplatz und rennt plötzlich zu ihrem Auto, springt hinein, schlägt mit den Fäusten aufs Lenkrad, ihre Haare fliegen über das Armaturenbrett, ihre Bewegungen sind so fahrig, dass sie Mühe hat, den Schlüssel ins Zündschloss zu stecken, und als sie endlich gestartet ist, vergisst sie zu schalten, lässt die Reifen quietschen, fährt dann immer geradeaus, nach Westen, dem in dieser Stadt stets helleren Abendhimmel entgegen, während Révol, zurück in seinem Büro, ohne sich hinzusetzen, tut, was das Gesetz ihm auferlegt, wenn auf der Intensivstation ein Hirntod festgestellt wird: Er nimmt sein Telefon, wählt die Nummer der Koordinationsstelle für Organ- und Gewebeentnahmen, und am anderen Ende meldet sich Thomas Rémige.

Doch der hätte den Anruf beinahe verpasst, das Telefon beinahe nicht gehört, erst als er nach einer langen bewegten Phrase – ein mehrstimmiges Chorstück, ein Vogelschwarm, Benjamin Britten, *A Ceremony of Carols* Op. 28 – Atem holte, bemerkte er das Piepen, in das sich das helle, zarte Zwitschern eines Distelfinks im Käfig mischte.

An diesem Sonntagmorgen kippt Thomas Rémige in der kleinen Souterrainwohnung in der Rue Commandant-Charcot die Lamellen einer Jalousie; er ist allein, nackt, und er singt. Er hat sich in die Mitte des Raums gestellt – stets an denselben Platz –, das Körpergewicht gleichmäßig auf beide Füße verteilt, der Rücken gerade, die Schultern leicht nach hinten gezogen, der Brustkorb weit, damit Hals und Lunge frei sind, und als er eine stabile Haltung gefunden hat, lässt er langsam den Kopf kreisen, um die Halswirbel zu lockern, tut dasselbe mit beiden Schultern, stellt sich dann die Luftsäule in seinem Innern vor, von der Bauchhöhle bis zur Kehle, den Atemstrom, der seine Stimmbänder zum Schwingen bringt, korrigiert noch einmal seine Haltung. Schließlich macht er den Mund auf, ein Scheunentor – ein bisschen seltsam in diesem Moment, irgendwie lächerlich –, füllt seine Lungen mit Luft, spannt die Bauchmuskeln an und atmet dann aus, so wie wenn eine Schleuse geöffnet wird, und dehnt das Ganze so lange wie möglich aus, lockert dabei sein Zwerchfell und seine Wangenmuskeln – eine taube Person hätte ihm allein durch Auflegen der Hände zuhören können. Wer die Szene beobachtet, mag sich an den Sonnengruß oder den morgendlichen Lobgesang der Mönche und Nonnen erinnert fühlen; oder irgendein Ritual zur Pflege und Gesunderhaltung des Körpers darin sehen – ein Glas frisches Wasser trinken, sich die Zähne putzen, vor dem Fernseher eine Matte ausrollen, um Gymnastik zu machen –, für Thomas Rémige handelt es sich jedoch um etwas ganz anderes: eine Selbsterforschung – die Stimme als Sonde in seinem Körper, die alles, was ihn bewegt, nach außen weiterleitet, die Stimme als Stethoskop.

Er ist zwanzig, als er den Hof der Familie verlässt, ein stattliches normannisches Gehöft, das seine Schwester und sein Schwager übernehmen werden. Vorbei der Schulbus und der Morast vor dem Haus, der Geruch nach nassem Heu, das einsame Muhen einer Milchkuh, die gemolken werden will, und die dichte Wand von Pappeln auf einer grasbewachsenen Böschung, jetzt wohnt er in einer winzigen Wohnung, die seine Eltern im Zentrum von Rouen für ihn gemietet haben, Elektroöfchen und Klappsofa, fährt auf einer Honda 500 von 1971, hat mit der Krankenpflegeschule angefangen, liebt Mädchen, liebt Jungens, weiß es nicht, und bei einer Paris-Tour betritt er eines Abends in Belleville eine Karaokebar, jede Menge Chinesen sind da, Vinylhaare und polierte Wangenknochen, Stammgäste, die an ihrem Auftritt feilen, vor allem Paare, die sich gegenseitig bewundern und filmen, wenn sie Gesten und Haltungen aus Fernsehsendungen nachspielen, da gibt er plötzlich dem Drängen seiner Begleiter nach und wählt ein Stück, etwas Kurzes, etwas Schlichtes – *Heartache* von Bonnie Tyler war es, glaube ich –, und als er an der Reihe ist, geht er auf die Bühne, wo er sich langsam verwandelt, sein willensschwacher Körper stellt sich in Positur, eine Stimme kommt aus seinem Mund, eine Stimme, die seine ist, die er aber nicht kennt, Umfang, Timbre, Beschaffenheit sind unerhört, als steckten in seinem Körper andere Versionen von ihm selbst – ein gestreiftes Wildtier, ein lebendes Kliff, ein Freudenmädchen –, der DJ hat sich natürlich nicht getäuscht, es ist wirklich er, der singt, und jetzt begreift er seine Stimme als körperliche Signatur, als die Form seiner Singularität, jetzt will er sich kennenlernen und beginnt zu singen.

Indem er den Gesang entdeckt, entdeckt er seinen Körper, so geht das. Wie der Amateursportler am Tag nach einem harten Training – Laufen, Radfahren, Gymnastik – spürt er ihm bis dahin unbekannte Verspannungen, Knoten und Strömungen, Punkte und Zonen, als kämen unerforschte Möglichkeiten seiner Person zum Vorschein. Er beginnt zu erkennen, woraus er besteht, seine genaue Anatomie zu begreifen, die Form der Organe, die Unterschiedlichkeit der Muskeln, ihre ungeahnten Kräfte; er erforscht sein Atmungssystem und wie das Singen ihn zusammenhält, ihn zu einem menschlichen Körper und vielleicht mehr noch zu einem singenden Körper macht. Es ist eine zweite Geburt.

Im Lauf der Jahre verwendet er immer mehr Zeit und Geld auf den Gesang, der schließlich einen beträchtlichen Teil seines Alltags und seines durch die Dienste im Krankenhaus aufgebesserten Gehalts beansprucht. Jeden Morgen singt er sich ein, jeden Abend übt er, zweimal in der Woche nimmt er Unterricht bei einer Opernsängerin mit birnenförmigem Körperbau – Giraffenhals und biegsame Arme, mächtige Büste und flacher Bauch, entsprechend breites Becken, das Ganze eingehüllt von einer Haarpracht, die über Flanellröcke hinabwogt zum Knie –, nachts spürt er im Internet irgendwelche Konzerte, Opern, neue Einspielungen auf, lädt sie herunter, raubkopiert, archiviert, fährt im Sommer durch ganz Frankreich, um hier oder dort ein Opernfestival zu besuchen, schläft im Zelt oder teilt mit anderen gleichgesinnten Amateuren eine Ferienwohnung, lernt Ousmane kennen, Gnawa-Musiker und Bariton, und letzten Sommer plötzlich Reise nach Algerien und Erwerb eines Distelfinken aus dem Tal von Collo, wofür er das gesamte Erbe seiner Großmutter auf den Kopf haut – dreitausend Euro in bar, eingewickelt in ein Batisttaschentuch.

Seine ersten Jahre als Intensivpflegekraft wühlen ihn auf. Er entdeckt eine jenseitige oder unterirdische Welt, eine Parallelwelt am Rand der anderen und getrübt durch die ständige Berührung mit ihr, eine vom Schlaf durchdrungene Welt, in der er selbst nie schläft. Anfangs bewegt er sich auf Station wie jemand, der seine eigene innere Landkarte erstellt, in dem Bewusstsein, dass er sich hier in der anderen Hälfte der Zeit befindet, in der zerebralen Nacht, im Herzen des Reaktors – seine Stimme wird heller, nuancenreicher, er studiert in dem Moment sein erstes Lied ein, und zwar ein Wiegenlied von Brahms, eine einfache Melodie, wahrscheinlich singt er es zum ersten Mal am Bett eines unruhigen Patienten, die Musik als Analgetikum. Gleitende Arbeitszeit, hohe Belastung, es fehlt an allem. Die Station ist ein geschlossener Kosmos, gehorcht ihren eigenen Regeln, und Thomas hat zunehmend das Gefühl, von der Außenwelt abgeschnitten zu sein, an einem Ort zu leben, wo die Zäsur Tag/Nacht für ihn nichts mehr bedeutet. Manchmal hat er das Gefühl, den Boden unter den Füßen zu verlieren. Um frische Luft zu spüren, nimmt er an mehr und mehr Kursen teil, von denen er erschöpft, aber

auch mit immer intensiverem Blick und einer immer far-
benreicheren Stimme zurückkehrt, dabei arbeitet er, ohne
je seine Kräfte zu schonen, die man bei den Dienstbespre-
chungen hervorzuheben beginnt, interveniert sicher und
angemessen in allen Stadien des Schlafs, einschließlich
der Aufwachphase, handhabt gekonnt die Überwachungs-
apparate und medizinischen Geräte, interessiert sich für
die Schmerzbehandlung. Sieben Jahre in diesem Rhythmus, dann bekommt er Lust auf einen anderen Schwer-
punkt im selben Umfeld. Er wird eine der dreihundert
Fachpflegekräfte des Landes, die Organ- und Gewebeentnahmen koordinieren, wechselt ans Krankenhaus von
Le Havre, er ist neunundzwanzig, er ist fabelhaft. Wenn
man ihn nach dieser Neuorientierung fragt, die, man ahnt
es, eine Zusatzausbildung erforderte, nennt Thomas das
Verhältnis zu den Angehörigen, Psychologie, Recht, die
kollektive Dimension des Vorgangs, all das, was in seinem
Pflegerberuf eine Rolle spielt, gewiss, gewiss, aber da ist
noch etwas anderes, etwas Komplexeres, und wenn er Ver-
trauen hat, wenn er sich Zeit nimmt, spricht er von dem
einzigartigen Herantasten an die Schwelle des Lebendigen,
vom Hinterfragen des menschlichen Körpers und seiner
Verwendung, vom Nachdenken über den Tod und seine
Repräsentationen – denn darum geht es. Er ignoriert die,
die um ihn herum sind und ihn aufziehen – und wenn das
Elektroenzephalogramm gesponnen hätte, Panne, Stö-
rung, Stromausfall, und der Typ nicht wirklich tot wäre,
das kommt doch vor, oder? Au weia, du hast es mit dem
Tod, Tom, du bist schräg drauf! –, kaut lächelnd auf einem
x-ten Streichholz und spendiert eine Runde, nachdem er
an der Sorbonne seinen Master in Philosophie mit Aus-
zeichnung bestanden hat – als großer Spezialist im Handel
mit Diensten unter Team-Kollegen hatte er es geschafft,

eine Vertretung für die fünf Seminar-Halbtage in der Rue Saint-Jacques zu finden, dieser Straße, die er so gern, dem Brausen der Stadt lauschend und manchmal singend, bis zur Seine hinunterging.

Unmöglich, sich heute irgendetwas vorzunehmen, Thomas Rémige hat Bereitschaftsdienst, die Intensivstation kann in diesen vierundzwanzig Stunden jederzeit anrufen, das ist das Prinzip. Wie jedes Mal muss er sich auf diese freien und gleichzeitig doch nicht verfügbaren Stunden einstellen – auf diese paradoxen Stunden, die vielleicht der andere Name für Langeweile sind –, er muss die Latenz organisieren, und sehr oft geht es schief, dann kann er sich weder ausruhen noch die freie Zeit nutzen, wartet ab, wie gelähmt vom Zögern – macht sich fertig, um hinauszugehen, bleibt schließlich da; fängt an Kuchen zu backen, einen Film anzuschauen, digitale Tonaufnahmen zu archivieren – Distelfinkgesang –, schließlich wirft er weg, beginnt von vorn, lässt alles liegen, verschiebt auf später, dann werden wir sehen, aber später kommt nie, später, das ist ein Zeitfluss, den zufällige Dienstpläne aufrühren. Daher verspürt Thomas, als die Nummer des Krankenhauses auf dem Display angezeigt wird, einen Stich der Enttäuschung und zugleich Erleichterung.

Die Koordinierungsstelle, die er leitet, funktioniert als vom Krankenhaus unabhängige Abteilung, obwohl sie in seinen Mauern angesiedelt ist, aber Révol und Rémige kennen sich, und der junge Mann weiß genau, was Révol ihm mitteilen wird, er könnte sogar an seiner Stelle den Satz aussprechen, der das Drama der größeren Effizienz halber standardisiert: Bei einem Patienten der Station wurde der Hirntod festgestellt. Eine Aussage, die wie ein abschließendes Urteil klingt, für Thomas dagegen hat sie eine andere Bedeutung, sie steht am Beginn einer Bewegung, sie löst einen Prozess aus.

»Bei einem Patienten der Station wurde der Hirntod festgestellt.«

Révol verwendet genau die erwartete Formulierung. Okay, scheint Rémige zu antworten, ohne den Mund aufzumachen, aber er nickt und geht sofort das hyperkalibrierte Prozedere durch, das in einem zugleich komplexen und strengen rechtlichen Rahmen zu erfolgen hat, ein Ablauf von hoher Präzision in einer festgelegten Zeit, und da schaut er auch schon auf seine Uhr – was er in den kommenden Stunden noch oft tun wird, alle tun es ununterbrochen, bis zum Schluss.

Ein Dialog entspinnt sich, rasch werden Sätze gewechselt, dicht an Simon Limbres' Körper, Rémige befragt Révol zu drei Punkten: Hintergrund der Diagnose Hirntod – wie steht es damit? –, medizinische Bewertung des Patienten – Todesursache, Vorgeschichte, Machbarkeit der Transplantation – und schließlich Kontakt zu den Angehörigen – war es trotz der Plötzlichkeit der Ereignisse möglich, mit der Familie zu sprechen? Ist die Familie anwesend? Diese letzte Frage verneint Révol, dann präzisiert er, ich habe die Mutter getroffen. Gut, ich mache mich fertig, Rémige fröstelt, ihm ist kalt – er ist ja nackt.

Kurze Zeit später steigt Thomas Rémige behelmt, behandschuht, gestiefelt, die Jacke bis zum Kinn geschlossen und seinen indigoblauen Tuaregschal um den Hals gewickelt, auf sein Motorrad, um zum Krankenhaus zu fahren – bevor er seinen Helm aufgesetzt hat, wird er dem Echo seiner Schritte in der stillen Straße gelauscht haben, empfänglich für diesen akustischen Eindruck von Schlucht, von Engpass. Eine einzige Handgelenkbewegung genügt, seine Maschine zu starten, dann rollt auch er nach Osten, immer geradeaus auf der Piste, die die Unterstadt durchschneidet – parallel zu der, die Marianne kurz zuvor genommen hat –, Rue René-Coty, Rue du Maréchal-Joffre, Rue Aristide-Briand – Namen mit Spitz- und Schnurrbart, Namen mit Bauch und Taschenuhr, Namen mit weichem Hut –, Rue de Verdun und so weiter bis zu den Autobahnauffahrten am Stadtrand. Sein Integralhelm verbietet ihm zu singen, doch wenn ihn an manchen Tagen der aus Angst und Euphorie gespeiste Übermut packt, heizt er mit offenem Visier durch die urbanen Schneisen und bringt seine Stimmbänder zum Schwingen.

Später, im Krankenhaus. Thomas kennt die überdimensionale Halle in- und auswendig, diese Leere, die er in der Diagonalen durchqueren muss, um die Treppe zu erreichen, die zu seinem Büro führt, der Koordinationsstelle für Organ- und Gewebeentnahmen, im ersten Stock. Doch heute Morgen betritt er die Halle als Fremder, so wachsam, als wäre er kein Mitarbeiter, er kommt wie in irgendeine andere Klinik der Region – irgendeine Einrichtung, die nicht berechtigt ist, Organentnahmen durchzuführen. Beschleunigt seine Schritte, als er am Empfang vorbeigeht, wo schweigend, mit roten Augen, zwei Männer in Jeans und dicken schwarzen Daunenjacken warten, winkt grüßend der Frau mit den zusammengewachsenen Augenbrauen, und diese, da sie weiß, dass er Bereitschaftsdienst hat, und deshalb ahnt, als sie ihn kommen sieht, dass ein Patient auf der Intensivstation ein potenzieller Spender geworden ist, begnügt sich damit, seinen Gruß mit einem Blick zu erwidern – es ist immer eine delikate Angelegenheit, wenn der koordinierende Krankenpfleger auftaucht: die Angehörigen des Patienten, die nicht wissen, was sich anbahnt, könnten mitbekommen, wie er Dritten erzählt, warum er da ist, könnten einen Bezug zum Zustand ihres Kindes, Bruders, Geliebten herstellen und von dieser Nachricht kalt erwischt werden, was für die vorgesehenen Gespräche nichts Gutes bedeuten würde.

In seinem Refugium hinter dem Schreibtisch stehend, reicht Révol mit hochgezogenen Brauen – große Augen, gerunzelte Stirn – Thomas die Krankenakte Simon Limbres' und sagt zu ihm, als würde er ihr Telefongespräch fortsetzen: Ein Neunzehnjähriger, neurologische Untersuchung areaktiv, keine Schmerzreaktion, keinerlei Reflex der Hirnnerven, starre Pupillen, hämodynamischer Zustand stabil, ich habe die Mutter gesehen, der Vater kommt innerhalb der nächsten zwei Stunden. Der Pfleger wirft einen Blick auf seine Uhr, zwei Stunden? Der Kaffeerest tröpfelt in einen knisternden Becher. Révol fährt fort: Ich habe das erste EEG angeordnet, es läuft gerade. Worte wie ein Startschuss beim Rennen, denn Révol gibt damit zu verstehen, dass er nun das gesetzlich vorgeschriebene Verfahren zur Feststellung des Todes eröffnet hat – dafür stehen ihm zwei Möglichkeiten zur Verfügung, entweder die CT-Angiographie, bei der im Fall des Hirntods das Röntgenbild den völligen Stillstand der Durchblutung im Schädelinneren bestätigt, oder zwei dreißigminütige EEGs im Abstand von vier Stunden, deren Null-Linien zeigen, dass jegliche elektrische Aktivität des Gehirns erloschen ist. Thomas nimmt die Botschaft auf und erklärt: Wir können jetzt eine komplette Evaluierung der Organe vornehmen. Révol nickt, I know.

Auf dem Flur trennen sie sich. Révol geht hinauf zum

Aufwachraum, um nach den Patienten zu sehen, die am Vormittag eingeliefert worden sind, während Rémige in sein Büro zurückkehrt, wo er unverzüglich den grünen Ordner öffnet. Er blättert vorsichtig die Seiten um, vertieft sich in die Dokumente – die von Marianne gelieferten Informationen, den Bericht des Notarzts, die Analysen und Scans des heutigen Tags, er prägt sich Zahlen ein und vergleicht Daten. Allmählich gewinnt er eine genaue Vorstellung von Simons Körper. Eine unbestimmte Angst überkommt ihn. Er kennt zwar die Etappen und Marksteine des Prozesses, den er einleitet, er weiß aber auch, wie sehr er sich von einem gutgeölten Mechanismus aus vorgefertigten Sätzen und diagonalen Durchstreichungen auf einer Checklist unterscheidet. Es ist Terra incognita.

Dann räuspert er sich und ruft die Agentur für Biomedizin in Saint-Denis an. Es ist so weit.

Die Straße, auch sie, ist still und eintönig wie der Rest der Welt. Die Katastrophe hat auf die Elemente, die Orte, die Dinge übergegriffen, eine Plage, als bliebe nichts unberührt von dem, was am Morgen hinter der Steilküste geschah, der grellbunte Lieferwagen in vollem Tempo gegen den Mast prallte und der Junge mit dem Kopf voran an die Windschutzscheibe geschleudert wurde, als hätte die Umwelt die Wucht des Unfalls absorbiert, das Nachbeben verschluckt, das letzte Zittern erstickt, als wäre die Druckwelle zurückgegangen, als hätte sich ihre Amplitude verringert, als wäre sie schwächer geworden, bis sie nur noch eine flache Linie war, diese einfache Linie, die sich im Raum mit allen anderen mischt, mit den Abermilliarden anderer Linien vereinigt, die die Gewalt der Welt bilden, dieses Knäuel aus Tristesse und Ruinen, und soweit das Auge reicht, gibt es nichts, weder einen Lichtschein noch eine leuchtende Farbe, Goldgelb, Karminrot, weder Musik, die aus einem offenen Fenster dringt – hämmernder Rock oder Schlager, den man lachend mitsingt, glücklich und ein bisschen beschämt, weil man den sentimentalen Text auswendig kennt –, noch den Geruch von Kaffee, den Duft von Blumen oder Gewürzen, nichts, kein Kind mit roten Wangen, das einem Ball hinterherrennt oder dahockt, Kinn auf den Knien, und mit den Augen einer Murmel folgt, die über den Bürgersteig rollt, keine Rufe, keine Stimmen von Menschen, die miteinander sprechen oder Liebesworte flüstern, keinen Schrei eines Neugeborenen, keinen Menschen in seiner Alltagsroutine, beschäftigt mit den einfachen, belanglosen Dingen eines Wintermorgens, nichts, was Marianne in ihrer Not kränken könnte. Sie bewegt sich wie ein Automat, mechanischer Gang, schlaffe Haltung. An diesem unseligen Tag. Sie spricht das leise vor sich hin, sie weiß nicht, woher sie es hat, sie schaut auf ihre Stiefel, während sie es sagt, als sollte es das gedämpfte Klappern der Absätze begleiten, ein regelmäßiges Geräusch, das sie von dem Gedanken abbringt, dass sie im Moment nur eins zu tun hat: gehen, einen Schritt und noch einen und noch einen, dann sich hinsetzen und trinken. Sie geht langsam auf die Kneipe zu, von der sie weiß, dass sie sonntags offen hat, ein Unterschlupf, den sie mit letzter Kraft erreicht. An diesem unseligen Tag bete ich zu dir, o mein Gott. Sie flüstert die Worte wieder und wieder, trennt die Silben wie die Perlen eines Rosenkranzes, wie lange hat sie nicht mehr laut ein Gebet gesprochen? Sie möchte nie mehr aufhören zu gehen.

Sie hat die Tür aufgestoßen. Drinnen ist es dunkel, Spuren nächtlicher Ausschweifungen, Gestank von kalter Asche. Bashung. *Voleur d'amphores au fond des criques.* Sie geht zum Tresen, stützt sich darauf, sie hat Durst, will nicht warten, ist da jemand? Ein riesiger Typ kommt aus der Küche, in einen Baumwollpullover gezwängt, den er auf der Haut trägt, ausgeleierte Jeans, die Haare zerzaust vom plötzlichen Aufstehen, ja, ja, da ist jemand, und als er vor ihr steht, fragt er feierlich: Also, Miss, was trinken wir? Einen Gin – Mariannes Stimme kaum hörbar, ein Keuchen. Der Mann streicht sich mit seinen beringten Händen die Haare zurück, dann spült er ein Glas aus, während er die Frau beäugt, die er hier doch schon mal gesehen hat. Alles in Ordnung, Miss? Marianne wendet sich ab: Ich setze mich hin. Der große alte Spiegel am Ende des Raums zeigt ihr ein Gesicht, das sie nicht kennt, sie dreht den Kopf weg.

Nicht die Augen schließen, den Song hören, die Flaschen über dem Tresen zählen, die Form der Gläser betrachten, die Reklame studieren, *Où subsiste encore ton écho.* Täuschungsmanöver erfinden, die Gewalt abwehren. Den Bildern von Simon, die mit rasender Geschwindigkeit entstehen und in Wellen auf sie einstürzen, Einhalt gebieten, sie mit einem großen Tritt verjagen, während sie sich bereits zu Erinnerungen ordnen, neunzehn Jahre Stoff, eine Masse. All das auf Distanz halten. Die Gedächtnisbilder, die sie überfluteten, als sie in Révols Kabuff über Simon sprach, haben einen Schmerz in ihrer Brust hinterlassen, den sie nicht kontrollieren, nicht dämpfen kann, dazu müsste man das Gedächtnis im Gehirn orten und mit einer hochpräzisionscomputergesteuerten Nadel eine lähmende Substanz injizieren, die fände dort aber nur den Motor der Aktion, die Fähigkeit, sich zu erinnern, denn das Gedächtnis betrifft den ganzen Körper, was Marianne nicht weiß. *J'ai fait la saison dans cette boîte cranienne.*

Sie muss überlegen, sammeln, ordnen, damit sie einen klaren Satz herausbringt, wenn Sean ahnungslos ankommt. Sie muss die Äußerungen so aneinanderreihen, dass sie verständlich sind. Erstens: Simon hatte einen Unfall. Zweitens: Er ist im Koma. Ein Schluck Gin. *Dresseur de loulous, dynamiteur d'aqueducs.* Drittens: Der Zustand ist irreversibel. Sie schluckt, als sie an das Wort denkt, das sie artikulieren muss, irreversibel, fünf Silben, die den Stand der Dinge zementieren und die sie nie ausspricht, denn sie setzt auf die unaufhörliche Bewegung des Lebens, die Umkehrbarkeit jeder Situation, nichts ist endgültig, beteuert sie bei jeder Gelegenheit – sie sagt es in leichtem Ton, wirft den Satz locker hin, so wie man jemanden, der den Mut verliert, sanft schüttelt, nichts ist endgültig, außer der Tod, die Behinderung, und vielleicht dreht sie sich dann um sich selbst, fängt vielleicht an zu tanzen. Aber bei Simon, nein, da nicht. Bei Simon, das ist irreversibel.

Seans Gesicht auf ihrem Telefondisplay – die mandelförmigen Augen unter den Maorilidern – leuchtet auf. Marianne, du hast mich angerufen. Sofort bricht sie in Tränen aus – Chemie des Schmerzes –, unfähig, etwas zu sagen, und er wiederholt: Marianne? Marianne? Zweifellos glaubt er, nicht gut zu hören, weil in der Enge der Docks das Meeresrauschen widerhallt, zweifellos verwechselte er das Schniefen und Schluchzen mit Störgeräuschen in der Leitung, während sie sich in den Handrücken beißt, gelähmt vor Entsetzen, denn die geliebte Stimme, so vertraut, wie es eine Stimme nur sein kann, ist plötzlich fremd geworden, abscheulich fremd, sie kommt aus einer Zeit, in der Simons Unfall nie stattgefunden hat, aus einer intakten Welt, Lichtjahre entfernt von diesem leeren Café; die Stimme klingt jetzt dissonant, unharmonisch, zerreißt ihr das Gehirn, es ist die Stimme des Lebens von vorher. Marianne hört den Mann, der sie anruft, und sie weint, überwältigt von Gefühlen, wie wir sie manchmal empfinden, wenn Dinge die Zeit unbeschadet überdauert haben und uns schmerzlich bewusstmachen, dass es kein Zurück gibt – irgendwann mal müsste sie wissen, in welcher Richtung die Zeit abläuft, ob sie linear ist oder die raschen Kreise eines Hula-Hoop-Reifens beschreibt, ob sie Schleifen bildet, sich windet wie die Maserung eines Schneckenhauses, ob sie die Form jener Tube annehmen kann, jenes Wellentunnels, der das Meer und das ganze Universum in seine dunkle Röhre saugt, ja, sie müsste begreifen, woraus die vergehende Zeit besteht. Marianne umklammert ihr Telefon: Angst zu sprechen, Angst, Seans Stimme zu zerstören, Angst, seine Stimme nie wieder so hören zu können, wie sie ist, Angst, nie wieder eine Zeit zu erleben wie die, in der Simon nicht in einer unumkehrbaren Situation war, und dabei weiß sie, dass sie den Anachronismus dieser Stimme beenden und sie hierher, in die Gegenwart des Dramas, versetzen muss, sie weiß, dass es sein muss, und als sie es endlich schafft, etwas zu sagen, ist es weder konkret noch präzise, sondern nur ein Gestammel, so dass Sean, den nun die Ruhe verlässt, weil ihn ebenfalls das Entsetzen packt – etwas muss passiert sein, etwas Schlimmes –, verzweifelt zu fragen beginnt: Simon? Was ist mit Simon? Beim Surfen? Ein Unfall? Wo? Sein Gesicht taucht vor ihr auf, so deutlich wie auf dem Foto des Hintergrundbilds. Sie stellt sich vor, er könnte denken, Simon sei ertrunken, verbessert sich, das Gestammel wird zu Sätzen, die sich allmählich ordnen und Sinn ergeben, der Reihe nach erzählt sie alles, was sie weiß, und als Sean schreit, schließt sie die Augen und legt sich das Telefon flach aufs Brustbein. Dann fasst sie sich wieder, erklärt ihm in aller Eile, ja, Simons Zustand ist bedrohlich, er liegt im Koma, aber er lebt, und Sean antwortet, verstört wie sie, ich komme, ich bin in zwei Minuten da, wo bist du? – und seine Stimme ist jetzt bei Marianne angekommen, sie ist durch die dünne Membran gedrungen, die die Glücklichen von den Verdammten trennt: Warte auf mich.

Marianne hat die Kraft gefunden, ihm den Namen der Kneipe zu sagen, Le Balto, wie so viele Kneipen in Hafenstädten heißen, und die Lage zu beschreiben – es regnete Bindfäden, als sie zum ersten Mal hier einkehrte, es war im Oktober, vor vier Monaten, sie arbeitete an einem Artikel, ein Auftrag des Amts für Denkmalpflege, sie hatte sich unbedingt noch einmal die Kirche Saint-Joseph, Oscar Niemeyers Volcan und die Musterwohnung in einem Perret-Bau ansehen wollen, all diesen Beton, dessen Bewegung und plastische Radikalität sie liebte, aber ihr Notizbuch weichte auf, und so kippte sie triefend einen Whiskey an der Bar: Sean hatte angefangen, im Hangar zu schlafen, er hatte die Wohnung verlassen, ohne etwas mitzunehmen.

Sie erkennt ihre Umrisse in dem Spiegel am anderen Ende des Raums, dann ihr Gesicht, das Gesicht, das er nach all der Zeit wiedersehen wird, nach dem Berg von Schweigen, sie hat schon viel an diesen Augenblick gedacht, sich vorgenommen, dann sehr schön zu sein, schön, wie sie es immer noch sein kann, so dass er beeindruckt, wenn nicht gerührt wäre, doch die getrockneten Tränen haben ihre Haut ausgelaugt, sie spannt, als wäre sie von einer Tonerdemaske bedeckt, und unter ihren geschwollenen Lidern schimmert nur schwach das allzu blasse Grün hervor, das er so gern zu ergründen suchte.

Sie leert das Ginglas auf einen Zug, und dann ist er da, steht blass und bestürzt vor ihr, winzige Holzteilchen im Haar, in den Falten seiner Hose, den Maschen seines Pullovers. Sie steht auf, eine jähe Bewegung, ihr Stuhl kippt nach hinten, kracht auf den Boden, aber sie dreht sich nicht um, steht vor ihm, eine Hand flach auf dem Tisch, um ihrem wankenden Körper Halt zu geben, die andere hängt herab, sie sehen sich einen Sekundenbruchteil an, dann ein Schritt, und sie umarmen sich, umarmen sich mit einer Wahnsinnskraft, als wollten sie sich ineinanderzwängen, die Köpfe sind zusammengepresst, dass fast die Schädel platzen, die Schultern sind gequetscht unter der Masse der Oberkörper, die Arme schmerzen vor lauter Drücken, sie bilden ein Knäuel mit Schals, Jacken und

Mänteln, es ist eine Umarmung, mit der man sich zum Felsen macht gegen den Zyklon, zum Stein, bevor man ins Leere springt, jedenfalls etwas Weltendemäßiges, während es gleichzeitig, exakt gleichzeitig auch eine Geste ist, die sie wieder miteinander verbindet – ihre Lippen berühren sich –, ihre Distanz betont und aufhebt, und als sie sich voneinander lösen, als sie sich endlich loslassen, verwirrt, erschöpft, sind sie wie Schiffbrüchige.

Dann setzen sie sich, und Sean schnüffelt an Mariannes Glas. Gin? Marianne lächelt – Grimasse –, zeigt ihm die Karte und fängt an vorzulesen, was er an diesem Sonntag alles zum Essen bestellen könnte, beispielsweise Schinken-Käse-Toast, Schinken-Käse-Toast mit Spiegelei, Périgord-Salat, geräucherten Schellfisch mit Kartoffeln, Omelette, provenzalisches Brot, Würstchen mit Pommes, Karamel-creme, Vanillecreme, Apfeltarte, und wenn sie könnte, würde sie ihm die ganze Karte vorlesen und dann gleich noch einmal von vorn beginnen, um den Moment hinaus-zuzögern, in dem sie wieder in das schwarze Federkleid des Unglücksboten schlüpft, dieses Kleid aus Finsternis und Tränen. Er lässt sie machen und schaut sie an, ohne etwas zu sagen, dann verliert er die Geduld, packt sie am Arm, umklammert mit eiserner Faust das zarte Handge-lenk, bitte hör auf. Er bestellt ebenfalls einen Gin.

Marianne hat sich inzwischen mit Mut gewappnet – ge-wappnet, ja, genau das ist es, eine nackte Aggressivität, die seit der Umarmung unaufhörlich wächst und mit der sie sich schützt wie mit einem gezückten Dolch – und spricht jetzt ohne innezuhalten und mit unverwandtem Blick die drei Sätze, die sie vorbereitet hat. Als er den letzten hört – »irreversibel« –, schüttelt Sean den Kopf, sein Gesicht verzerrt sich, nein, nein, nein, er steht auf, schwerfällig,

stößt gegen den Tisch – der Gin schwappt aus dem Glas –,
geht zur Tür, die Arme lang am Körper, die Fäuste geballt,
als trüge er Gewichte, so geht ein Mann, der jemandem
die Fresse polieren will, der Streit sucht; kaum hat er die
Schwelle erreicht, macht er auf dem Absatz kehrt, und in
dem Lichtstrahl, der auf den Boden fällt, ist seine Silhou-
ette im Gegenlicht gräulich eingehüllt: jedes Mal, wenn
er den Fuß aufsetzt, versprüht er Sägemehl. Sein Körper
dampft. Mit gebeugtem Rumpf stürmt er durch den Raum,
als würde er angreifen. Am Tisch angekommen, nimmt er
sein Ginglas, leert es nun auch in einem Zug und sagt zu
Marianne, die sich bereits ihren Schal umschlingt, komm.

Im Zimmer herrscht Dämmerlicht, auf dem Boden spiegelt sich der bewölkte Himmel durch die Lamellen der Jalousie, und die Augen müssen sich erst an das Halbdunkel gewöhnen, um die Maschinen, die Möbel und den Körper zu unterscheiden. Simon Limbres ist hier, er liegt auf dem Rücken in einem Bett, ein doppeltes weißes Laken ist bis zur Brust hochgezogen. Er wird künstlich beatmet. Das Laken hebt sich sanft bei jedem Atemzug, eine schwache, aber merkliche Bewegung, man könnte meinen, er schläft. Die Geräusche der Station dringen nur gedämpft herein, und das ständige Vibrieren der elektrischen Apparate unterstreicht noch die Stille, die es als Basso continuo begleitet. Es könnte das Zimmer eines Kranken sein, ja, das könnte man glauben, wenn nicht das Dämmerlicht wäre, der Eindruck von Abgeschiedenheit, als läge dieser Raum außerhalb des Krankenhauses, eine Zelle mit vermindertem Luftdruck, worin sich nichts mehr abspielt.

Sie haben nichts geredet im Auto, nichts, es gab noch nichts zu reden. Sean hatte seinen Wagen vor der Kneipe stehen lassen – ein schrottreifer Kombi, in den er die Jollen schob, die er baute, und die Surfbretter, die Simon anschleppte, sich hier und da auslieh, Shortboards oder Fishes –, er war in Mariannes Auto eingestiegen, eine Premiere, und sie fuhr, die Unterarme schön parallel und steif wie Streichhölzer, während Sean das Gesicht zum Fenster gewandt hatte und ab und zu einen Kommentar zum Verkehr abgab – der fließende Verkehr war ihr Verbündeter, er brachte sie rasch ans Krankenbett ihres Sohns, aber genauso rasch trieb er sie ins Unglück, ohne dass es ein Entrinnen gab, nichts würde ihren Gang ins Krankenhaus behindern oder aufhalten. Natürlich dachten beide gleichzeitig an die Möglichkeit eines Theatercoups – eine dramatische Veränderung im CT, eine falsche Zuschreibung der Bilder, ein Irrtum bei der Auswertung, ein Tippfehler, eine Computerpanne, das konnte vorkommen, ja, genauso wie es manchmal vorkam, dass auf der Entbindungsstation zwei Babys verwechselt wurden oder dass der Patient, der in den OP geschoben wurde, nicht der war, der operiert werden sollte, das Krankenhaus war kein unfehlbarer Ort –, doch sie glaubten nicht wirklich daran, vertrauten es einander vor allem auch nicht an, und schließlich wurden die Gebäude mit den glatten, verglasten Flächen vor ihren Augen größer, bis sie die ganze Windschutzscheibe einnahmen. Und jetzt betreten sie vorsichtig diesen Raum.

Marianne geht ganz nah an Simon heran, an diesen Körper, der ihr noch nie so lang vorgekommen ist und den sie schon lange nicht mehr aus solcher Nähe gesehen hat – Simons Schamhaftigkeit, wenn er sich im Bad einschloss und wütend verlangte, dass man an seiner Zimmertür anklopfte, oder in Badetücher eingehüllt wie ein junger Bonze durch die Wohnung schritt. Marianne beugt sich über den Mund ihres Sohnes, um seinen Atem wahrzunehmen, legt eine Wange auf seine Brust, um seinen Herzschlag zu hören. Er atmet, sie spürt es; sein Herz klopft, sie hört es – denkt sie jetzt an die ersten Herzschläge, die sie an einem Herbstnachmittag im Ultraschallzentrum am Odéon hören konnte, als sich auf dem Monitor Lichtgebilde bewegten? Sie richtet sich wieder auf. Simon trägt einen Verband um den Kopf, das Gesicht ist intakt, ja, aber ist es noch sein Gesicht? Die Frage quält sie, während sie die Stirn ihres Kindes betrachtet, den Wulst der Brauenbogen, den Schwung der Brauen, die Form der Augäpfel unter den Lidern – die kleine Hautfalte im inneren Augenwinkel, glatt und konkav –, während sie die kräftige Nase wiedererkennt, die vollen, stark konturierten Lippen, die hohlen Wangen, das von einem dünnen Bart bedeckte Kinn, ja, all das ist da, aber Simons Gesicht, alles, was in ihm lebt und denkt, alles, was ihn beseelt, wird das wiederkommen? Sie taumelt, weiche Knie, klammert sich an das Klinikbett, der Infusionsschlauch bewegt sich, der Raum schwankt. Seans Gestalt verschwimmt wie hinter einer regennassen Scheibe. Er hat sich der anderen Seite des Betts genähert, steht jetzt auf gleicher Höhe mit Marianne und nimmt die Hand seines Sohns, mühsam bilden seine kaum geöffneten Lippen das Wort Simon. Wir sind da. Wir sind bei dir, hörst du mich, Simon, my boy, wir sind da. Er legt seine Stirn auf die des Jungen, die Haut ist noch warm und es ist auch sein Geruch, der Geruch nach Wolle und Baumwolle, Geruch nach Meer, und wahrscheinlich beginnt er, Worte zu flüstern, die nur für sie beide sind, Worte, die niemand hören kann und die wir nie erfahren werden, archaisches Gebrabbel Polynesiens oder Mana-Worte, die durch alle Sprachschichten hindurchgegangen sein werden, ohne sich zu verändern, Steine, in denen ein Feuer glimmt, dichte, langsame, unerschöpfliche Materie, Weisheit, das dauert zwei, drei Minuten, dann richtet er sich auf, sein Blick begegnet dem Mariannes, und ihre Hände treffen sich über der Brust ihres Kindes, durch die Bewegung verrutscht das Laken und gibt die Maori-Tätowierung frei, die sie nie berührt haben, ein Pflanzenmuster, das sich vom Schlüsselbein bis zu den Schulterblättern ausbreitet – Simon hatte seine Haut während eines

Surf-Ferienlagers im Baskenland verzieren lassen, damals war er fünfzehn und wollte kundtun: Ich bestimme über meinen Körper. Sean, selbst am ganzen Rücken tätowiert, hatte ihn ganz ruhig nach dem Sinn, der Wahl und der Platzierung einer solchen Zeichnung gefragt, weil er verstehen wollte, ob sie sich auf den Rest von Maorischem in seinen Lidern bezog, Marianne jedoch hatte es nicht gemocht, Simon war so jung, deine Tätowierung da, weißt du, dass sie fürs Leben ist, hatte sie nervös gesagt. Und das Wort kommt ihm in den Sinn: irreversibel.

Révol hat das Zimmer betreten. Sean dreht sich um und spricht ihn an: Ich höre, wie sein Herz schlägt. Das Summen der Maschinen scheint sich in diesem Augenblick zu verstärken, Sean beharrt: Sein Herz schlägt, nicht wahr? Ja, sein Herz schlägt dank der Maschinen, sagt Révol. Später, als er den Raum wieder verlassen will, fragt Sean von neuem: Warum ist er nach seiner Einlieferung nicht sofort operiert worden? Der Arzt spürt die aggressive Spannung, die Verzweiflung, die in Wut umschlägt, und außerdem hat der Vater etwas getrunken, er riecht den Alkohol in seinem Atem, daher erklärt er vorsichtig: Es war nicht möglich, ihn zu operieren, die Blutung war zu stark, zu weit fortgeschritten, der gleich bei Simons Aufnahme angeordnete Scan zeigt es deutlich, es war zu spät. Ist es die betonte Gewissheit in der Katastrophe, die unerschütterliche, an Arroganz grenzende Ruhe, während zugleich die Schläge immer heftiger werden? Sean jedenfalls wird plötzlich laut, es platzt aus ihm heraus: Sie haben nichts versucht! Révol verzieht wortlos das Gesicht, möchte etwas erwidern, spürt aber, dass er nur schweigen kann, außerdem klopft es an der Tür, und ohne eine Reaktion abzuwarten, kommt Cordélia Owl herein.

Die junge Frau hat sich das Gesicht gewaschen und einen Kaffee getrunken, sie ist schön, wie es manche Mädchen nach einer durchgemachten Nacht sind. Sie begrüßt Marianne und Sean mit einem flüchtigen Lächeln, dann tritt sie konzentriert ans Bett. Ich werde Ihre Temperatur messen. Sie sagt es zu Simon. Révol erstarrt. Marianne und Sean reißen entgeistert die Augen auf. Die junge Frau dreht ihnen den Rücken zu, murmelt, so, das ist gut, dann liest sie den Blutdruck vom Monitor ab, und jetzt schaue ich nach Ihrem Blasenkatheter, um zu sehen, ob Sie Wasser gelassen haben – ihre sanfte Art ist kaum zu ertragen. Révol bemerkt den erstaunten Blick, den sich Marianne und Sean zuwerfen, er zögert, die Pflegerin zu unterbrechen, sie wegzuschicken, entscheidet sich schließlich für einen Ortswechsel: Wir sollten uns in meinem Büro unterhalten, kommen Sie bitte mit mir. Marianne zuckt zusammen, sie wehrt sich, sie will das Zimmer nicht verlassen, ich bleibe bei Simon – Haarsträhnen hängen ihr ins Gesicht, begleiten das Hin und Her ihres Kopfs, den sie trotzig schüttelt –, und Sean will auch nicht gehen, doch Révol drängt: Kommen Sie, Ihr Sohn muss versorgt werden, Sie können danach wieder zu ihm.

Von neuem das Labyrinth der hallenden Flure und die Wartenden, von neuem die Silhouetten bei der Arbeit, Infusionenprüfen, Medikamenteverabreichen, Blutdruckmessen, Helfen bei der Toilette, Dekubituspflege, Zimmerlüften, Bettwäschewechseln, Bodenwischen, und von neuem Révol mit seinem schlacksigen Gang, von neuem die flatternden Rockschöße seines weißen Kittels, das winzige Büro und die eiskalten Stuhlsitze, von neuem der Drehsessel und der Briefbeschwerer aus Muranoglas, den er gerade in dem Moment in der Hand rollt, als es an die

85

Tür klopft. Ohne abzuwarten, tritt Thomas Rémige ein, stellt sich Simon Limbres' Eltern vor, nennt seinen Beruf – ich bin Krankenpfleger, ich arbeite auf der Station – und setzt sich neben Révol auf einen Hocker, den er herangezogen hat. Jetzt sitzen sie also zu viert in diesem Kabuff, und Révol spürt, dass er sich beeilen muss, denn man erstickt hier. Also sieht er den Mann und die Frau, Simon Limbres' Eltern, nacheinander aufmerksam an – von neuem der Blick wie eine Verpflichtung auf das Wort –, während er versichert: Simons Gehirn weist keinerlei Aktivität mehr auf, das dreißigminütige Elektroenzephalogramm, das zuletzt erstellt wurde, zeigt eine Null-Linie, Simon befindet sich jetzt im irreversiblen Koma.

Pierre Révol hat sich aufgerichtet, gerader Rücken, erhobener Kopf, die Muskeln angespannt, als würde er in den nächsten Gang hochschalten, als würde er sich ermahnen, okay, lassen wir die Tricks, los geht's, und dieser Ruck, den er sich gegeben hat, erlaubt ihm zweifellos, Mariannes Zusammenzucken und Seans Ausruf zu übergehen, die begreifen, dass das Ende bevorsteht, und denen der Gedanke daran unerträglich ist. Sean schließt die Lider, senkt den Kopf, drückt Daumen und Zeigefinger in die Augenwinkel, murmelt, ich möchte sicher sein, dass alles getan worden ist, und Révol erklärt sanft: Der Aufprall auf den Mast war zu heftig, Simons Zustand war hoffnungslos, als er heute Morgen eingeliefert wurde, wir haben den Scan erfahrenen Neurochirurgen vorgelegt, die leider bestätigten, dass ein chirurgischer Eingriff überhaupt nichts ändern würde, Sie haben mein Wort. »War hoffnungslos«, hat er gesagt, und die Eltern schauen auf den Boden. In ihnen bröckelt es, etwas bricht zusammen, als Marianne plötzlich, wie um den endgültigen Satz hinauszuschieben, einwendet: Ja, aber aus dem Koma kann man erwachen, es kommt vor, dass man daraus erwacht, sogar Jahre später, es gibt jede Menge solcher Fälle, nicht wahr? Ihr Gesicht verklärt sich bei der Idee, ein Lichtschimmer, und ihre Augen weiten sich, ja, beim Koma ist man nie sicher, das weiß sie, die Geschichten von Patienten, die nach Jahren erwachen, sind Legion, sie machen die Runde in den Blogs, in den Foren, es geschehen Wunder. Révol blickt sie unverwandt an und erwidert fest: Nein. Tödliche Silbe. Er fährt fort: Bei Ihrem Sohn sind die höheren Lebensfunktionen ausgefallen, mit anderen Worten das Bewusstsein, die Sinneswahrnehmungen, die Mobilität, und auch die Vitalfunktionen, Atmung und Blutkreislauf, werden nur noch durch Maschinen aufrechterhalten – Révol zählt die Punkte auf, als sammelte er Beweise, bei jeder Information geht er mit der Stimme nach oben und macht dann eine Pause, womit er sagen will, die schlechten Nachrichten häufen sich, sie ballen sich in Simons Körper, bis der Satz schließlich versiegt, bis er endet und plötzlich die Leere zeigt, die sich vor ihm ausdehnt wie eine Auflösung des Raums.

»Bei Simon ist der Hirntod festgestellt worden. Er ist gestorben. Er ist tot.«

Nach einer solchen Aussage muss man erst einmal durchatmen, innehalten, das Ohrensausen vertreiben, um nicht zusammenzubrechen. Die Blicke lösen sich voneinander. Révol ignoriert den Piepser an seinem Gürtel, öffnet die Hand, schaut auf die orangefarbene Glaskugel, die in seinen Fingern warm wird. Er ist blass. Er hat diesen Eltern den Tod ihres Sohnes verkündet, hat sich nicht geräuspert, nicht die Stimme gesenkt, hat die Wörter ausgesprochen, das Wort »gestorben« und mehr noch das Wort »tot«, diese Wörter, die den erstarrten körperlichen Zustand bezeichnen. Doch Simon Limbres' Körper ist nicht starr, das ist ja das Problem, und sein Aussehen widerspricht der Vorstellung, die man sich von einer Leiche macht, denn er ist warm, rosig und bewegt sich, anstatt kalt, blau und steif zu sein.

Révol verändert seinen Blick und beobachtet Marianne und Sean – sie fixiert die gelbe Neonröhre an der Decke, er hat die Unterarme auf die Schenkel gestützt, seine Schultern sind hochgezogen, das Gesicht zum Boden gewandt –, was mögen sie gesehen haben im Zimmer ihres Sohnes? Was mögen sie mit ihren unwissenden Augen begriffen haben, wenn sie keinen Bezug herstellen konnten zwischen Simons zerstörtem Gehirn und seinem friedlichen Aussehen, zwischen seinem Innern und seinem Äußeren? Dem Körper ihres Kindes war nichts anzusehen, kein physisches Zeichen erlaubte es, die Diagnose als eine Lektüre des Körpers vorzunehmen – man denke an den genialen Babinski-Reflex, mit dem sich, allein durch das Kitzeln der Fußsohle, eine Schädigung des Gehirns nachweisen lässt –, der Körper lag für sie rätselhaft und stumm da, verschlossen wie ein Tresor. Rémiges Mobiltelefon läutet, entschuldigen Sie, er springt auf, schaltet es ab, setzt sich wieder, Marianne ist zusammengefahren, Sean rührt sich nicht, schaut nicht auf, der Rücken breit, gebeugt, schwarz.

Révol behält sie im Auge, er kreist sie ein, erfasst sie mit seinem Blick wie mit einem Objektiv, die beiden sind etwas jünger als er, Kinder der späten sechziger Jahre, sie leben in einer Gegend der Welt, wo die hohe Lebenserwartung immer noch weiter steigt, wo der Tod den Blicken entzogen, aus dem Alltag verbannt, in Kliniken ausgelagert ist, in denen Fachleute sich um ihn kümmern. Haben sie überhaupt schon eine Leiche gesehen? Bei einer Großmutter gewacht, einen Ertrunkenen an Land gezogen, einen Freund im Sterben begleitet? Haben sie schon einmal anderswo einen Toten gesehen als in einer amerikanischen Serie, *Body of Proof, CSI: Vegas, Six Feet Under*? Révol hält sich gern ab und zu in diesen TV-Leichenschauhäusern auf, wo Notärzte, Gerichtsmediziner, Leichenbestatter, Thanatopraktiker und kriminaltechnische Koryphäen aufeinandertreffen, darunter nicht wenige attraktive Mädchen auf hohen Hacken – meist Goth-Geschöpfe, die bei jeder Gelegenheit ein Zungenpiercing präsentieren, oder schicke, aber bipolare, immer liebeshungrige Blondinen – er hört gern zu, wenn dieses Völkchen um eine in ihrer ganzen Länge auf dem bläulichen Bildschirm ausgestreckte Leiche herumsteht und sich unterhält, Geheimnisse austauscht, sich schamlos anbaggert, ja sogar arbeitet, Hypothesen aufstellt anhand eines mit der Pinzette aufgespießten Haars, eines mit der Lupe untersuchten Pickels, einer unter dem Mikroskop analysierten Mundschleimhautprobe, denn die Zeit läuft, die Nacht geht zu Ende, denn es muss immer dringend versucht werden, die Spuren auf der Haut zu erklären, den Körper zu entziffern, der verrät, ob das Opfer in die Disko ging, Pfefferminzbonbons lutschte, zu viel rotes Fleisch aß, Whisky trank, Angst vor dem Dunkeln hatte, sich die Haare färbte, mit Chemikalien hantierte, sexuelle Beziehungen mit vielen verschiedenen Partnern einging; ja, Révol sieht diese Folgen manchmal gern, obwohl die Serien seiner Meinung nach nichts über den Tod sagen, die Leiche mag noch so sehr im Fokus stehen und den Bildschirm beherrschen, untersucht, zerlegt, um- und umgedreht, es ist nur Schein, alles ist nur als ob, solange sie nicht alle ihre Geheimnisse preisgegeben hat, solange sie eine – erzählerische, dramaturgische – Potenzialität bleibt, hält sie den Tod auf Distanz.

Sean und Marianne haben sich noch immer nicht gerührt. Niedergeschlagenheit, Mut, Würde, Révol weiß es nicht, er war genauso darauf gefasst, dass sie explodieren, über seinen Schreibtisch steigen, seine Papiere durch die Luft schleudern, den dekorativen Plunder umwerfen, ja, ihn verprügeln und beschimpfen – Arschloch, Drecksack –, es gibt Grund genug, verrückt zu werden, den Kopf gegen die Wand zu schlagen, die Wut herauszuschreien, stattdessen sieht es so aus, als lösten sich die beiden langsam vom Rest der Menschheit, als strebten sie an die Grenzen der Erde, als verließen sie Zeit und Ort, um sich in Sternenwelten treiben zu lassen.

Wie können sie den Tod ihres Kindes auch nur denken, wenn das, was etwas rein Absolutes war – der Tod, das Absolute schlechthin –, umgewandelt, umgeformt wurde in verschiedene körperliche Zustände? Denn es ist nicht mehr der in der Brust schlagende Rhythmus, der beweist, dass jemand lebt – ein Soldat nimmt den Stahlhelm ab und hält sein Ohr an den Oberkörper seines im Schlamm des Schützengrabens liegenden Kameraden –, es ist nicht mehr der aus dem Mund strömende Atem, der von Leben zeugt – ein tropfnasser Bademeister macht bei einem jungen Mädchen mit grünlicher Gesichtsfarbe Mund-zu-Mund-Beatmung –, sondern die elektrische Aktivität des Gehirns, die Gehirnwellen, vornehmlich die Betawellen. Wie können sie Simons Tod auch nur in Betracht ziehen, wenn seine Haut rosig und weich ist wie bei Rimbauds *Schläfer im Tal*, der seinen Nacken in der kühlen blauen Kresse badet und mit den Füßen in den Gladiolen liegt? Révol fallen die Leichendarstellungen ein, die er kennt, es sind Christusbilder, Christus am Kreuz mit bleichem Leib, die Stirn von der Dornenkrone zerkratzt, Füße und Hände auf schwarzes, glänzendes Holz genagelt, Christus als liegender Leichnam mit halbgeschlossenen Lidern, fahl, abgezehrt, ein dünnes Leichentuch um die Hüften wie bei Mantegna, oder *Der tote Christus im Grabe* von Holbein d. J. – ein so realistisches Gemälde, dass Dostojewski die Gläubigen warnte, sie liefen, wenn sie es betrachteten, Gefahr, den Glauben zu verlieren –, es sind Könige, Prälaten, einbalsamierte Diktatoren, auf dem Sand zusammengebrochene Filmcowboys in Großaufnahme, er erinnert sich an jenes Christus-Foto von Che, ebenfalls mit offenen Augen, auf dem die bolivianische Junta ihn in einer morbiden Inszenierung zur Schau stellte, aber er findet nichts, was Simon entspricht, diesem intakten Körper, der nicht blutet, ein gelassen athletischer Körper, der dem eines ruhenden jungen Gottes gleicht, der zu schlafen scheint, der zu leben scheint.

Wie lange sind sie so gesessen, zusammengesackt auf der Stuhlkante, in einem mentalen Erfahrungsprozess befangen, von dem sie bisher nicht die mindeste Vorstellung hatten? Wie lange brauchen sie, um sich dem Regime des Todes zu unterwerfen? Für das, was in ihnen vorgeht, finden sie derzeit keinen Ausdruck, es wirft sie in eine Sprache zurück, die der Sprache vorausgeht, die sich nicht mitteilt, eine Sprache vor den Worten und vor der Grammatik, die vielleicht der andere Name des Schmerzes ist, sie können sich dem nicht entziehen, sie können es nicht beschreiben, sie können kein Bild davon zeichnen, sie sind zugleich von sich selbst und von der sie umgebenden Welt abgeschnitten.

Thomas Rémige ist schweigend auf dem Hocker neben Révol sitzen geblieben, mit übereinandergeschlagenen Beinen, und vielleicht hat er das Gleiche gedacht wie dieser, die gleichen Dinge vor sich gesehen. Er hat seine Streichholzschachtel eingesteckt und wartet, die Zeit verrinnt, ein Brei aus Gedanken und stummen Schreien, dann erhebt sich Révol, groß und blass, sein langes Gesicht tief betrübt, er muss jetzt gehen, ich werde erwartet, und Thomas Rémige bleibt allein mit den Limbres, die näher zusammengerückt sind, Schulter an Schulter, und stumm weinen. Er wartet einen Moment und fragt sie dann mit großer Aufmerksamkeit, ob sie noch einmal in Simons Zimmer zurückkehren wollen. Sie stehen wortlos auf, Thomas folgt ihnen, doch als sie im Flur sind, schüttelt Sean den Kopf, nein, ich möchte nicht zu ihm, ich kann nicht, nicht jetzt sofort, er atmet schwer, pumpt seine Lungen auf, dehnt den Brustkorb, eine Hand auf dem Mund, Marianne schlüpft unter seine Schulter – um ihn zu stützen, um Schutz zu suchen –, und sie gehen nicht weiter. Thomas erklärt geduldig: Ich bin da, um Sie zu begleiten, um bei Ihnen zu sein; wenn Sie Fragen haben, können Sie sie mir stellen. Sean schnappt nach Luft, dann sagt er – wie schaffte er es, sich zu artikulieren? – in einem Atemzug: Und was soll jetzt geschehen? Thomas schluckt, Sean redet weiter, die Stimme entstellt von Empörung und Kummer: Warum ist er noch auf der Intensivstation, wenn es keine Hoffnung mehr gibt? Worauf wartet man? Das verstehe ich nicht. Marianne, die Haare im Gesicht, der Blick starr, scheint nichts zu hören, während Thomas einen Ausweg, eine Antwort sucht. Seans Frage durchkreuzt die übliche Vorgehensweise, die darauf ausgerichtet ist, die Dramatik der sich überstürzenden Ereignisse und die Brutalität der Nachricht abzufedern und den Menschen Zeit zu geben. Es ist ein Schrei, dem er sich stellen muss. Er beschließt, jetzt mit ihnen zu sprechen.

Cordélia Owl zupft das Kissen um Simons Kopf zurecht, streicht das Laken über seiner Brust glatt, zieht die Vorhänge zu, schließ die Zimmertür hinter sich und tanzt Arabesken durch den Flur bis zum Empfang der Station – verfluchter eng anliegender Kittel, sie hätte in diesem Moment gern mehr Weite gehabt, den Stoff rascheln gehört, an ihren zerschundenen, aber gelenkigen und geübten Knien seine Berührung gefühlt. Unterwegs greift sie in die Tasche und holt ihr Telefon heraus: keine Nachricht. Niet. Nada de nada. Vierzehn Uhr vierzig. Wahrscheinlich schläft er, er schläft. Er liegt irgendwo auf dem Rücken, Oberkörper nackt, entspannt. Sie lächelt. Nicht anrufen.

Hosen wieder hochgezogen, Knöpfe wieder zugeknöpft, Gürtel zurechtgezurrt, so waren sie voreinander auf dem Gehweg gestanden, well, well, ich geh dann mal, au, es ist spät, äh, es ist früh, oder?, ja, bye, bye, Küsschen auf die Wange, nettes Lächeln, dann hatten sie sich mit der passenden Schrittfolge – weiches Balancé, Dégagé rückwärts, Tour piqué – getrennt und in entgegengesetzte Richtungen voneinander entfernt, bevor sie in die Dunkelheit eintauchten. Cordélia war zuerst langsam gegangen, mit klappernden Absätzen wie ein Starlet der fünfziger Jahre im engen Bleistiftrock, mit einer Hand den Kragen ihres Mantels auf der Brust zusammenhaltend, sie hatte sich nicht mehr umgewandt, bloß nicht, aber nachdem die Straßenecke hinter ihr lag, hatte sie begonnen zu kreiseln, den Kopf im Nacken, den Wind im Mund, die

Arme waagrecht ausgebreitet wie ein wirbelnder Derwisch, dann, wieder auf dem Teppich, war sie losgelaufen, in vollem Tempo zwischen den Wohnblocks hindurch, ab und zu ein großes Jeté über den Rinnstein riskierend, als müsste sie über einen Bach springen, und ihre Arme flatterten wie Bänder, die Kälte der Nacht peitschte ihr ins Gesicht, die eisige Luft fuhr in ihren weit offenen Mantel, und das war gut, sie fühlte sich schön, geschmeidig, mindestens um zwanzig Zentimeter gewachsen, seit sie gegen die Mülltonnen getaumelt waren, seit ihr Höschen zu Boden geglitten war und er ihr mit der geöffneten Hand zwischen die Beine gegriffen hatte, um sie an der Wand hochzustemmen, seit sie sich auf Zehenspitzen gestellt, dann ein Knie an die Brust gezogen und ihn an sich gepresst hatte, sein Geschlecht in ihr, Zungen und Münder ineinander verhakt, ineinander verbissen, sie lachte beim Laufen, ein abgebrühtes Mädchen, das in den Augen der Welt zu übertrieben die einsame Heldin spielte, die Amazone der Städte, die zu ihrem Begehren steht und weiß, was sie will, sie rannte die windigen Boulevards entlang, die um fünf Uhr früh wie erstarrt daliegenden Straßen, beachtete nicht das Auto, das auf ihrer Höhe langsamer fuhr, die Scheibe, die heruntergelassen wurde, die sexuelle Anmache, steigst du ein, Schlampe?, sie verschlang den Raum, ein Verbrennungsprozess, so dass sie versäumte, die Rue d'Étretat zu überqueren, als am Carrefour des Quatre-Chemins zu ihrer Linken der Van von Chris ausscherte und am Straßenrand anhielt, das Fresko der Karosserie breitete sich vor ihr aus – ihr schien, die kalifornischen Surferinnen im Triangel-Bikini zwinkerten und lächelten ihr zu wie einer möglichen Schwester –, und ein paar Schritte später war sie zu Hause, lag unterm Federbett, die Augen geschlossen, konnte aber nicht einschlafen, sie hatte den Typen, der sie seit ewigen Zeiten quälte, um nichts gebeten, hatte keine Frage gestellt – brave girl.

Sie betritt das aquariumartig verglaste Büro, ein Stuhl, sie lässt sich fallen. Schachmatt. Über den Computerbildschirm schwärmen Clownfische. Sie schaut von neuem auf ihr Handy. Nichts, of course, gar nichts. Eine stillschweigende Regel, die sie niemals verletzen würde. Nicht um alles in der Welt. Denn, so die Idee, das geringste Wort, selbst rasch und in kühlem Ton gesprochen, könnte nur klebrig, falsch, plump sein und der geringste Satz ihren doppelten Boden aus Angst und schwachsinniger Sentimentalität offenbaren. Rühr dich nicht, trink einen Kaffee, iss ein paar Trockenfrüchte, nimm eine Ampulle Gelée royale, mach keine Dummheiten, stell das Telefon ab. Verdammt, bin ich fertig!

Pierre Révol kommt herein, während sie sich gerade verrenkt, um per Photobooth die violetten Spuren an ihrem Hals zu untersuchen; als sein Gesicht im Bild erscheint, über ihre Schulter gebeugt wie das eines indiskreten Fahrgasts in der Metro, der in die Zeitung seines Nebenmanns späht, stößt sie einen Schrei aus. Sie fangen auf der Station an, haben Sie gesagt? Révol steht hinter ihr, sie springt auf, dreht sich um, Schwindel, ihr wird schwarz vor Augen, ich muss etwas essen, sie streicht sich die Haarsträhnen hinter die Ohren, wie um auf ihrem labilen Gesicht aufzuräumen, ja, vor zwei Tagen habe ich angefangen, und zieht entschlossen den Kragen ihres Kittels zurecht. Ich muss mit Ihnen über etwas Wichtiges sprechen, etwas, was hier auf Sie zukommt. Cordélia nickt, okay, jetzt? Es wird nicht lang dauern, es geht um das, was sich vorhin in dem Krankenzimmer ereignet hat, doch genau in diesem Augenblick, bzzz, bzzz, vibriert Cordélias Handy in ihrer Tasche, und sie

zuckt zusammen, als hätte sie einen elektrischen Schlag bekommen, o nein, das kann doch nicht wahr sein, verflucht,
Révol hat sich auf die Tischkante gesetzt und beginnt zu
sprechen, Kopf zum Boden geneigt, Arme vor der Brust
verschränkt, Beine gekreuzt, der Junge, den Sie gesehen
haben, ist hirntot, bzzz, bzzz, Révol spricht deutlich, doch
für Cordélia klingen seine Worte wie eine Phonetikübung
in einer Fremdsprache, und obwohl sie alle Aufmerksamkeit, zu der sie fähig ist, auf dieses Gesicht konzentriert
und mit ihrem Verstand dieser Stimme zu folgen versucht,
hat sie das Gefühl, gegen den Strom zu schwimmen, gegen
diese warme Welle, die in regelmäßigen Intervallen über
ihre Hüfte brandet, bzzz, bzzz, die ihr in die Leiste und zwischen die Schenkel fließt, sie kämpft, sie möchte zu diesem
Mann zurück, der sich von ihr zu entfernen scheint, als
wäre er in die Stromschnellen geraten, und der immer weniger zu hören ist, je mehr er erklärt: Also, der junge Mann
ist tot; für die Angehörigen ist es aber schwierig, die Realität dieses Todes zu begreifen, der Anblick des Körpers lässt
bei ihnen Zweifel aufkommen, verstehen Sie? Cordélia bemüht sich zuzuhören, artikuliert ein Ja, ich verstehe, aber
sie versteht nichts, alles geht durcheinander in ihrem Kopf,
alles löst sich auf, bzzz, bzzz, die minimalen Erschütterungen des Telefons rufen jetzt sexuelle Bilder in ihr wach, Bilder aus dem Film der vergangenen Nacht – da ist der so
sanfte Mund in ihrem Nacken und der warme Atem, wenn
dieser Mund ihre Stirn, ihre Wange, ihren Bauch sucht, da
sind ihre geröteten Brüste, die sie sich am rauhen Mörtel
und den vorstehenden Steinchen der Mauer wund reibt,
als er von hinten kommt und ihre Hände seine Pobacken
umklammern, um ihn noch näher heranzuziehen, noch
tiefer, noch stärker –, bzzz, letzte Zuckung, es ist vorbei, sie
verzieht keine Miene, schluckt, bevor sie mit unbewegter

Stimme antwortet, ja, natürlich, ich verstehe, so dass Révol ihr einen wohlwollenden Blick zuwirft und schließt: Sie dürfen also mit einem hirntoten Patienten, den Sie pflegen, nicht so reden, wie Sie es getan haben, seine Eltern waren im Zimmer, und für sie ist das ein widersprüchliches Zeichen in der extremen Situation, diese aus pflegerischer Perspektive gesprochenen Worte konterkarieren die Botschaft, die wir an sie richten, es ist so schon hart genug, sind wir uns einig? Ja – Cordélia sitzt auf glühenden Kohlen, sie wartet nur auf eins, dass Révol endlich verschwindet, los, hau ab, verzieh dich, es ist gut, ich hab verstanden, doch plötzlich, nichts hat darauf hingedeutet, muckt sie auf, sie hebt den Kopf: Sie haben mich nicht in die Behandlung des Patienten einbezogen, Sie haben die Eltern allein gesprochen, so arbeiten wir nicht mehr. Révol sieht sie erstaunt an: Ach, und wie arbeiten wir? Cordélia macht einen Schritt auf ihn zu und gibt ihre Antwort: Wir arbeiten im Team. Zähes Schweigen, sie sehen sich an, dann steht der Arzt auf: Sie sind ganz blass, hat man Ihnen die Küche gezeigt? Dort finden Sie Kekse, passen Sie auf, zwölf Stunden Intensivstation, das ist ein Langstreckenlauf, Mädchen, da muss man durchhalten. Ja, ja, okay. Révol lässt sie endlich allein, Cordélia fasst in ihre Tasche. Sie schließt die Augen, denkt an ihre Großmutter in Bristol, mit der sie jeden Sonntagabend telefoniert, das ist sie nicht, das ist nicht ihre Zeit, redet sie sich ein, sie würde gern einen Beschwörungsversuch wagen, bevor sie die Lider wieder hebt und die Zahlen auf dem Display liest, sie würde gern wie beim Roulette auf eine Zimmernummer wetten, die auf der Tafel aufleuchtet, einen Papierkugelwurf in einen Korb versuchen oder einfach mit einer Münze Kopf oder Zahl werfen – sei keine Gans, was ist los mit dir?

Cordélia Owl steht aufrecht, mit erhobenem Kopf, in der Mitte des Raums, sie öffnet langsam die Hand und entdeckt Finger um Finger die Nummer, die angerufen hat. Unbekannt. Sie lächelt erleichtert. Ist sich schließlich nicht mehr so sicher, ob sie will, dass er sich meldet, hat es nicht mehr so eilig, von ihm zu hören. Sie ist plötzlich grausam, wenn sie an ihn denkt, sie sieht klar, sie lacht. Sie ist fünfundzwanzig. Stellt sich voller Abscheu die Anstrengungen des Verliebtseins vor, den Berg von Anstrengung – Überspanntheit, Bangen, Irrsinn, haarsträubende Impulsivität –, fragt sich wieder, warum diese Intensität das Erstrebenswerteste in ihrem Leben bleibt, doch dann macht sie kehrt, wendet sich von dieser Fragerei ab, so als zöge sie im letzten Augenblick den Fuß zurück, der kurz davor war, auf schlammigen Wattboden zu treten und einzusinken, ohne je eine Antwort zu finden, worauf es ankommt, ist, die vergangene Nacht festzuhalten, sie nachwirken zu lassen wie ein Fest. Sich die mädchenhafte Anmut und Ironie zu bewahren. In der kleinen Küche nimmt sie eine Packung Himbeerwaffeln aus dem Schrank, reißt das Papier ab, das unter ihren gierigen Fingern knistert wie Seide, und futtert sie langsam und vollständig leer.

Révol kommt den Flur herauf, ignoriert alle, die ihn ansprechen, ihm Papiere hinhalten, ein paar Schritte neben ihm hergehen, drei Minuten, verflucht, ich will drei Minuten, er murmelt etwas zwischen den Zähnen, streckt Daumen, Zeige- und Mittelfinger in die Luft, verlangt mit Nachdruck »drei«, die Mitarbeiter der Station kennen die Geste, sie wissen, dass der Anästhesist, endlich allein in seinem Büro, auf diesem schwankenden, schlingernden Drehstuhl sitzen, auf die Uhr schauen, einen Wecker stellen – drei Minuten, ein weiches Ei, das ideale Maß –, und, indem er die kurze Einsamkeit nutzt wie eine Schleuse, seine Wange in die flach auf dem Schreibtisch liegende Armbeuge betten wird, genau wie die Vorschulkinder, wenn sie nach dem Essen im Klassenzimmer ihren Mittagsschlaf halten, und sich in diese Auszeit stürzen wird, um fertig zu werden mit dem, was sich ereignet hat, vielleicht zu schlafen. Ausgelaugt legt er den Kopf auf seine verschränkten Arme und schläft ein. Man versteht, dass er sie nützt, die drei Minuten: Nach so vielen Jahren – siebenundzwanzig –, die er damit zugebracht hat, andere in Schlaf zu versetzen, hat er natürlich auch für sich selbst eine hochwirksame Kurzschlaftechnik entwickelt, obwohl die Schlafdauer deutlich geringer ausfällt, als es für das Auftanken eines menschlichen Körpers üblicherweise empfohlen wird. Wie man weiß, hat Révol den anderen Schlaf, den nächtlichen, den horizontalen, den tiefen, längst eingebüßt. In seiner Wohnung in der Rue de Paris gibt es kein Schlafzimmer im eigentlichen Sinn, nur einen großen Raum, in dem das Doppelbett als Abstellfläche für seine Plattensammlung – alles von Bob Dylan und Neil Young –, Papierberge und lange Blumenkästen dient, die seine botanischen Experimente mit psychotropen Pflanzen enthalten – das ist beruflich, sagt er zu den Wenigen, die hier auftauchen und sich wundern, gut sichtbar Cannabispflanzen wachsen zu sehen, aber auch Schlafmohn, Klatschmohn, Lavendel und Salvia divinorum, »Göttersalbei«, ein halluzinogenes Kraut, dessen Heilkräfte er in Artikeln für pharmakologische Fachzeitschriften beschrieben hat.

In der vergangenen Nacht hat er sich, allein zu Hause, zum ersten Mal den Film *Die Wirkung von Gammastrahlen auf Ringelblumen* von Paul Newman angesehen – der Titel schien irgendein botanisches Märchen zu verheißen, aber es war ein Film ganz anderen Kalibers, der einen Weg zwischen Halluzination und Wissenschaft beschrieb, was Révol auf Anhieb gepackt hat. Aufgewühlt, fasziniert, kam er auf die Idee, warum nicht, in seiner Wohnung das Experiment der jungen Heldin des Films, Matilda, zu wiederholen, die Ringelblumen unterschiedlich hohen Dosen von Radium aussetzt, um ihr Wachstum, ihre allmähliche Veränderung unter dem Einfluss der Strahlen zu beobachten, manche werden riesengroß, andere welken und verkümmern, und einige werden einfach schön, und so begreift das Mädchen allmählich etwas von der unendlichen Vielfalt des Lebens und gleichzeitig findet es seinen Platz in der Welt, wenn es beim Schulfest auf der Bühne die Hoffnung zum Ausdruck bringt, dass eine wunderbare Mutation den Menschen eines Tages verwandeln und verbessern kann. Nach dem Film hat er sich nachdenklich Spiegeleier gebraten, deren Dotter genauso knallgelb leuchtete wie die Ringelblumen, hat ein helles Bier aufgemacht, das er aus der Tür des Kühlschranks nahm, und sich beides langsam einverleibt. Dann hat er sich in eine Daunendecke eingewickelt, die Augen blieben offen.

Révol schläft. Ein Notizheft liegt in Reichweite, damit er, wenn er aufwacht, notieren, die flüchtig gesehenen Bilder, die Aktionen, die Abfolge und die Gesichter beschreiben kann, vielleicht auch Simons Gesicht – die vom geronnenen Blut verklebten schwarzen Locken, die dunkle, aufgedunsene Haut, die weißen Augenlider, die lilarote Verfärbung der Stirn und der rechten Schläfe, der tödliche Fleck – oder auch das von Joanne Woodward, alias Beatrice Hunsdorfer, der gestörten Mutter Matildas, die, als das Fest vorbei ist, im Theatersaal auftaucht, in großer Robe, Pailletten und schwarzen Federn aus dem Schatten tritt, schwankend, betrunken, glasiger Blick, und mit belegter Stimme, die Hand auf der Brust, erklärte: My heart is full, my heart is full.

Sie haben sich an der Hand genommen, um Thomas Rémige zu folgen, und wenn sie schließlich mit ihm gegangen sind, wenn sie sich auf diese neue Wanderung durch das Gewirr der Flure und Durchgänge eingelassen haben, wenn sie bereit waren, all die Sicherheitsschleusen zu passieren, all die Türen zu öffnen und mit der Schulter zu halten, trotz des schwarzen Meteors, der sie mit voller Wucht getroffen hatte, trotz ihrer offensichtlichen Erschöpfung, dann zweifellos deshalb, weil Thomas Rémige sie mit dem richtigen Blick betrachtet hat – dem Blick, der sie auf der Seite des Lebens hält, dem Blick, der von unschätzbarem Wert ist. Die beiden haben also auf dem Weg ihre Hände verschränkt, ihre Finger mit den angeknabberten Kuppen und den von toten Häutchen umrandeten abgekauten Nägeln ineinandergeflochten, sie haben ihre trockenen Handflächen, die Ringe und die Steine berührt, und sie haben es getan, ohne darüber nachzudenken.

Wieder ein anderer Ort im Krankenhaus, ein Separee, möbliert wie das Wohnzimmer einer Musterwohnung: der Raum ist hell, die Einrichtung ansprechend, wenn auch gewöhnlich, ein Sofa mit apfelgrünem, samtartigem Synthetikbezug und zwei rote Stühle mit gepolsterten Sitzflächen, die Wände nackt, bis auf das farbige Plakat einer Kandinsky-Ausstellung – Paris, Beaubourg, 1985 –, auf dem niedrigen Tisch eine Grünpflanze mit langen schmalen Blättern, vier saubere Gläser, eine Flasche Mineralwasser, eine Schale mit einem nach Orange und Zimt duftenden Potpourri. Das Fenster ist einen Spaltbreit geöffnet, die Vorhänge bewegen sich leicht, man hört die wenigen Autos, die auf dem Parkplatz des Krankenhauses ankommen und abfahren, und wie schrille Kratzer über dem Ganzen das Gekreisch der Möwen. Es ist kalt.

Sean und Marianne haben nebeneinander auf dem Sofa Platz genommen, linkisch und trotz ihrer Erschütterung neugierig, und Thomas Rémige lässt sich auf einem der roten Stühle nieder, die Krankenakte Simon Limbres' in Händen. Doch sosehr die drei Individuen auch denselben Raum und dieselbe Zeit teilen, nichts auf dem Planeten ist in dem Augenblick weiter voneinander entfernt als diese Eltern in ihrem Schmerz und der junge Mann, der sich ihnen gegenübergesetzt hat mit dem Ziel – ja, mit dem Ziel –, ihre Zustimmung zur Entnahme der Organe ihres Kindes zu bekommen. Da sind ein Mann und eine Frau, erfasst von einer Schockwelle, aus der Bahn geworfen, in einen Zustand versetzt, in dem die Zeit aufgehoben ist – Simons Tod hat die Kontinuität unterbrochen, aber sie geht weiter, wie eine Ente auf dem Bauernhof, die ohne Kopf weiterläuft, ein Irrsinn –, einen Zustand, in dem sich die Zeit in Schmerz auflöst, ein Mann und eine Frau, die die ganze Tragödie der Welt auf sich vereinen; und da ist dieser junge Mann im weißen Kittel, engagiert und vorsichtig, bereit, das Gespräch zu führen und dabei nichts zu überstürzen, der aber im Hinterkopf den Countdown gestartet hat, weil ihm bewusst ist, dass ein hirntoter Körper verfällt und es schnell gehen muss – in diesem Dilemma steckt er.

Thomas gießt Wasser in die Gläser, steht auf, um das Fenster zu schließen, durchquert den Raum und beobachtet dabei das Paar, lässt sie nicht aus den Augen, diesen Mann und diese Frau, Simon Limbres' Eltern, und bestimmt wärmt er sich jetzt im Geist auf, denn er weiß, dass er sie gleich bedrängen, sie in ihrem Leid mit einer Frage quälen wird, von der sie noch nichts ahnen, dass er sie bitten wird, nachzudenken und Antworten zu formulieren, während sie Zombies sind und außer sich vor Schmerz, und wahrscheinlich bereitet er sich aufs Sprechen vor wie aufs Singen, lockert seine Muskeln, kontrolliert seinen Atem in dem Bewusstsein, dass die Interpunktion die Anatomie der Sprache, die Struktur der Bedeutung ist, und stellt sich den Anfangssatz vor, die Melodie, wägt die erste Silbe ab, die er aussprechen wird, die Silbe, die das Schweigen durchbrechen wird, präzise, rasch wie ein Schnitt mit dem Messer – eher ein glatter Schnitt als der gezackte Rand der Eierschale oder der Riss in der Wand, wenn die Erde bebt. Er beginnt langsam, ruft ganz bedacht den Stand der Dinge in Erinnerung: Ich glaube, Ihnen ist klar geworden, dass die Zerstörung von Simons Gehirn nicht aufzuhalten war, gleichwohl funktionieren seine Organe weiter, das ist eine außergewöhnliche Situation. Sean und Marianne blinzeln, eine Art Zustimmung. Ermutigt fährt Thomas fort: Mir ist bewusst, wie groß Ihr Schmerz ist, aber ich muss mit Ihnen über ein heikles Thema sprechen – sein Gesicht leuchtet hell, seine Stimme wird unmerklich lauter und ist absolut klar, als er sagt:

»In dieser Situation ergibt sich die Möglichkeit, dass Simon seine Organe spendet.«

Bam. Thomas hat seine Stimme gleich in den richtigen Frequenzbereich gebracht, der Raum scheint den Schall zu verstärken wie ein riesiges Mikro, hochpräzise Aussteuerung – Räder des Kampfjets Rafale auf dem Deck des Flugzeugträgers, Pinselstrich des japanischen Kalligraphen, Stoppschlag des Tennisspielers. Sean hebt den Kopf,

Marianne zuckt zusammen, beider Blicke richten sich auf Thomas – mit Entsetzen beginnen sie zu ahnen, was sie hier tun im Angesicht dieses hübschen jungen Mannes mit dem klassischen Profil, dieses hübschen jungen Mannes, der ruhig fortfährt: Ich wüsste gern, ob Ihr Sohn sich vielleicht einmal zu dem Thema geäußert hat, ob er mit Ihnen darüber gesprochen hat.

Die Wände schwanken, der Boden schlingert, Marianne und Sean sind wie vor den Kopf geschlagen. Ihr Mund steht offen, ihr gesenkter Blick schweift über den niedrigen Tisch, sie ringen die Hände, und in dem dicken, schwarzen, abgrundtiefen Schweigen mischen sich Panik und Verwirrung. Eine Leere hat sich vor ihnen aufgetan, eine Leere, die sie sich nur als »Etwas« vorstellen können, denn das »Nichts« ist undenkbar. Zusammen kämpfen sie gegen dieses Luftloch an, obwohl weder dieselben Fragen noch dieselben Gefühle sie bewegen – Sean ist im Lauf der Jahre eigenbrötlerisch und wortkarg geworden, reinster Unglauben geht bei ihm mit einer von ozeanischen Mythen gespeisten Spiritualität einher, Marianne dagegen war eine Erstkommunikantin in geblümtem Kleid und Tennissocken, um die Stirn ein Kranz aus frischen Blumen, am Gaumen die klebrige Hostie, hat abends in der oberen Etage des Stockbetts, das sie mit ihrer Schwester teilte, lange auf Knien gebetet, im Schlafanzug, der sie kratzte, laut ihre Lobpreisung deklamiert, und sie geht noch heute in Kirchen, erforscht die Stille wie die Textur eines Geheimnisses, sucht das kleine rote Licht, das hinter dem Altar brennt, inhaliert den schweren Geruch von Wachs und Weihrauch, beobachtet die farbigen Strahlen des durch die Rosette gefilterten Tageslichts, die Holzstatuen mit den aufgemalten Augen, erinnert sich aber an die intensive Empfindung, die sie in dem Augenblick verspürte, als sie das Halfter des Glaubens von ihrem Hals löste; Visionen des Todes zeigen sich ihnen, Bilder des Jenseits, postmortale Räume, versunken in Ewigkeit: der Tod ist ein Abgrund, versteckt in einer Falte des Kosmos, er ist ein schwarzer, gekräuselter See, er ist das Reich der Gläubigen, ein Garten, worin unter der Hand Gottes das auferstandene Fleisch lebendig wird, er ist ein im Dschungel verlorenes Tal, wo die einsamen Seelen umherflattern, er ist eine Aschewüste, ein Schlaf, eine Derivation, ein danteskes Loch am Meeresgrund, und er ist auch eine unvorstellbare Küste, die man in einem fein gearbeiteten Einbaum erreicht. Sie haben sich vorgebeugt, die Arme auf dem Bauch verschränkt, um den Schlag einzustecken, und ihre Gedanken laufen zu einem Knäuel von Fragen zusammen, die sie nicht formulieren können.

Thomas versucht es anders: Hat Ihr Sohn sich ins nationale Widerspruchsregister eintragen lassen? Oder wissen Sie, ob er sich ablehnend zur Organspende geäußert hat, ob er dagegen war? Komplizierte Frage, die Mienen sind ratlos. Marianne schüttelt den Kopf, ich weiß nicht, ich glaube nicht, stammelt sie, in Sean aber kommt plötzlich Leben, er wendet Thomas sein kantiges gebräuntes Gesicht zu und lässt seine dumpfe Stimme hören: Mit neunzehn? Sein Oberkörper kippt nach vorn und verleiht den Worten Nachdruck, die er zwischen den Zähnen hervorpresst, ohne die Lippen richtig zu öffnen. Neunzehnjährige Jungs, die Vorkehrungen treffen für den Fall ..., gibt es das? »Vorkehrungen treffen« – die Stimme wird scharf, eine Salve von Konsonanten, kaltes Feuer. Das kann vorkommen, antwortet Thomas sanft, manchmal ist es so. Sean trinkt einen Schluck Wasser, stellt das Glas mit einer schweren Handbewegung ab: Vielleicht, aber nicht Simon. Thomas erkennt die Bresche im Dialog und hakt ein,

Warum nicht Simon?, fragt er eine Spur lauter. Sean sieht ihn verächtlich an, murmelt: Weil er das Leben so liebt. Thomas nickt, ich verstehe, beharrt aber darauf: Dass er das Leben liebt, heißt nicht, dass er über den Tod nicht nachgedacht hat, er hätte mit einem vertrauten Menschen darüber sprechen können. Das Schweigen verdichtet sich, dann reagiert Marianne, verworren und hektisch: Vertraute Menschen, ja, ich weiß nicht, doch, seine Schwester, ja, seine kleine Schwester mag er sehr, Lou, sie ist sieben, die beiden sind wie Hund und Katz, aber ohneeinander sind sie verloren, und seine Freunde, ja, natürlich, die vom Surfen, Johan, Christophe, die von der Schule, ja, ich weiß nicht, ich glaube, man sieht sie nicht oft, aber vertraute Menschen, ich weiß nicht, wer das ist, na ja doch, seine Großmutter, sein Cousin, der in den USA lebt, und Juliette gibt es auch noch, Juliette, seine erste Liebe, ja, also die vertrauten Menschen, das sind wir.

Sie sprechen im Präsens von ihrem Sohn, das ist kein gutes Zeichen. Thomas fährt fort: Ich stelle Ihnen diese Fragen, denn wenn der Verstorbene, in diesem Fall Ihr Sohn Simon, zu Lebzeiten nicht ausdrücklich seine Ablehnung bekundet hat, wenn er sich nicht dagegen ausgesprochen hat, dann müssen wir zusammen herauszufinden versuchen, was er gewollt hätte, ob er seine Zustimmung gegeben hätte – »der Verstorbene, in diesem Fall Ihr Sohn Simon«, Thomas hat die Stimme erhoben und jedes Wort deutlich artikuliert, er hämmert es ihnen ein. Zustimmung wozu? Marianne schaut fragend auf – aber sie weiß es, sie will es eingehämmert bekommen. Thomas erklärt: Die Zustimmung zur Entnahme seiner Organe zum Zweck der Transplantation – man muss da durch, durch die Brutalität dieser Sätze, die Parolen auf Spruchbändern gleichen, mit ihrer schweren Ladung, ihrer erdrückenden Wucht, die Gespräche, in denen die Zweideutigkeit lauert, sind eine zusätzliche Quälerei, Thomas weiß das.

Die Spannung an diesem Punkt der Erdkruste ist plötzlich gestiegen, man könnte meinen, die Blätter der Grünpflanze zittern und die Wasseroberfläche in den Gläsern kräuselt sich, auch das Licht scheint intensiver zu werden, so dass sie blinzeln müssen, und die Luft beginnt zu vibrieren, als setzte sich über ihren Köpfen langsam der Motor einer Zentrifuge in Gang. Thomas bleibt als Einziger absolut regungslos, er zeigt keinerlei Emotion, lässt seinen Blick auf ihren schmerzverzerrten Gesichtern ruhen, übergeht das Beben der Kiefer und das Zucken der Schultern, macht unbeirrt weiter: Wir führen dieses Gespräch in der Absicht, nach einer Willensäußerung zu suchen, und diesen Willen, Simons Willen, zu formulieren; es geht nicht darum, zu überlegen, was Sie tun würden, sondern darum, sich zu fragen, wie Ihr Sohn entschieden hätte – Thomas hält die Luft an, er ermisst die versteckte Gewalt dieser letzten Worte, Worte, die ihren eigenen Körper radikal von dem ihres Kindes unterscheiden, die eine Distanz schaffen, zugleich aber auch das Nachdenken ermöglichen. Doch Marianne fragt mit schwacher, schleppender Stimme: Wie soll man das wissen?

Sie fragt nach einer Methode, Sean sieht sie an, und Thomas reagiert unverzüglich – vielleicht sagt er sich in diesem Moment mit einem Begriff, den er in einem Ausbildungsseminar gelernt hat, dass Marianne die »resource person« ist, anders gesagt, diejenige, die einen Nachlaufeffekt erzeugen kann –: Wir sind hier, um an Simon zu denken, an die Person, die er war; das Vorgehen bei Organentnahmen ist immer abgestimmt auf ein singuläres

Individuum, auf das, was wir von seinem Leben in Erfahrung bringen können; wir müssen gemeinsam überlegen; man kann sich zum Beispiel fragen, ob Simon gläubig war oder ob er großzügig war. Großzügig?, wiederholt Marianne verblüfft. Ja, großzügig, bekräftigt Thomas, wie er sich anderen gegenüber verhielt, ob er neugierig war, ob er Reisen machte, diese Fragen muss man sich stellen.

Marianne wirft einen Blick zu Sean, er sieht elend aus, fahle Haut, schwarze Lippen, dann schaut sie auf die Grünpflanze. Sie erkennt keinen Zusammenhang zwischen den Fragen des Pflegers und dem Problem der Organspende, schließlich murmelt sie: Sean, war Simon großzügig? Ihre Augen wandern ziellos umher, die beiden wissen nicht, was sie antworten sollen, sie atmen tief, dann legt Marianne den Arm um die Schultern dieses Mannes, dessen Haar so schwarz und dicht ist wie das ihres Sohns, und zieht ihn an sich, ihre Köpfe berühren sich, und er senkt den seinen, während er mit zugeschnürter Kehle ein Ja ausstößt – ein Ja, das in Wirklichkeit nicht viel zu tun hat mit der Großzügigkeit ihres Sohns, denn besonders großzügig war Simon eigentlich nicht, eher wie eine Katze, egoistisch und sorglos – verdammt, gibt's keine Cola in dieser Hütte?, schimpfte er mit dem Kopf im Kühlschrank –, ein junger Mann, der zu noblen Gesten und Aufmerksamkeiten neigte; aber ein Ja, das von Simon ganz Besitz ergreift, das ihn wiederaufrichtet, ihn erstrahlen lässt, den schüchternen, impulsiven Jungen, den die Intensität der Jugend verzehrte.

Plötzlich bricht aus einem Atemzug Mariannes Stimme hervor, sie spricht deutlicher, wenn auch immer noch abgehackt: Die Sache ist die, wir sind katholisch, Simon ist getauft. Sie hält abrupt inne. Thomas wartet darauf, dass sie weiterredet, aber die Pause zieht sich hin, also gibt er Hilfestellung: War er gläubig? Glaubte er an die Auferstehung des Leibes? Marianne blickt zu Sean und sieht nach wie vor nur sein geneigtes Profil, sie beißt sich auf die Lippen, ich weiß nicht, wir gehen nicht oft in die Kirche. Thomas ist angespannt – im letzten Jahr haben Eltern sich rundheraus geweigert, dem Körper ihrer Tochter Organe entnehmen zu lassen, weil sie an die Auferstehung des Fleisches glaubten und der Meinung waren, eine solche Verstümmelung mache jede andere Form der Existenz unmöglich, und als Thomas ihnen die offizielle Position der Kirche, die Organspenden befürwortet, darlegte, antworteten sie: Nein, wir wollen sie nicht ein zweites Mal sterben sehen. Marianne legt ihren Kopf auf Seans Schulter, dann beginnt sie wieder zu sprechen: Letzten Sommer hat er dieses Buch über einen polynesischen Schamanen gelesen, den Korallen-Mann, oder so ähnlich, er hatte vor, ihn dort aufzusuchen, erinnerst du dich, es war ein Buch über Wiedergeburt. Sean nickt mit geschlossenen Augen und fügt fast unhörbar hinzu: Sich verausgaben, das war wichtig für Simon, er war sehr körperlich, genau, so war er, er lebte in seinem Körper, so sehe ich ihn, in der Natur, er hatte keine Angst. Marianne zögert, dann fragt sie unsicher: Heißt das großzügig sein? Ich weiß nicht, vielleicht – und jetzt weint sie.

Sie sprechen in der Vergangenheitsform, der Vater und die Mutter, sie haben angefangen zu erzählen. Für Thomas ist das ein spürbarer Fortschritt, ein Zeichen, dass sie den Gedanken an den Tod ihres Kindes allmählich zulassen. Er hat die Akte auf den Tisch zurückgelegt, die freien Hände ruhen nun flach auf seinen Schenkeln, er macht den Mund auf, um fortzufahren, doch plötzlich, ohne dass es vorauszusehen war, schlägt die Stimmung wieder um, Sean ist aufgesprungen, marschiert erregt schimpfend im Raum auf und ab, das mit der Großzügigkeit ist große Scheiße, ich wüsste nicht, warum die Tatsache, dass jemand großzügig ist oder Reisen macht, Sie dazu berechtigt, zu denken, er hätte seine Organe spenden wollen, da machen Sie es sich zu leicht, und im Übrigen, wenn ich Ihnen sage, Simon war egoistisch, ist das Gespräch dann beendet? Er hat sich Thomas genähert, um ihm ins Ohr zu flüstern: Sag uns nur, ob wir nein sagen können, na los doch. Marianne blickt überrascht zu ihm hin, Sean!, aber er hört sie nicht, geht wieder durch den Raum, immer schneller, lehnt sich schließlich mit dem Rücken ans Fenster, schwarz und massiv im Gegenlicht: Na los, sag uns die Wahrheit, können wir es ablehnen oder nicht? Er schnauft wie ein Stier. Thomas zuckt nicht mit der Wimper, er sitzt kerzengerade, die feuchten Hände auf den Jeans. Marianne ist aufgestanden, sie geht zu Sean, streckt die Arme nach ihm aus, aber er wendet sich ab, drei Schritte an der Wand entlang, eine Kehrtwendung, und dann haut er mit der Faust gegen die Wand, ein Schlag, in den seine ganze Kraft eingeht, die Glasscheibe über dem Kandinsky-Plakat zittert, verdammt, stöhnt er, das ist nicht wahr!, aufgelöst dreht er sich wieder zu Thomas um, der sich nun ebenfalls erhoben hat, mit versteinerter Miene, weiß wie ein Leintuch, und entschieden erklärt: Simons Körper ist kein Ersatzteillager, aus dem wir uns bedienen wollen; wenn die Suche nach einer Willensbekundung des Verstorbenen im Gespräch mit den Angehörigen zur Ablehnung führt, wird die Sache abgebrochen.

Marianne bekommt endlich Seans Hand zu fassen und streichelt sie, das ist schlau, murmelt sie, als brauchte man jetzt auch noch das, sie zieht ihn zum Sofa, wo das Paar sich wieder setzt, sich neu formiert, es kehrt Ruhe ein, beide trinken auf einen Zug ein Glas Wasser aus, auch wenn sie nicht unbedingt Durst haben, aber man muss Zeit gewinnen, in Bewegung bleiben, wieder die Frequenz finden, in der Sprechen möglich ist.

In diesem Augenblick denkt Thomas, es hat sich erledigt. Zu hart. Zu komplex, zu heftig. Vielleicht die Mutter, aber nicht der Vater. Kein Abstand, alles geht zu schnell. Sie haben kaum ihre Tragödie realisiert, da sollen sie schon über die Organentnahme entscheiden. Auch er setzt sich wieder. Nimmt die Akte vom Tisch. Bringt es nicht fertig zu insistieren, zu beeinflussen, zu manipulieren, Autorität zu spielen, kann nicht jemand sein, der erpresst, der Druck ausübt, und zwar umso stärkeren Druck, als junge und gesunde Spender rar sind. Wird ihnen zum Beispiel ersparen, sich sagen lassen zu müssen, dass das Gesetz, falls der Verstorbene sich nicht ins Widerspruchsregister hat eintragen lassen, das Prinzip der mutmaßlichen Zustimmung festlegt – wird ihnen ersparen, sich zu fragen, wie eine mutmaßliche Zustimmung die Regel sein kann, wenn der Spender doch tot ist und eben nichts mehr sagen, eben nicht mehr zustimmen kann, wird ihnen ersparen, zu hören, dass zu Lebzeiten nichts gesagt zu haben, gleichbedeutend ist mit ja sagen, eine andere Form des fragwürdigen Satzes, der behauptet, wer schweigt, stimmt zu, ja, er lässt die Bestimmungen weg, die den Dialog vollkommen sinnlos, zu einer bloßen Formalität, einer scheinheiligen Konvention machen würden, während das Gesetz ja noch etwas anderes induziert, einen komplexeren Prozess, der mit Gegenseitigkeit und Austausch zu tun hat: Wenn jedes Individuum potentiell ein mutmaßlicher Empfänger ist, wäre es dann so unlogisch, so unbegründet, dass jeder nach seinem Tod als mutmaßlicher Spender gilt? Den gesetzlichen Rahmen erwähnt er nur noch, um denjenigen, die mit der Frage der

Organspende nichts verbinden, eine Option zu eröffnen, oder um Familien in ihrer Entscheidung zu bestärken, wobei das Gesetz sie stützt wie ein Geländer.

Er schlägt Simons Akte zu, legt sie flach auf seine Knie und signalisiert Sean und Marianne Limbres damit, dass sie den Dialog vertagen können, wenn sie es wünschen, dass sie den Raum verlassen können. Es ist eine Ablehnung, das kommt vor. Man muss damit zurande kommen, die Möglichkeit der Ablehnung gehört auch zur Organspende. Man muss sich jetzt verabschieden, sich die Hand geben. Das Gespräch ist gescheitert, das muss man akzeptieren, Thomas hat den absoluten Respekt vor den Angehörigen zu seinem Prinzip gemacht, und er weiß auch, dass man darüber, was den Körper des Verstorbenen für sie heilig macht, nicht diskutieren kann – das setzt einer Vorgehensweise Grenzen, die, bestärkt durch das Gesetz und den Mangel an Spenderorganen, Gefahr läuft, sich in eine Zwangsmaßnahme zu verwandeln. Sein Blick schweift über die Wände, ein Vogel äugt durchs Fenster. Ein Spatz. Thomas schrickt auf, als er ihn sieht, fragt sich, ob Ousmane bei ihm vorbeigeht, um Mazhar, den Distelfinken, zu füttern, ihm klares Wasser und die bunten biologischen Körner zu geben, die auf einem Balkon in Bab el-Oued gezogen worden sind. Er schließt die Augen.

Okay, was wird entnommen? Sean greift wieder an, mit gesenktem Kopf, Blick von unten, Thomas, überrascht von dieser Kursänderung, runzelt die Stirn und passt sich dem neuen Tempo sofort an: In Frage kommen das Herz, die Nieren, die Lunge, die Leber, wenn Sie einverstanden sind, werden Sie über alles informiert, der Körper Ihres Kindes wird wiederhergestellt – er hat die Organe aufgezählt, ohne lang zu fackeln, mit der Energie, die stets dafür sorgt, dass er die knappe Genauigkeit dem ausweichenden Ungefähr vorzieht.

Das Herz?, fragt Marianne. Ja, das Herz, wiederholt Thomas. Simons Herz. Marianne ist benommen. Simons Herz – Blutinseln im Dottersack verbinden sich miteinander, um am siebzehnten Tag der embryonalen Entwicklung ein erstes Gefäßsystem zu bilden, am einundzwanzigsten Tag beginnt die Pumpe zu arbeiten (ganz schwache Kontraktionen, die aber mit hochempfindlichen, für die kardiale Embryologie parametrisierten Apparaten wahrnehmbar sind), das Blut fließt in die entstehenden Leitungen, verteilt sich in Gewebe, Venen und Arterien, die vier Kammern bilden sich heraus, am fünfzigsten Tag ist alles da, wenn auch unvollendet. Simons Herz – ein runder Bauch, der sich im Babybettchen sanft hebt; der flatternde Vogel nächtlicher Ängste in einer Kinderbrust; die Trommel, deren Stakkato Anakin Skywalkers Schicksal begleitet; das Riff unter der Haut, wenn sich die erste Welle auftürmt – fass mal an, hat er eines Abends zu ihr gesagt und mit einer äffischen Grimasse die Brustmuskeln angespannt, er war vierzehn und hatte in den Augen das neue Leuchten des Jungen, der sich in seinem Körper einrichtet, fass meine Muskeln an, Mam'; das diastolische Dahinschmelzen, wenn er an der Bushaltestelle des Boulevard Maritime Juliette sichtete, geringeltes T-Shirt-Kleid, Doc Martens und rote Regenjacke, die Zeichenmappe unterm Arm; die Apnoe in der Luftpolsterfolie am Weihnachtsabend, das Surfbrett im eiskalten Schuppen, ausgepackt mit dieser Mischung aus Sorgfalt und Ungestüm, mit der man auch den Umschlag einer Liebesbotschaft aufschneidet. Also das Herz.

Aber nicht die Augen, die Augen werden nicht genommen, oder? Sie erstickt ihren Schrei mit der Hand, die sie auf ihren offenen Mund presst. Sean zuckt zusammen, was, die Augen, ruft er, nein, niemals, die Augen nicht. Sein Groll steht im Raum, Thomas senkt den Blick, ich verstehe.

Eine weitere Turbulenz, er fröstelt, schweißgebadet, er weiß, dass sich die symbolische Bedeutung von Organ zu Organ unterscheidet – Marianne hat nur auf die Erwähnung des Herzens reagiert, als wäre die Entnahme von Nieren, Leber oder Lunge eher vorstellbar, und so lehnt sie nun die Entnahme der Hornhaut ab, über die es wie beim Gewebe, der Haut, selten zu einer Einigung mit den Angehörigen kommt –, und begreift, dass er Kompromisse schließen, von der Regel abweichen, Einschränkungen akzeptieren, dass er diese Familie respektieren muss. Das ist Empathie. Denn Simons Augen, das ist nicht nur seine nervöse Netzhaut, seine seidige Iris, seine Pupillen von reinem Schwarz vor der Linse, sondern auch sein Blick; seine Haut ist nicht nur das Gewebe seiner Epidermis, seine Poren, sondern auch sein Tastsinn; Augen und Haut sind die lebendigen Sensoren seines Körpers.

»Der Körper Ihres Kindes wird wiederhergestellt.«

Das ist ein Versprechen, und vielleicht ist es auch das Ende dieses Dialogs, man weiß es nicht. Wiederhergestellt. Thomas schaut auf die Uhr, rechnet – das zweite dreißigminütige Elektroenzephalogramm wird in zwei Stunden stattfinden –: Möchten Sie eine Zeitlang allein sein? Marianne und Sean sehen sich an, sie nicken. Thomas steht auf und sagt noch: Wenn Ihr Kind Spender wird, ermöglicht das anderen Menschen zu leben, anderen Menschen, die auf ein Organ warten. Die Eltern nehmen ihre Mäntel, ihre Taschen, ihre Bewegungen sind langsam, obwohl sie es jetzt eilig haben, hier herauszukommen. Dann wird er nicht umsonst gestorben sein, meinen Sie? Sean schlägt den Kragen seines Parka hoch und blickt Thomas in die Augen, das wissen wir, all das wissen wir, Leute werden gerettet durch Transplantationen, der Tod des einen kann einem anderen das Leben schenken, aber für uns ist es Simon, unser Sohn, verstehen Sie das? Ich verstehe. Schon in der Tür, dreht Marianne sich noch einmal zu Thomas um: Wir gehen kurz an die frische Luft, wir kommen zurück.

Allein, lässt sich Thomas auf seinen Stuhl sinken, er stützt den Kopf in die Hände, seine Finger fahren unter die Haare, legen sich um den Schädel, und er atmet lange aus. Bestimmt sagt er sich, dass es hart ist, und vielleicht würde auch er gern reden, mit der Faust die Wände traktieren, gegen Mülleimer treten, Gläser zertrümmern. Vielleicht wird es ein Ja, eher aber ein Nein, das kommt vor – ein Drittel der Gespräche endet mit einer Ablehnung –, doch für Thomas Rémige ist eine klare Ablehnung besser als eine den Menschen in ihrer Verwirrung abgenötigte, gewaltsam abgerungene Zustimmung, die sie vierzehn Tage später bereuen, von Gewissensbissen geplagt, um den Schlaf gebracht, in Kummer versunken, man muss an die Lebenden denken, sagt er oft, während er auf einem Streichholz herumkaut, man muss an die denken, die übrig bleiben – in seinem Büro hat er an die Tür die Fotokopie einer Seite aus *Platonov* geklebt, ein Stück, das er nie gesehen, nie gelesen hat, doch dieser Dialog zwischen Vojnicev und Trileckij, den er in einer Zeitschrift im Waschsalon entdeckt hatte, ließ ihn erbeben wie einen glücklichen Jungen, der in einem Päckchen Pokémon-Karten einen Glurak oder in einer Tafel Schokolade ein goldenes Ticket findet. Was tun, Nikolaj? Die Toten begraben und die Lebenden reparieren.

Juliette ist in ihrem Zimmer. Von ihrem Fenster aus kann sie, wenn sie sich auf die Zehenspitzen stellt und leicht zur Seite wendet, das Dach des Mietshauses sehen, in dem die Limbres wohnen – als Simon das erste Mal hierher in ihre Mädchenhöhle kam, hat er seine Nase an die Scheibe gedrückt und sich dann plötzlich zu ihr umgedreht, wir können uns sehen, weißt du, und er hat lange ihren Blick dirigiert, damit sie in dem Mosaik grauer Flächen unter ihnen ein zinkfarbenes Karree mit vielen Schornsteinen, auf denen Möwen saßen, ausmachen konnte: da hinten –, sie schaut zärtlich hinüber.

Sie haben sich in der Nacht gestritten. Sie waren beide hier, lagen nackt unter der warmen Decke, einander zugewendet, aneinandergeschmiegt, so zärtlich, dass sie sich immer noch weiterstreichelten, nachdem sie miteinander geschlafen hatten, und sich im Dunkeln unterhielten, seltsam redselig, ihre Worte sind in diesen Momenten immer klarer als sonst, dann platzte eine SMS in die Ruhe, und diesmal musste sie nicht lachen über das Echo des Echolots, sie empfand es als feindlichen Übergriff, die Surfsession wurde bestätigt – 6 h unten bei dir. Schon bevor er die Nachricht las, wusste sie, um was es ging, und begriff, dass er den ganzen Abend auf dieses Signal gewartet hatte, und da verkrampfte sich etwas in ihr, sie sprang aus dem Bett und zog sich stumm an, Hose, T-Shirt, was hast du?, fragte er, auf einen Ellbogen gestützt, mit gerunzelter Stirn – aber er wusste, was sie hatte, tu nicht so unschuldig, hätte sie antworten sollen, begnügte sich aber damit zu murmeln nichts, nichts, ich hab nichts, doch ihre Miene war bitter –, dann zog auch er sich etwas an, bevor er ihr in die Küche folgte, wo alles eskalierte.

Heute in der Stille der leeren Wohnung, über das entstehende dreidimensionale Labyrinth gebeugt, das sie in ein Plexiglasgehäuse baut, denkt sie wieder daran, wie hat sie diese falsche Rolle übernehmen können, die Rolle der Frau, die daheimbleibt, während der Mann weggeht, um sich an der Welt zu freuen, diesen Ehegattinnenpart, dieses Erwachsenending, dieses Altending, wo sie doch erst achtzehn ist, und wie hat sie sich derart gehenlassen können, dass sie ihn, abwechselnd zärtlich und böse, beschwor, bleib da, bleib bei mir, in einem Tonfall, der nicht mehr ihr eigener war, sondern der einer zerbrechlichen, leidenschaftlichen Schauspielerin, ein Klischee, und ihn daran erinnerte, dass sie am Wochenende allein war, dass ihre Eltern erst am Sonntagabend zurückkämen, so dass sie lange zusammmen sein könnten, aber Simon blieb stur, so ist das Surfen nun mal, es entscheidet sich immer im letzten Moment, so ist das mit den Sessions, auch er spielte den Mann, und sie standen barfuß auf dem Steinboden, der Blick hart, die Haut marmoriert; er versuchte, sie zu umarmen, ein zärtlicher Impuls, seine Hände berührten ihre schmale Taille unter dem Hemdchen, die etwas spitzen Hüftknochen, doch sie reagierte grob, stieß ihn weg, schon gut, geh nur, ich halte dich nicht auf, und so ging er, okay, ich gehe, schlug sogar die Tür hinter sich zu, nachdem er mit einem letzten Blick ich ruf dich morgen an gesagt und ihr noch von der Schwelle einen Kuss zugehaucht hatte.

Seit den Weihnachtsferien arbeitet sie regelmäßig an ihrem Labyrinth, die Schüler mit dem Wahlfach Bildende Kunst müssen am Ende des Schuljahrs ein eigenes Projekt vorstellen. Zuerst hat sie das Plexiglasgehäuse gebaut, einen Kubus von einem Meter Kantenlänge, von dem zwei Seiten erst am Schluss eingesetzt werden – sie hat lange die Materialproben studiert, bevor sie sich entschied –, und jetzt baut sie das Innere. Zeichnungen in verschiedenen Maßstäben sind über ihrem Schreibtisch an die Wand geheftet, sie betrachtet sie, geht näher heran, legt eine weiße Leichtschaumplatte auf die Arbeitsfläche, dazu Bleistifte, zwei Metalllineale, saubere Radiergummis, einen Spitzer und eine Heißklebepistole, geht dann ins Bad, um sich die Hände zu waschen, bevor sie die durchsichtigen Plastikhandschuhe anzieht, die ihr die Friseuse in der Straße gegeben hat – sie lagen unter den Farbschalen im Färbewagen, zwischen Lockenwicklern, bunten Klammern und Schwämmchen.

Sie fängt an, schneidet mit dem Cutter aus der weißen Platte unterschiedlich geformte Streifen, die sie nach dem millimetergenau gezeichneten Plan nummeriert, der, wenn das Modell fertig ist, die rhizomartige Struktur, das komplexe Geflecht zum Vorschein bringen soll, wo jeder Weg einen anderen kreuzt, wo weder Eingang noch Ausgang noch Zentrum existieren, sondern eine unendliche Zahl von Spuren, Verbindungen, Verzweigungen, Fluchtpunkten und Perspektiven. Sie ist so vertieft in ihre Arbeit, dass sie ein leichtes Summen wahrnimmt, als vibriere die Stille und bilde eine Hülle um sie herum, und sie befindet sich im Mittelpunkt der Welt – sie mag das Zeichnen, Basteln, Schneiden, Kleben, Nähen, sie mochte das schon immer, ihr Vater und ihre Mutter erinnern oft an die kleinen Basteleien, die sie anfertigte, noch bevor sie lesen konnte, die Papierfetzen, die sie den lieben langen Tag ausriss und zusammensetzte, die Mosaikbilder, die sie mit dicken Wollfäden zusammennähte, die Puzzles, die immer raffinierteren Mobiles, die sie mit Knete ausbalancierte, sie erzählen von dem kreativen Kind, das sie war, sorgfältig, begeistert, ein außergewöhnliches kleines Mädchen.

Als sie Simon zum ersten Mal das durchsichtige Gehäuse zeigte und ihm ihr Projekt vorstellte, fragte er ratlos: Ist das ein Modell des Gehirns? Sie sah ihn an, erstaunt, und dann redete sie schnell und selbstsicher: Gewissermaßen, ja, genau, das ist voll mit Erinnerungen, Koinzidenzen, Fragen, es ist ein Raum für Zufall und Begegnung. Sie konnte ihm gar nicht sagen, in welchem Ausmaß sie diese Erfahrung machte, jede Arbeitssitzung bewirkte eine Art Loslösung, die sie weit weg führte, sehr weit weg, jedenfalls von den Händen, die unter ihren Augen weiterbastelten, ihre Gedanken rissen aus, während die Streifen sich auf dem Tisch häuften und dann in dem Plexiglasgehäuse ihren Platz fanden, aufgeklebt mit der immer gleichen Handbewegung – der Druck mit dem Zeigefinger auf den Abzug der Pistole dosierte genau die weiße, heiße Substanz, deren Geruch sie sanft zudröhnte –, und sie trieben langsam zum Eingang des Labyrinths, in eine geistige Sphäre, wo die Übergenauigkeit der Erinnerung und die Spiralen des Begehrens, die große Träumerei sich mischten, und am Ende kehrten sie immer zu Simon zurück, fanden die Spur seiner Tätowierung wieder, die Linien und Punkte, die feinen, mit grüner Tinte gezeichneten Voluten, begegneten ihm unweigerlich in einem Bild, denn sie war verliebt.

Der Tag geht zur Neige in Juliettes Zimmer, und das weiße Labyrinth öffnet sich nach und nach auf den Septembertag, diesen ersten Tag, an dem die Luftmaterie sich zunehmend strukturierte, während sie endlich nebeneinanderher gingen, als sammelten sich durch eine plötzliche Beschleunigung unsichtbare Partikel um sie herum, ihre Körper hatten, kaum waren sie durchs Schultor getreten, Kontakt aufgenommen, in der stummen und archaischen Sprache, die bereits die des Begehrens war, Juliette hatte ihre Freundinnen vorausgehen lassen und kleinere Schritte gemacht, um allein auf dem Bürgersteig zu sein, wenn Simon auf ihre Höhe käme, sie sah ihn in ihrem mentalen Rückspiegel auf seinem Fahrrad, den rechten Fuß auf dem linken Pedal, dann sprang er ab, um sie zu begleiten, schob sein Rad, mit einer Hand den Lenker haltend, all das, um mit ihr zu reden, all das, damit sie miteinander reden konnten, wohnst du weit weg?, ich wohne oben, und du?, ganz in der Nähe, gleich nach der Kurve; das Licht ist wahnsinnig klar nach dem Schauer, und der Bürgersteig ist von gelben Blättern übersät, die der Regen von den Bäumen gefegt hat, Simon riskiert einen Blick zur Seite, Juliettes Haut ist ganz nah, fein gekörnt unterm Rouge, ihre Haut ist lebendig, ihr Haar ist lebendig, ihr Mund ist lebendig wie das durchstochene Ohrläppchen mit dem Talmischmuck, sie hat dicht über den Wimpern einen Lidstrich gezogen, Rehaugen, kennst du François Villon, *Die Ballade der Gehenkten*?, er schüttelt den Kopf, ich glaube nicht, ihre Lippen sind an diesem Tag himbeerrosa geschminkt, Menschenbrüder, die ihr nach uns lebt, Verhärtet euer Herz nicht gegen uns, siehst du, was ich meine, oder nicht?, ja ich sehe schon, aber er sieht nichts, er ist geblendet, die zitternden Wassertropfen sind zu unzähligen Spiegeln geworden, sie schauen auf den Boden und schlängeln sich zwischen den Pfützen hindurch, das Fahrrad klingelt dazu, Kühnheit und Schamhaftigkeit prägen jedes Wort und jede Geste wie die beiden Seiten ein und desselben Ereignisses, etwas bricht auf, sie sind von Licht umflutet und gehen die Avenue hinauf wie Könige, erregt, aber so langsam wie möglich, *pianissimo, pianissimo, pianissimo, allargando*, versunken ins Staunen übereinander, ihr Zartgefühl ist unerhört, quasi molekular, und was zwischen ihnen abläuft, lässt ihren Puls rasen, so dass sie außer Atem und mit feuchten Händen am Fuß der Seilbahn ankommen und das Blut in ihren Schläfen pocht, denn gleich wird alles sich auflösen, und in dem Augenblick, als das Signal für die Abfahrt der Bahn ertönt, küsst sie ihn auf den Mund, ein ultraschneller Kuss, ein Lidschlag, und schon springt sie in den Wagen, wo sie sich umdreht und an die Scheibe drückt, die Stirn platt auf dem schmierigen Glas, er sieht sie lächeln und dann mit geschlossenen Augen einen Kuss auf die Scheibe hauchen, die bläulichen Linien der Handflächen, die sie auf die Glaswand presst, sind deutlich sichtbar, dann dreht sie sich weg, während er erstarrt, das Herz unglaublich weit, was ist geschehen?, die Seilbahn entfernt sich und beginnt stotternd, hartnäckig den Aufstieg, und Simon beschließt, dasselbe zu tun, nur schöner, steigt auf sein Rad und strampelt los, den Steilhang hinauf, die große Schleife der Kurve vergrößert den Abstand, aber er strampelt, so schnell er kann, in windschnittiger Haltung wie ein Radrennfahrer, die Schultasche beult sich auf seinem Rücken, dann wird der Himmel dunkel, die Schatten auf dem Boden verschwinden, wieder Regen, schwerer Meeresregen, in wenigen Minuten ist der Asphalt nass und rutschig, Simon wechselt das Kettenblatt und erhebt sich bucklig aus dem Sattel, blind von den an seinem Brauenbogen hängenden flüssigen Perlen, aber so glücklich, dass er in diesem Augenblick auch den Kopf in den Nacken legen, den Mund aufmachen und alles, was da vom Himmel herabfließt, trinken könnte, die Muskeln seiner Schenkel und Waden haben sich bei der Anstrengung angespannt, seine Unterarme schmerzen, er spuckt, er keucht, bringt aber die notwendige Energie auf, um die letzte Kurve mit dem richtigen Neigungswinkel zu nehmen, so dass er an Fahrt gewinnt, auf der Höhe angelangt, saust er zur Haltestelle der Seilbahn, wo die Wagen gerade mit schrillem Kreischen bremsen, kommt vor dem Eingang zum Stehen, durchnässt, triefend, steigt vom Rad und beugt sich vornüber, Hände auf den Knien, Kopf dem Boden zugewandt, Speichel auf den Lippen, Haarsträhnen, die im Gesicht kleben wie bei einem jungen Marschall des Empire, er lehnt sein Rad an eine Bank und verschnauft, öffnet seine Jacke, die obersten Knöpfe seines Hemds, sein Herzrhythmus verlangsamt sich allmählich unter der Tätowierung, die zum Vorschein kommt, es ist das Herz eines Hochseeschwimmers, ein Sportlerherz, dessen Frequenz in Ruhe unter vierzig Schläge pro Minute sinken kann, Bradykardie der Außerirdischen, doch kaum hat Juliette das Drehkreuz des Ausgangs passiert, beschleunigt sich alles von neuem, eine Woge, ein Überschwang, Hände in den Taschen vergraben, Schultern hochgezogen, geht er direkt auf sie zu, und sie lächelt, zieht ihre Regenjacke aus und hält sie mit ausgestrecktem Arm in die Höhe, ein Schutzdach, ein Regenschirm, ein Betthimmel, ein Solarpanel, das alle Farben des Regenbogens einfangen kann, und als sie voreinander stehen, reckt sie sich auf die Zehenspitzen, um ihn zu bedecken und sich dazu, süßlicher Plastikgeruch umhüllt die beiden, die Gesichter röten sich unter dem beschichteten Stoff, die Wimpern sind marineblau, die Lippen violett, die Münder tief und die Zungen von unendlicher Neugier, sie sind unter der Jacke wie in einem Unterstand, wo alles widerhallt, die Bö draußen bil-

det die Klangfolie, von der sich Atemzüge und Schmatz-
geräusche abheben, sie sind unter der Jacke wie unter der
Erdoberfläche, eingetaucht in eine feuchte, klamme Höhle,
wo Kröten quaken, Schnecken kriechen, wo Magnolien-
blüten, braune Blätter, Lindenfrüchte und Tannennadeln
zu Humus verrotten, wo Kaugummis und aufgeweichte
Zigarettenkippen zusammenklumpen, sie sind wie unter
einem Buntglasfenster, das den irdischen Tag noch einmal
erschafft, und der Kuss dauert an.

Juliette schaut auf, atemlos, es ist dämmrig, sie macht das
Licht an und schaudert: das Labyrinth vor ihr ist gewachsen. Sie wirft einen Blick auf die Uhr, bald fünf. Simon
wird sich jeden Moment melden.

Als sie nach draußen kamen, hat der undurchdringliche Himmel sie geblendet, fahl, Schattierungen schmutziger Milch, so dass sie den Kopf gesenkt, auf ihre Schuhspitzen gestarrt haben und Seite an Seite zum Wagen gegangen sind, Hände in den Taschen, Nase, Mund und Kinn vergraben im hochgeschlagenen Kragen, im Schal. Das Auto eiskalt, Sean übernimmt das Steuer, und sie fahren langsam vom Parkplatz – wie oft noch die schwachsinnige Schranke heute? Sie biegen gleich in Nebenstraßen ein, wollen sich nicht vom Krankenhaus entfernen, sich nur der Welt entziehen, unter die Wasserlinie dieses undenkbaren Tages abtauchen, in einem unbestimmten, zerfasernden Irgendwo verschwinden, das ihrer Niedergeschlagenheit entspricht.

Die Stadt dehnt sich, lockert auf, mit den letzten Vierteln fransen ihre Konturen aus, die Bürgersteige verschwinden, es gibt keine Hecken und Mauern mehr, nur noch hohe Zäune, ein paar Lagerhallen und Überreste alter, unter den Schleifen der Autobahnkreuze schwarz gewordener städtischer Siedlungen, dann bestimmen die Geländeformen ihren Kurs, geben die Richtung vor, in die sie sich treiben lassen, sie fahren die Straße am Fuß des Kliffs entlang, an den Felsenhöhlen vorbei, wo vereinzelte Landstreicher und Banden von Jugendlichen – Shit und Spraydosen – herumhängen, passieren die an den Hang geduckten Baracken, die Raffinerie von Gonfreville-l'Orcher, schließlich biegen sie zum Fluss ab, als schnappte der plötzliche Einschnitt in der Landschaft nach ihnen, und jetzt sind sie an der Mündung.

Sie fahren noch zwei oder drei Kilometer, dann endet der Asphalt, sie stellen den Motor ab: es ist leer um sie herum, ein Terrain zwischen Industriebrache und Weide, und man versteht nicht recht, warum sie hier stehen bleiben, unter einem Himmel, der gelblich gefärbt ist von dem über den Schornsteinen der Raffinerie in dichten Kringeln aufsteigenden und dann zu trüben Schwaden zerfließenden, Staub und Kohlenmonoxid absondernden Rauch, ein apokalyptischer Himmel. Unmittelbar nach dem Parken am Wegrand holt Sean seine Marlboro hervor und beginnt zu rauchen, ohne das Fenster zu öffnen. Ich dachte, du hast aufgehört, Marianne nimmt ihm sanft die Fluppe ab, um selbst daran zu ziehen – sie raucht auf spezielle Art, Hand auf dem Mund, Finger geschlossen und Zigarette dicht an die Knöchel geschoben –, stößt den Rauch aus, ohne zu inhalieren, und steckt die Zigarette wieder zwischen Seans Finger, der murmelt nein, keine Lust. Sie regt sich auf ihrem Sitz: Bist du immer noch der Einzige, der sich mit der Kippe im Mund die Zähne putzt, oder nicht? – Sommer 1992, ein Biwak in der Wüste bei Santa Fe, Tie-Dye-Sonnenaufgang, zwischen Korallenrot und Affenhandrosa, ein bläuliches Feuer, eine brutzelnde Scheibe Speck in der Pfanne, Kaffee aus Weißblechtassen, die Angst vor den Skorpionen, die sich in den kalten Schatten der Steine verkrochen, das Lied aus *Rio Bravo*, »My Rifle, My Pony and Me«, gemeinsam gesungen, und Sean mit einer von Zahncreme verschmierten Zahnbürste im Mundwinkel, während am anderen Ende seines Lächelns eine erste Marlboro glomm –, er nickt: Yes – das kanadische Zelt triefte von Tau, Marianne war nackt unter ihrem fransigen Poncho, das lange Haar ging ihr bis zum

Po, und sie las übertrieben deklamierend Gedichte von Richard Brautigan aus einem Band vor, den sie in dem Greyhoundbus gefunden hatte, mit dem sie nach Taos gekommen waren.

Ich hätte ihm das Surfbrett nicht bauen sollen. Sean drückt seine Kippe im Aschenbecher aus, dann beugt er sich vor und schlägt den Kopf gegen das Lenkrad, bang, seine Stirn prallt heftig vom Kunststoff ab, Sean!, schreit Marianne erschrocken, aber er macht weiter, schneller, wieder und wieder auf dieselbe Stelle, bang, bang, bang, hör auf, hör sofort auf, Marianne packt ihn an der Schulter, um ihn zu stoppen, ihn zurückzuhalten, doch er stößt sie mit dem Ellbogen weg, so dass sie gegen die Tür geschleudert wird, und während sie sich aufrappelt, haut er die Zähne ins Lenkrad, beißt in den Kunststoff, stößt ein ohrenbetäubendes Gebrüll aus, ein wildes, dunkles Gebrüll, es ist unerträglich, ein Schrei, den sie nicht hören will, alles, aber nicht das, sie will, dass er schweigt, also greift sie ihm in den Nacken, fährt ihm mit den Fingern unter die Haare, herrscht ihn mit zusammengebissenen Zähnen an: Hör jetzt auf!, und zieht seinen Schädel nach hinten, bis sich sein Kiefer vom Lenkrad löst, bis sein Rücken an der Sitzlehne ist, bis sein Kopf wieder mit geschlossenen Augen an der Kopfstütze ruht, die Stirn glühend rot von den Stößen, bis das Brüllen zur Klage wird, dann lässt sie ihn zitternd los, murmelt, das darf man nicht, man darf sich nicht wehtun, schau nur deine Hand, sie senkt den Blick, seine Finger umklammern wie Zangen seine Knie: Sean, ich will nicht, dass wir wahnsinnig werden – genau in diesem Augenblick redet sie vielleicht mit sich selbst, ermisst den Wahnsinn, der in ihr, in ihnen wächst, den Wahnsinn als einzig mögliche Form des Denkens, als einzigen rationalen Ausweg aus diesem Alptraum nie gekannten Ausmaßes.

Sie kauern jetzt in sich zusammengesunken im Auto, aber die scheinbar zurückgekehrte Ruhe ist eine Illusion, denn Seans Klage gellt Marianne im Ohr, und sie denkt plötzlich daran, was dieser Sonntag hätte sein können ohne den Unfall, ohne die Müdigkeit, ohne das Surfen, ohne die verfluchte Leidenschaft für das Surfen, und am Ende dieser mit schwacher Hand geflochtenen Kausalitätskette steht Sean, ja, Sean, genau, er hat diese Begeisterung gefördert, hat sie angefacht und geschürt, die Begeisterung für Kanus, für die Maori, Tätowierungen, Holzbretter, den Ozean, unentdeckte Landstriche, die Osmose mit der Natur, all den mythischen Plunder, der ihren kleinen Jungen faszinierte, diese ganze Phantasiewelt in Cinemascope, in der er groß wurde – sie beißt sich auf die Lippen, sie würde den Mann neben ihr, diesen wehklagenden Mann, am liebsten schlagen –, es waren die Fahrten, die die beiden zusammen machten, um Jollen auszuliefern, Lou und sie blieben zurück, »unter Mädchen«, es war die »Nuit de la glisse«, die Nacht des Gleitsports, die sie nie versäumten, und später begann Simon, Risiken einzugehen, wagte sich immer öfter bei zu kaltem Wasser und zu stürmischer See hinaus, ohne dass sein Vater etwas dagegen einzuwenden hatte, denn er war ein lakonischer und eigenbrötlerischer Vater, ein rätselhafter Vater, der sich so von ihnen abgesondert hatte, dass sie eines Abends zu ihm sagte, geh, ich will nicht mehr mit dir zusammenleben, nicht so, obwohl sie den Mann liebte, aber Scheiße nochmal; ja, das Surfen, was für ein Wahnsinn, was für ein gefährlicher Wahnsinn, und wie hat sie, Marianne, zulassen können, dass in ihrem eigenen Haus diese Sucht nach dem Nervenkitzel derart überhandnahm, dass ihr Sohn in diese Spirale geriet, diese

Spirale des Taumels, der Tube, dieser Quatsch, ja, auch sie hat nichts unternommen, hat nichts zu sagen gewusst, als ihr Sohn anfing, sein Leben vom Wetterbericht abhängig zu machen, alles stehen und liegen zu lassen, wenn Seegang angekündigt wurde, die Hausaufgaben und den Rest, manchmal um fünf Uhr morgens aufstand, um hundert Kilometer entfernt eine Welle zu suchen, sie hat nichts gemacht, sie war in Sean verliebt und zweifellos selbst fasziniert von dieser kaputten Vorstellung vom Mann, der Boote baut und im Schnee Feuer macht, der die Namen der Sterne und jedes Sternbilds am Himmel kennt, der schwierige Melodien pfeift, glücklich, dass ihr Sohn so intensiv leben konnte, stolz, dass er sich hervortat, so war es, sie haben nichts unternommen, sie haben ihr Kind nicht beschützen können.

Die Tropfen rinnen über die beschlagenen Scheiben, als Marianne erklärt: Das Surfbrett ist das Schönste, was du ihm geschenkt hast. Er pustet, keine Ahnung, und sie schweigen. Das Schönste war die Herstellung selbst, was sie in ihm bewegt hat, die Verwendung von Schaumstoffen und Harzen anstelle der für den Kanubau herangeschafften weichen Hölzer. Anfang Dezember ist er in die Landes gefahren, um bei einem Shaper an der Küste Polystyrolplatten zu holen – der Mann, ein Fünfzigjähriger mit Fakirkörper, hatte ein rotes Apachentuch um die Stirn gebunden, trug grauen Bart und Pferdeschwanz, geblümte Bermuda Shorts, Fleecejacke und Flipflops, ein abgehärteter Typ also, der wenig redete und ihn nicht ansah, der surfte, sobald eine Session möglich war, wozu der Leuchtbildschirm einer tragbaren Wetterstation pausenlos Voraussagen zu Wind und Seegang lieferte –, er hat sich kundig gemacht, bevor er diese ihm unbekannten Materialien wählte, hat sich über ihre Dichte, ihre Beständigkeit informiert, sich für extrudierten Polystyrol-Hartschaum und gegen Polyurethan entschieden, Epoxidharz gewählt und nicht das billigere Polyesterharz, hat den Shaper lange bei der Arbeit beobachtet, wie schnell er den Hobel einstellt, wie er die Schleifmaschine ansetzt, hat dann die Sachen in seinen Break geladen und, während er auf der nächtlichen Autobahn zurückfuhr, über die Anfertigung des Bretts nachgedacht, im Geist seine Form gezeichnet, sich mit seiner Stabilität beschäftigt, und das Ganze hat er heimlich gemacht.

Sie sind ausgestiegen, um ein Stück zu gehen, komm raus, hat Marianne gesagt und schon die Tür geöffnet. Sie haben das Auto auf dem Weg stehen lassen, neben dem Brombeerdickicht, das seine dornigen Ranken in den Boden senkt, und gehen querfeldein, nachdem sie hintereinander durch den Stacheldrahtzaun geschlüpft sind – erst sie, dann er, der eine Fuß, der andere Fuß, der Rücken flach, gegenseitig halten sie sich den Draht hoch über den Kopf, tief unter den Bauch, Vorsicht, die Haare, die Nase, die Augen, Vorsicht, der Mantelstoff.

Die winterliche Bocage-Landschaft. Der Untergrund der Wiese ist suppig und quatscht unter ihren Sohlen, das Gras ist hart, und die vereisten Kuhfladen bilden hier und da schwarze Platten, die Pappeln strecken ihre Arme in den Himmel, und im Dickicht sitzen die Raben, dick wie Hühner – all das ist ein bisschen viel, denkt Marianne, es ist zu viel, wir krepieren.

Schließlich sehen sie den Fluss, seine unglaubliche himmelweite Breite, sie sind überrascht, sie atmen schwer, ihre Füße sind nass, aber sie gehen weiter, bis nah ans Ufer, als würden sie magnetisch angezogen, bleiben erst stehen, als die Wiese langsam zum Wasser abfällt, das hier schwarz ist von morschen Ästen, verfaulenden Stämmen, im Winter eingegangenen und verwesten Insekten, ein stehender, brackiger Schlamm, ein Teich aus dem Märchen, jenseits davon die langsame Strömung der Flussmündung, matt, blass wie Salbei, hingebreitet wie ein Leichentuch, hinüberzukommen scheint möglich, aber gefährlich, nicht der mindeste Holzsteg, der diesen Traum nahelegen, nicht der mindeste am Ufer liegende Kahn, der der Gefahr trotzen könnte, nicht das mindeste Kind, das mit den Taschen voll flacher Kiesel hierher gekommen wäre, um Steinehüpfen zu spielen, eine spritzende, leichte Spur über die Wasseroberfläche zu ziehen, die Wassergeister, die sie bevölkern, tanzen zu lassen, sie sind hier gefangen, vor den feindlichen Wassern, die Hände in den Taschen, die Füße im Schlick, das Kinn im Kragen, so stehen sie vor dem Fluss – was tun wir hier?, denkt Marianne und möchte schreien, aber aus ihrem aufgerissenen Mund kommt kein Laut, nichts, der reinste Alptraum –, doch dann zeigt sich in der Ferne, zu ihrer Linken, ein Schiff mit dunklem Rumpf, das einzige Schiff, das flussauf- wie flussabwärts zu sehen ist, ein einsames Boot, das allein für sich auf das Fehlen aller anderen hinweist.

Ich will nicht, dass sie seinen Körper öffnen, ich will nicht, dass sie ihn zerlegen, dass sie ihn ausnehmen – die Kälte schärft Seans chromatisch reine, tonlose Stimme wie die Asche, mit der man eine Klinge abzieht. Marianne steckt ihre linke Hand in die rechte Tasche von Seans Parka, Zeige- und Mittelfinger erreichen die schwarze Höhle seiner Faust, öffnen sie, dringen ein, lockern sie dabei, damit auch für Ringfinger und kleinen Finger genug Platz entsteht, all dies, ohne dass Sean den Kopf dreht, das Brummen des Frachters nähert sich von links, die Farbe des Rumpfs wird deutlicher, ein öliges Rot, exakt die Farbe von getrocknetem Blut, es ist ein Getreidefrachter, er fährt flussabwärts, dem Meer entgegen, er bleibt in seiner Fahrrinne, während hier alles sich weitet, das Gewässer und das Bewusstsein, alles strömt ins offene Meer, ins Formlose und Unendliche des Verschwindens, plötzlich ist er riesig, alle Maßstäbe sprengend, und so nah, dass sie sich vorstellen, ihn mit dem ausgestreckten Finger berühren zu können, er wirft seinen kalten Schatten auf sie, alles erzittert, alles kräuselt und trübt sich, Marianne und Sean schauen ihm nach, langer Rumpf, hundertachtzig Meter, mindestens dreißigtausend Tonnen, er gleitet vorbei, ein roter Vorhang, der nach und nach über die Wirklichkeit gezogen wird – und was sie in dieser Sekunde denken, das weiß ich nicht, wahrscheinlich denken sie an Simon, wo war er, bevor er geboren wurde, wo ist er jetzt, oder vielleicht denken sie an nichts und starren nur auf diese Welt, die sich schrittweise entzieht, um von neuem zu erscheinen, greifbar, absolut rätselhaft –, und der Bug, der das Wasser teilt, bekräftigt die stechende Gegenwart ihres Schmerzes.

Das Kielwasser sprudelt und beruhigt sich wieder, der Frachter entfernt sich und mit ihm das Geräusch und die Bewegung, der Fluss nimmt wieder seine vorherige Gestalt an, die gesamte Mündung erglüht, ein Leuchten. Marianne und Sean haben sich einander zugewandt, mit weit ausgebreiteten Armen fassen sie sich an den Händen und liebkosen sich mit ihrem Gesicht – nichts Zarteres als dieses Aneinanderreiben, nichts Sanfteres als die knöchernen Vorsprünge des Gesichtsschädels, die sich unter der Haut verschieben –, schließlich verharren sie Stirn an Stirn, und

Mariannes Worte hinterlassen einen Abdruck in der statischen Luft.

Sie werden ihm nicht wehtun, sie werden ihm auf keinen Fall wehtun. Mariannes Stimme ist vom Mantelstoff gedämpft, Sean lässt ihre Hände los, um sie in den Arm zu nehmen, sein Schluchzen vermischt sich mit den Lauten der Natur, er nickt, du hast recht, wir müssen jetzt zurück.

»Er soll Spender sein.«

Sean gibt diese Erklärung ab, und Thomas Rémige erhebt sich jäh von seinem Stuhl, taumelnd, errötend, sein Brustkorb dehnt sich unter einer Hitzewallung, unter einem Andrang von Blut, er geht auf die beiden zu, stoppt. Danke. Marianne und Sean senken den Blick, sie stehen wie angewurzelt auf der Schwelle des Büros, sprachlos, Matsch und schwarze Gräser von ihren Schuhen beschmutzen den Boden, sie sind überfordert mit dem, was sie getan, was sie gerade verkündet haben – Spender, spenden, Spende, die Wörter klingen ihnen in den Ohren, schwirren ihnen durch den Kopf. Das Telefon läutet, es ist Révol, Thomas berichtet ihm rasch, dass alles gut ist, drei Sätze in einer kodierten Sprache, die Sean und Marianne nicht verstehen, was ja auch der Zweck der Abkürzungen und des Sprechtempos ist, und kurz darauf verlassen sie das Koordinationsbüro, um in den Raum zurückzukehren, wo das Gespräch stattfand. Révol erwartet sie, jetzt sind sie zu viert, und der Dialog geht sofort weiter, denn Marianne erkundigt sich seufzend: Und jetzt? Was passiert jetzt?

Es ist siebzehn Uhr dreißig. Das Fenster im Raum ist geöffnet, als hätte man ihn mit frischer Luft auffüllen müssen, weil das vorhergehende Gespräch die alte verbraucht oder verdorben hat – Atem, Tränen, Schweiß. Draußen ein Rasenstreifen, eine asphaltierte Straße und dazwischen eine mannshohe Hecke. Thomas Rémige und Pierre

Révol nehmen auf den zinnoberroten Stühlen Platz, während Marianne und Sean sich wieder auf das apfelgrüne Sofa setzen, ihre Angst ist mit Händen zu greifen – noch immer die aufgerissenen Augen, durch die sich die Stirn runzelt und mehr Weiß um die Pupillen herum sichtbar wird, noch immer die leicht geöffneten Lippen, bereit zu schreien, und die vom Warten und von der Angst geschärfte Aufmerksamkeit des ganzen Körpers. Sie frieren nicht, noch nicht.

Wir werden eine Gesamtbewertung der Organe vornehmen und die Ergebnisse dem Arzt der Agentur für Biomedizin übermitteln, der entsprechend diesen Informationen die Entnahme eines oder mehrerer Organe vorschlagen kann, anschließend treffen wir die Vorbereitungen für den Eingriff im OP. Sie bekommen den Körper Ihres Kindes morgen früh zu sehen. Révol hat jede Zäsur seines Satzes mit einer Handbewegung begleitet und die nächste Sequenz in die Luft gemalt. Der Satz enthält viele Informationen, doch in der Mitte gibt es eine Leerstelle, einen undurchsichtigen Bereich, der ihre Angst katalysiert: der Eingriff selbst.

Plötzlich ergreift Sean das Wort: Was wird konkret mit ihm gemacht? »Konkret« hat er gesagt – nicht ein ersticktes Stammeln von sich gegeben, sondern eine Frage vorgebracht, mutig in diesem Moment, ein Soldat, der ins Feuer geht, die Brust den Geschossen darbietet, während Marianne über ihrem Mantelärmel die Zähne zusammenbeißt. Was heute Nacht in der Abgeschiedenheit des Operationstrakts stattfinden wird, die Vorstellung, die sie sich davon machen, die Zerstückelung von Simons Körper, seine Auflösung, all das erschreckt sie, aber sie wollen es wissen. Rémige atmet tief ein, bevor er antwortet: Wir öffnen den Körper, entnehmen die Organe, verschließen ihn wieder. Einfache Wörter, Tätigkeitswörter, trockene Informationen, um der Dramatisierung entgegenzuwirken, die mit der Heiligkeit des Körpers, der Grenzüberschreitung seiner Öffnung zusammenhängt.

Operieren Sie selber? Sean hebt den Kopf – stets hat man den Eindruck, er will von unten angreifen, wie ein Boxer. Révol und Rémige erkennen gleichermaßen die archaische Angst, die sich hinter dieser Frage verbirgt: von den Ärzten selbst für tot erklärt zu werden, obwohl man noch lebt – Révol hat, man erinnert sich, in seinem Büro ein Exemplar des Krimis *Mondlicht steht dir gut* von Mary Higgins Clark stehen, in dem eine in England übliche Bestattungspraxis erwähnt wird: Man steckte der Person, die beerdigt wurde, einen Ring an den Finger, woran eine Schnur befestigt war, mit der die Person, falls sie unter der Erde aufwachen sollte, eine kleine Glocke an der Oberfläche betätigen konnte; nun trifft die »maßgeschneiderte« Definition der Todeskriterien, aufgestellt, um Organentnahmen zu ermöglichen, mit dieser Urangst zusammen. Rémige wendet sich an Sean, mit Daumen und Zeigefinger schreibt er ein feierliches Zeichen in die Luft: Die Ärzte, die den Tod des Patienten feststellen, sind niemals an der Entnahme der Organe beteiligt, niemals; außerdem – er spricht mit Nachdruck, seine Stimme ist fest – wird immer zweigleisig verfahren, zwei Ärzte überwachen den Ablauf, und unter dem Protokoll, das den Tod beurkundet, sind zwei Unterschriften erforderlich – es gilt, das Bild des kriminellen Doktors zu zerstören, der den Tod seines Patienten beschließt, um ihn dann besser ausrauben zu können, und den Gerüchten entgegenzutreten, die einen Zusammenhang sehen zwischen Medizinmafia und internationalem Organhandel, unsichtbaren Krankenhäusern in den wuchernden Vorstädten von Priština, Dacca oder

Mumbai und diskreten, von Kameras geschützten und von Palmen beschatteten Kliniken in den Reichenvierteln der westlichen Metropolen. Rémige schließt sanft: Die Chirurgen, die die Organe entnehmen, kommen von den Krankenhäusern, in denen Patienten auf die Transplantation warten.

Eine lange Stille, dann Mariannes Stimme, dumpf, wie durch eine Membran gefiltert: Aber wer ist dann bei Simon? – »wer« betont, nackt wie ein Stein. Ich, antwortet Thomas, ich bin da, ich bin während der ganzen Operation da. Marianne richtet langsam ihren Blick auf ihn – Transparenz von zerstoßenem Glas –, dann sagen Sie ihnen das mit den Augen, dass wir das nicht wollen, sagen Sie es ihnen. Thomas nickt, ich sage es ihnen, ja. Er steht auf, aber Sean und Marianne warten und rühren sich nicht, ein Gewicht lastet auf ihren Schultern und drückt sie nieder, es dauert eine Weile, bis Marianne fortfährt: Man weiß nicht, wer Simons Herz bekommt, nicht wahr, das ist anonym, das erfährt man nie, oder?, und Thomas stimmt der fragenden Aussage oder aussagenden Frage zu, er versteht die Unsicherheit, erklärt aber: Sie können das Geschlecht und das Alter des Empfängers erfahren, ja, aber Sie werden nie seine Identität erfahren; wenn Sie es wünschen, können Sie jedoch Informationen über die Transplantation erhalten. Dann führt er weiter aus: Die Transplantation des Herzens erfolgt nach medizinischen Kriterien und Kriterien der Kompatibilität, die nichts mit dem Geschlecht zu tun haben, aber in Anbetracht von Simons Alter sollten seine Organe vorrangig Kindern zugutekommen. Sean und Marianne hören zu und besprechen sich dann leise. Sean ergreift das Wort: Wir wollen jetzt wieder zu Simon.

Révol erhebt sich, er wird anderswo auf der Station gebraucht. Thomas begleitet Marianne und Sean bis zum Krankenzimmer, sie gehen schweigend, ich lasse Sie mit Simon allein, wir sehen uns später wieder.

Die Abenddämmerung verdunkelt das Zimmer, und die Stille, so scheint es, ist noch undurchdringlicher geworden. Sie nähern sich dem Bett mit den reglosen Falten. Wahrscheinlich hatten sie erwartet, dass Simon entstellt sein würde, nachdem er für tot erklärt war, oder dass zumindest etwas an ihm anders geworden wäre seit dem letzten Mal – Farbe, Spannkraft, Temperatur der Haut. Doch nein, nichts, Simon liegt unverändert da, die Mikrobewegungen seines Körpers heben immer noch leicht das Laken, so dass, was sie durchgemacht haben, hier keine Entsprechung, keine Antwort findet, und das trifft sie so heftig, dass ihr Denken verrückt spielt, sie fuchteln, sie stammeln, ein Rodeo, sie reden mit Simon, als könnte er sie hören, sprechen über ihn, als könnte er sie nicht mehr hören, sie scheinen mit der Sprache zu kämpfen, die Sätze zerfallen, die Wörter stoßen zusammen, brechen auseinander, schließen sich kurz, aus Zärtlichkeiten werden Atemgeräusche, bald lösen sich Töne und Zeichen auf in ein Summen im Brustkorb, ein unmerkliches Vibrieren, als wäre ihnen nun jegliche Sprache abhandengekommen und ihren Handlungen jeder zeitliche und örtliche Zusammenhang; verloren in den Brüchen, in den Verwerfungen der Wirklichkeit, selbst gebrochen, gespalten, entzweit, finden Sean und Marianne dann aber die Kraft, sich hochzuhieven auf das Bett, um dem Körper ihres Kindes so nah wie möglich zu sein, Marianne kauert sich schließlich auf den schmalen Rand der Pritsche, ihr Haar hängt ins Leere, während Sean, mit einer Pobacke auf der

Matratze, sich über Simon beugt und den Kopf auf seine Brust legt, der Mund genau an der Stelle des Tatoos, und die Eltern schließen zusammen die Augen und schweigen, als schliefen auch sie, es ist Nacht geworden, und sie sind im Dunkeln.

Zwei Stockwerke tiefer ist Thomas Rémige froh, allein zu sein, um sich zu konzentrieren, Bilanz zu ziehen und die Agentur für Biomedizin anzurufen: Wir nehmen gerade eine gründliche Bewertung der Organe vor – die Frau am anderen Ende der Leitung ist eine Pionierin dieser Einrichtung, Thomas erkennt ihre tiefe, raue Stimme, er sieht sie vor sich, in der Mitte eines Seminarraums mit u-förmig angeordneten Tischen, die Brillenkette aus groben bernsteinfarbenen Plastikgliedern verdeckt ihr Gesicht –, dann setzt er sich vor den Computer und öffnet auf labyrinthischen Wegen, wobei er zahlreiche Kennzahlen und verschlüsselte Passwörter eingeben muss, ein Programm in der Datenbank, legt ein neues Dokument an, in das er aufmerksam die gesamten Daten zu Simon Limbres' Körper überträgt: Es ist das Programm Cristal, Archiv und Tool für den Dialog, der sich jetzt mit der Agentur für Biomedizin entspinnt, Garant für die Rückverfolgbarkeit des Transplantats und die Anonymität des Spenders. Er hebt den Kopf, auf dem Fensterbrett hüpft ein Vogel, immer derselbe Vogel, er hat starre, runde Augen.

An dem Tag, als Thomas den Distelfink erwarb, hatte die Hitze Algier in eine Dampfwolke gehüllt, und in seiner Wohnung mit den indigoblauen Fensterläden lag Hocine mit nackten Füßen unter der gestreiften Djellaba auf einem Sofa und fächelte sich Luft zu.

Das Treppenhaus war blau gestrichen, es roch nach Kardamom und Zement, Ousmane und Thomas stiegen im Halbdunkel die drei Stockwerke hinauf, durch die Mattglasscheiben im Dach sickerte ein gelbes, zittriges Licht, das nur schwach bis ins Erdgeschoss drang. Vom Wiedersehen der Cousins – eine feste Umarmung, dann eine rasche Unterhaltung auf Arabisch, rhythmisiert vom Knacken der Pistazien, die sie mit den Zähnen aufbissen – blieb Thomas ausgeschlossen. Er erkannte Ousmanes Gesicht nicht wieder, das sich anders verformte, wenn er seine Sprache sprach – der Kiefer wich zurück, das Zahnfleisch wurde sichtbar, er rollte die Augen, Laute kamen tief aus der Kehle, von einer komplizierten Stelle weit hinter den Mandeln, Vokale wurden verzögert und dann unterm Gaumen hervorgepresst –: er war beinahe ein Anderer, er war beinahe ein Fremder, und Thomas wurde unsicher. Der Besuch nahm eine andere Wendung, als Ousmane auf Französisch den Grund ihres Kommens nannte: Mein Freund möchte die Distelfinken hören. Ach, Hocine wandte sich zu Thomas, und vielleicht einen mitnehmen?, fragte er und zwinkerte ihm übertrieben listig zu. Vielleicht. Thomas lächelte.

Am Tag zuvor, nach seiner ersten Überquerung des

Mittelmeers, in Algier angekommen, war er überwältigt von der Bucht, ihrer perfekten Krümmung, und von der Stadt, die sich dahinter staffelt, dem Weiß und dem Blau, der Menge junger Leute, dem Geruch der mit Wasser besprengten Gehwege, den Drachenbäumen, die im Botanischen Garten ihre Äste zu einem Gewölbe wie aus dem Märchen verschränken. Eine nicht sehr üppige, eine strenge Schönheit. Er war berauscht, die neuen Eindrücke forderten ihn, verwirrten ihn, die Erregung der Sinne ging einher mit einem übersteigerten Bewusstsein von allem, was ihn umgab: Das Leben ist da, ungefiltert, und er ist auch da. Übermütig klopfte er auf seine ausgebeulte Hosentasche mit den ins Taschentuch gewickelten Geldscheinen.

Hocine betrat seinen Balkon, öffnete die Läden und beugte sich auf die Straße hinunter, klatschte in die Hände, erteilte Aufträge, Ousmane protestierte auf Arabisch, schien etwas zu sagen wie nein, ich bitte dich, flehend, mach das nicht, doch dann brachte man Suppen und Spieße, Teller voll luftigem Couscous, Orangensalat mit Minze und Honigkuchen. Nach dem Essen stellte Hocine die Käfige auf den Boden mit seinen Keramikfliesen und orientierte sich dabei an den Mustern, um sie in einer Reihe anzuordnen. Die Vögel waren winzig – zwölf bis dreizehn Zentimeter – und bestanden nur aus Brust, der Hinterleib war unproportioniert, das Gefieder wenig spektakulär, die Beine dünn wie Streichhölzer, und die Augen immer starr. Sie saßen auf kleinen Holztrapezen und schaukelten leise. Thomas und Ousmane hockten einen Meter von den Käfigen entfernt, Hocine hatte auf einem Puff im Hintergrund Platz genommen. Er stieß eine Art Jodler aus, und das Konzert begann: die Vögel sangen, erst abwechselnd, dann zusammen – ein Kanon.

Die beiden Jungs wagten nicht sich anzuschauen, zu berühren.

Doch es hieß überall, der Distelfink sterbe aus. Der Distelfink der Wälder von Baïnem, von Kaddous und Dély Ibrahim, von Souk Ahras. Es gab keine mehr. Die intensive Jagd drohte diese früher so dichten Populationen auszurotten. In der Kasbah baumelten die Käfige leer an den Haustüren, während die der Händler jetzt mit Kanarienvögeln und Wellensittichen bestückt waren, aber kein Distelfink weit und breit, allenfalls versteckt im dunklen Hinterzimmer und bewacht wie ein Schatz, denn der Wert des Vogel stieg mit seiner Seltenheit – Gesetz des Kapitalismus. Vielleicht konnte man am Freitagabend in El-Harrach, im Osten der Stadt, noch welche kaufen, aber jeder wusste, dass die dort ausgestellten, genau wie die auf dem Markt von Bab el-Oued, nie in den Hügeln Algiers herumgeflattert waren, nie in den dortigen Zweigen der Kiefern und Korkeichen genistet hatten und dass sie nicht mit Leim gefangen worden waren, auf die traditionelle Art, bei der die Weibchen, die nicht singen, sofort wieder in die Freiheit entlassen werden, um die Fortpflanzung zu sichern: Sie waren keine Sänger. Sie kamen von der marokkanischen Grenze, aus der Gegend von Maghnia, wo sie, Männchen wie Weibchen, zu Tausenden in die Fangnetze gingen, dann wurden sie von Burschen, die keine zwanzig waren, in die Hauptstadt verschoben, arbeitslosen jungen Männern, die ihre Hungerleiderjobs aufgaben und sich einen grimmigen Wettbewerb lieferten, um in dieses Geschäft einzusteigen, sicher, damit besser zu verdienen, Burschen, die von Vögeln keine Ahnung hatten – die meisten der in die Netze gewickelten Tiere starben im Übrigen durch den Stress auf dem Transport.

An der Place des Trois-Horloges hielt Hocine wertvolle Exemplare, echte Distelfinken aus Algier. Er besaß immer mindestens zehn Stück und hatte nie einen anderen Beruf gehabt, er galt in Bab el-Oued und darüber hinaus als Experte. Er kannte jede Art, ihre Merkmale und ihren Stoffwechsel, konnte hören, aus welcher Region, ja sogar aus welchem Wald der Vogel stammte; man kam von weit her, um seine Dienste in Anspruch zu nehmen, und er beglaubigte die Echtheit, schätze den Wert, deckte Betrügereien auf – marokkanische Tiere, die als algerische verkauft wurden, manchmal zum zehnfachen Preis, oder Weibchen, die als Männchen verkauft wurden. Hocine arbeitete nicht mit Netzen, sondern fing selber, allein, mit der Leimrute, ging mehrere Tage auf Wanderschaft, in die Täler von Bejaia und Collo, wo er behauptete, »seine« Plätze zu haben, und wenn er zurückkam, verbrachte er die meiste Zeit damit, seine Beute zu hätscheln. Da die Überlegenheit eines Distelfinken über einen anderen von der Schönheit seines Gesangs abhing, war er darum bemüht, ihnen Lieder beizubringen – die aus Souk Ahras hatten den Ruf, sich eine ganze Menge merken zu können –, wozu er einen alten Kassettenrecorder benutzte, der morgens immer dieselbe Melodie wiederholte, anstatt sich der Methode der Jungen zu bedienen, die den Käfig abdeckten, in zwei Schlitze Kopfhörer steckten und die ganze Nacht den MP3-Player laufen ließen. Doch die Emotionalität des Distelfinken überwog die Musikalität seines Gesangs und war vor allem von der Geographie geprägt: in seinem Gesang verkörperte sich ein Revier. Tal, Stadt, Gebirge, Wald, Hügel, Fluss. Er ließ eine Landschaft erstehen, eine Topographie spüren, einen Boden und ein Klima erfahren. Ein Stück des Weltpuzzles nahm in seinem Schnabel Gestalt an, und wie die Hexe aus dem Märchen Kröten und Diamanten spuckte, wie der Rabe aus der Fabel den Käse fallen ließ, so gab die Kehle des Distelfinken etwas Festes, Duftendes, Fühlbares und Farbiges von sich. Hocines unterschiedliche Arten lieferten mit ihren Tönen die Kartographie eines riesigen Gebiets.

Seine Kunden, krawattentragende Geschäftsleute mit goldgeränderten Sonnenbrillen, oft in hellgraue oder beige Anzüge gezwängt, kreuzten mitten am Nachmittag bei ihm auf wie Drogensüchtige, denen der Stoff ausgegangen ist. Die Vögel sangen, die Käufer erinnerten sich ans Rennen in Sandalen durch Kiefernnadeln, an Arme voll Alpenveilchen und rosa Milchlinge, sie knöpften ihre Hemdkragen auf, tranken Zitronenwasser, und entsprechend dem Gesang, der den Wert eines Vogels bestimmte, staffelten sich die Preise. Hocine lebte gut. Eines Tages tauschte der junge Erbe einer Ölfirma sein Auto, einen Peugeot 205 GTI, gegen den letzten Distelfinken von Baïnem, den er überhaupt in Händen gehalten hat, ein Ereignis, das die Legende des ansonsten stoischen Züchters begründete: der Vogel war leicht so viel wert, fabelhafter als jeder Djinn oder Geist aus der Wunderlampe, er war nicht nur ein Vogel, sondern ein bedrohter Wald und das Meer, das an ihn grenzt, und alles, was darin lebt, er war der Teil, der für das Ganze steht, die Schöpfung selbst, er war die Kindheit.

Nach dem Konzert begann das Palaver. Welchen magst du? Hocine fragte Thomas – er redete ganz nah an seinem Gesicht. Ousmane sah seinen Freund amüsiert an, er hatte seinen Spaß an der Situation. Welchen magst du, sag doch, hab keine Angst, ich mag sie alle! Thomas zeigte auf einen Käfig – der Vogel darin hörte auf zu schaukeln. Hocine warf Ousmane einen Blick zu und nickte. Sie wechselten ein paar Worte auf Arabisch. Ousmane begann zu lachen.

Thomas dachte, sie hielten ihn zum Narren, er entfernte sich ein wenig von den Käfigen. Das Schweigen erfüllte den Raum, Thomas steckte die Hand in die Tasche, seine Finger tasteten nach dem Taschentuch. Ostentativ trat er von einem Fuß auf den andern, er traute sich nicht zu sagen, lass uns gehen. Hocoine nannte ihm den Preis des Vogels, auf den er gezeigt hatte. Ousmane erklärte ihm sanft, das ist ein Vogel aus Collo, Eschen, Ulmen, Eukalyptus, er ist jung, du kannst ihn erziehen, ihm etwas beibringen, es ist ein Vogel aus meinem Dorf. Thomas, plötzlich entzückt, streichelte dem Tier durch die Gitterstäbe hindurch den Rücken, überlegte lange, wickelte dann die Geldscheine aus – ich hoffe, du hast deine Provision bekommen, sagte er zu Ousmane, als sie die Treppe hinuntergingen.

Sean und Marianne sind kurz davor, das Krankenzimmer zu verlassen. Thomas steht in der Tür und wartet auf sie. Sie machen den Mund auf, bleiben aber stumm, scheinen etwas sagen zu wollen, was sie abgesprochen haben, Thomas fordert sie dazu auf, ich höre zu, dafür bin ich da, und Sean bringt stammelnd ihre Bitte vor: Simon, wenn sein Herz, sagen Sie Simon, wenn Sie es abschalten, ich, damit, Sie müssen ihm sagen, wir sind da, bei ihm, wir denken an ihn, wir haben ihn lieb, und Marianne fährt fort: Und Lou und auch Juliette und Oma; dann wieder Sean: Das Meer, damit Sie es ihm vorspielen, er reicht Thomas Kopfhörer und einen MP3-Player, Track 7, es ist schon eingestellt, so kann er das Meer hören – seltsame Loopings in ihrem Gehirn –, und Thomas erklärt sich bereit, diese Riten zu vollziehen, in ihrem Namen, wird gemacht.

Sie werden gehen, aber Marianne dreht sich ein letztes Mal zum Bett um, und was sie erstarren lässt, ist die Einsamkeit, die von Simon ausgeht, der jetzt so allein ist wie ein Gegenstand, als wäre das Menschliche von ihm abgefallen, als wäre er nicht mehr in eine Gemeinschaft eingebunden, in ein Netz von Absichten und Gefühlen, sondern irrte umher, verwandelt in etwas Absolutes, Simon ist tot, sie spricht diese Worte zum ersten Mal für sich, erschrickt plötzlich, sucht Sean, den sie nicht sieht, stürzt auf den Flur, entdeckt ihn an der Wand kauernd, auch er von Simons Einsamkeit überwältigt, auch er nun sicher, dass er tot ist. Sie hockt sich vor ihn hin, versucht seinen Kopf aufzurichten, indem sie mit ihren Händen sein Kinn anhebt, komm, komm, gehen wir – was sie ihm sagen möchte, ist: Es ist vorbei, komm, Simon existiert nicht mehr.

Das Handy klingelt, Thomas schaut aufs Display, beschleunigt seinen Schritt, möchte sofort loslaufen, und Sean und Marianne, die auf dem Weg zu seinem Büro neben ihm hergehen, merken es, verstehen instinktiv, dass sie Platz machen müssen, ihnen ist plötzlich kalt, die überheizten Flure, die ihre Haut austrockneten und ihnen Durst machten, sind eiskalte Korridore geworden, wo sie ihre Jacke zuknöpfen, ihren Kragen hochschlagen. Simons Körper kommt weg, er verschwindet an einen geheimen Ort mit Zugangskontrolle, den Operationstrakt, er wird geöffnet, seiner Organe beraubt, wieder zugenäht, und für eine Weile – die Dauer einer Nacht – haben sie keinerlei Einfluss mehr auf den Lauf der Dinge.

Die Situation kippt auf einmal, die Dringlichkeit verlagert sich, aus ihren Bewegungen, ihren Gesten, ihrem Bewusstsein weicht der Druck, um anderswo weiterzuwirken, im Koordinationsbüro des Krankenhauses, wo Thomas Rémige sich bereits mit dem Arzt von der Agentur für Biomedizin bespricht, in den Handgriffen der Krankenträger, die den Körper ihres Sohns mitnehmen, in den Blicken, die vor den Monitoren die eingetroffenen Bilder analysieren, in anderen, entfernteren Krankenhäusern und Stationen, an anderen, ebenso weißen Betten, in anderen, ebenso leidgeprüften Häusern, und sie wissen jetzt nicht mehr, was sie tun sollen, sie sind ratlos, natürlich könnten sie dableiben, könnten sich vor die zerlesenen Zeitungen, die schmuddeligen Illustrierten mit Eselsohren setzen, könnten bis achtzehn Uhr fünf warten, bis das zweite Elektroenzephalogramm beendet ist, mit dem endgültig Simons Tod festgestellt werden wird, oder hinuntergehen und sich am Automaten einen Kaffee holen, sie sollen machen, was ihnen am liebsten ist, aber man warnt sie behutsam, eine Multiorganentnahme dauert mehrere Stunden, das müssen Sie wissen, das geht nicht so schnell, weshalb man ihnen rät, doch eher nach Hause zu fahren, Sie sollten sich vielleicht ein wenig ausruhen, Sie werden alle Ihre Kräfte brauchen, wir kümmern uns um ihn – und als sie von neuem die automatische Tür der Eingangshalle passieren, sind sie allein auf der Welt, und die Müdigkeit bricht über sie herein wie eine Flutwelle.

Sie ist im Morgengrauen am RER-Bahnhof La Plaine-Stade de France ausgestiegen und dann gegen den Strom der Menge gegangen, die umso dichter aus dem Bahnhof quoll, je näher der Beginn des Spiels rückte, und die von kollektivem Fieber befallen war –Aufregung und Speku-lationen vor dem Spiel, Auffrischen der Lieder und der Beschimpfungen, delphische Orakel. Sie hat dem riesigen, nackten Stadion den Rücken gekehrt, gleichgültig gegen-über seiner massiven, alle Maßstäbe sprengenden Veran-kerung, die so albern und unbestreitbar ist wie eine in der Nacht gelandete fliegende Untertasse, hat in dem kurzen Tunnel, der unter den Gleisen hindurchführt, ihren Schritt beschleunigt, ist dann, wieder im Freien, zweihundert Me-ter die Avenue du Stade de France zurückgegangen, vor-bei an den Firmensitzen der Dienstleister, der Banken, der Versicherungsgesellschaften und anderer Unterneh-men mit ihren glatten, weißen, metallischen, transparen-ten Wänden, hat, vor der Hausnummer 1 angelangt, ein Weilchen in ihrer Handtasche gekramt, schließlich ihre Handschuhe ausgezogen, um besser suchen zu können, endlich, auf dem vereisten Gehweg vor dem Eingang kni-end, unter dem indifferenten Blick des Typen, der drinnen mit unendlicher Vorsicht, um bloß keinen Fleck auf seinen schönen dunkelblauen Anzug zu machen, eine Joghurt-flasche öffnete, alles auf den Boden ausgeleert, und dann hat sie wie durch ein Wunder in einer Manteltasche ihre Magnetkarte ertastet, hat ihre Siebensachen eingesammelt und das Atrium betreten. Ich habe Dienst, ich bin Ärztin in der Agentur für Biomedizin, hat sie barsch zu ihm gesagt, ohne ihn anzusehen, und die Halle durchquert, wobei ihr geübtes Auge die Schachtel Marlboro Light neben dem Tablet erspäht hat, auf dem er die Nacht über Filme angeschaut haben musste, Fußball und Schund, dachte sie gereizt, und im ersten Stock ist sie links zwanzig Meter den Flur entlanggegangen bis zur Tür des Nationalen Zentrums für die Zuteilung von Spenderorganen.

Marthe Carrare ist eine kleine, runde Frau von sechzig Jahren, dunkler Teint, kastanienbraunes Haar, üppiger Busen, über den Bauch spannt sich eine puderfarbene Jacke, die sie direkt auf der Haut trägt, der Hintern wölbt sich in einer braunen Wollhose, ihre Beine sind eher schlank, und die winzigen Füße stecken in flachen Mokassins; sie ernährt sich von Cheeseburgern und Nikotinkaugummis, und um diese Zeit ist ihr rechtes Ohr von den verschiedenen Telefonen – berufliches Handy, persönliches Handy, Piepser, Hausapparat –, die sie den ganzen Tag daran gepresst hat, rot und geschwollen, und man stört sie besser nicht unnötig, man bleibt besser unsichtbar und still, während sie sich bei Thomas nach der Lage der Dinge erkundigt: Also wie steht es? Thomas antwortet: Es klappt. Sie sagt ruhig: Okay, schick mir den Totenschein, damit ich das Register einsehen kann, und man hört Thomas erwidern: Ich habe ihn dir gerade gefaxt, und auch die Cristal-Datei des Spenders habe ich bereits vervollständigt.

Marthe legt auf, geht zum Faxgerät, senkrechte Furche über der Nasenwurzel, dickes Brillengestell mit Kette, Lippenstift, der in die Fältchen ausläuft, schweres Parfum und kalte Tabakdünste unter dem Kragen, das Blatt ist da – der Schein, der Simon Limbres' Tod um 18:36 Uhr beurkundet –, und begibt sich in den Nebenraum, in dem das nationale Widerspruchsregister untergebracht ist, eine hochgesicherte Datei, auf die nur etwa ein Dutzend Personen Zugriff haben, und das allein dann, wenn der Tod des Betreffenden durch ein amtliches Dokument bescheinigt ist.

Zurück in ihrem Büro, verständigt Marthe Carrare Thomas, alles gut, dann heftet sie ihren Blick auf den Computerbildschirm, öffnet die Cristal-Datei, klickt auf die darin enthaltenen Dokumente, allgemeine Informationen, medizinische Evaluierung jedes Organs, CTs, Echografien, diverse Analysen, studiert das Ganze, bemerkt sofort die relativ seltene Blutgruppe Simon Limbres' (B negativ). Die Datei ist vollständig. Marthe bestätigt und weist ihr eine Kennnummer zu, mit der die Anonymität des Spenders garantiert ist: beim kommenden Austausch zwischen der Agentur und den verschiedenen von ihr angesprochenen Krankenhäusern wird der Name Simon Limbres nicht mehr erscheinen. Das Prozedere der Verteilung der Spenderorgane beginnt. Eine Leber, eine Lunge, zwei Nieren. Und ein Herz.

Die Nacht bricht herein. Das Stadion am Ende der Avenue ist erleuchtet, und sein langgezogenes Rund – eine Bohne – erzeugt am Himmel einen gräulichen Lichthof, den die sonntagabendlichen Flugzeuge durchqueren. Es ist jetzt Zeit, sich den Wartenden zuzuwenden, die über das Land verstreut sind, manchmal noch jenseits der Landesgrenzen, Menschen, die entsprechend dem benötigten Organ auf Wartelisten stehen und die sich jeden Morgen beim Aufwachen fragen, ob ihr Platz sich verändert hat, ob sie aufgerückt sind auf der Liste, Menschen, die keinerlei Zukunft planen können und ihr Leben eingeschränkt haben, abhängig vom Zustand ihres Organs. So ein Damoklesschwert über dem Kopf, das muss man sich einmal vorstellen.

Ihre medizinischen Daten sind in dem Computer zusammengefasst, den Marthe Carrare nun konsultiert, während sie eine Nikotintablette lutscht und mit einem Blick auf die Uhr daran denkt, dass sie vergessen hat, das in zwei Stunden vorgesehene Abendessen bei ihrer Tochter und ihrem Schwiegersohn abzusagen, sie geht nicht gern zu ihnen, das formuliert sie jetzt für sich ganz klar, ich geh da nicht gern hin, es ist kalt dort – könnte aber nicht sagen, ob es an den mit einer schönen weißen Kaseinfarbe gestrichenen Wänden der Wohnung liegt, dass sie fröstelt, oder am Fehlen von Aschenbecher und Balkon, von Fleisch, Unordnung, Spannung, oder an den Hockern aus Mali und der Design-Chaiselongue, den in maurischen Schälchen servierten vegetarischen Suppen, den Duftkerzen »Frisches Heu«, »Kaminfeuer«, »Wilde Minze«, an der gestylten Sattheit in diesem Reich, wo man sich unter indische Samtsteppdecken kuschelt, wenn man mit den Hühnern ins Bett geht, an der zarten Schlaffheit, die alles durchdringt, oder vielleicht erschreckt sie auch diese Ehe, dieses sichere, behagliche Leben als Paar, das ihre einzige Tochter in weniger als zwei Jahren vereinnahmt und verändert hat, Balsam nach Jahren einsamen Nomadentums: ihre temperamentvolle und polyglotte Tochter, die nicht mehr wiederzuerkennen ist.

In ein spezielles Softwareprogramm speist Marthe sämtliche Simon Limbres' Herz, Lunge, Leber, Nieren betreffenden Daten ein und startet dann die Suchmaschine, die aus den Wartelisten die geeigneten Patienten heraussucht – feiner abgestufte Übereinstimmungsparameter, wenn es um Leber und Nieren geht. Sind die kompatiblen Empfänger ausfindig gemacht, kommen die geographischen Gegebenheiten ins Spiel, der Ort der Entnahme und die Orte der Transplantationen ergeben eine spannungsreiche Kartographie mit Entfernungen, die in einer begrenzten Zeit, der möglichen Konservierungszeit der Organe, zurückzulegen sind und logistische Überlegungen erfordern: Kilometer und Zeiten müssen abgeschätzt, Flughäfen, Autobahnen und Bahnhöfe lokalisiert, Piloten und Flugzeuge, Spezialfahrzeuge und versierte Fahrer organisiert werden, so dass die geographische Dimension des Unternehmens noch einen weiteren Parameter darstellt, der in die Bestimmung von einer Handvoll Patienten eingeht.

Was als Erstes zwischen Spender und Empfänger gegeben sein muss, ist die Verträglichkeit der Blutgruppen, die ABo-Kompatibilität. Für eine Herztransplantation bevorzugt man identische Blutgruppen, und da es sich bei Simon Limbres um B negativ handelt, verkürzt sich damit schon einmal die Liste, die insgesamt beinahe dreihundert auf ein Organ wartende Patienten umfasst – Marthe Carrare tippt schneller auf der Tastatur, sie steigert sich in die Suche nach dem Empfänger, es ist jetzt wie ein Rausch, und sie vergisst alles andere. Sie prüft dann die ebenfalls unerlässliche Gewebeverträglichkeit anhand der HLA-Typisierung: Das HLA(Human Leucocyte Antigen)-System macht die spezifische biologische Identität des Menschen aus, es regelt die Immunabwehr, und so ist es quasi ausgeschlossen, unter den Spendern ein Individuum zu finden, dessen HLA-Merkmale denen des Empfängers vollkommen gleichen, doch müssen die Merkmale möglichst weitgehend übereinstimmen, damit die Organtransplantation unter besten Bedingungen und mit möglichst geringem Abstoßungsrisiko erfolgen kann.

Marthe Carrare hat Simons Alter eingegeben, so dass zuerst die Liste der jugendlichen Empfänger abgefragt wird. Dann überprüft sie, ob es einen kompatiblen Patienten mit HU(High Urgency)-Status gibt, also einen Patienten, dessen Leben in Gefahr ist, der jeden Augenblick sterben könnte und deshalb auf der Warteliste Vorrang hat – auch sie geht aufmerksam nach einem Schema vor, bei dem jeder Schritt aus dem vorhergehenden folgt und den nächsten veranlasst. Beim Herzen spielen außer der Kompatibilität der Blutgruppen und der Immunsysteme auch die physische Gestalt des Organs, seine Morphologie, seine Ausmaße eine Rolle, die Kriterien der Größe und des Gewichts reduzieren die Auswahl noch einmal – das Herz eines großen, starken Erwachsenen beispielsweise kann nicht in den Körper eines Kindes verpflanzt werden und umgekehrt –, während der geographische Rahmen der Transplantation von einer unantastbaren Größe bestimmt wird: Zwischen dem Zeitpunkt, zu dem das Herz im Körper des Spenders zu schlagen aufhört, und dem Moment, da es im Körper des Empfängers wieder zu schlagen anfängt, kann das Organ vier Stunden konserviert werden.

Die Suche zeitigt Ergebnisse, und Marthe nähert ihr Gesicht dem Bildschirm, ihre Augen hinter den Brillengläsern sind riesig und verzerrt. Plötzlich halten ihre gelblichen Raucherfinger die Maus an: Für das Herz hat sich ein dringender Fall gefunden, eine Frau, einundfünfzig, Blutgruppe B, 1,73 m, 65 kg, in Behandlung bei Professor Harfang im Pariser Krankenhaus La Pitié-Salpêtrière. Sie nimmt sich die Zeit, die angezeigten Daten genau und wiederholt zu lesen, sie weiß, dass der Anruf, zu dem sie sich anschickt, am anderen Ende der Leitung eine allgemeine Beschleunigung, eine Stromzufuhr in den Gehirnen, einen Energieschub in den Körpern, anders gesagt, Hoffnung auslösen wird.

Hallo, hier ist die Agentur für Biomedizin – verstärkte Aufmerksamkeit und Eilfertigkeit im Stationssekretariat –, die Anrufe gelangen von Telefonzentralen über Nebenstellen bis in den Operationstrakt, dann eine Stimme, kurz und bündig, Harfang, ich höre, und Marthe Carrare schießt los, Doktor Carrare, Agentur für Biomedizin, ich habe ein Herz – es ist verrückt, genau so sagt sie es mit ihrer von vierzig Jahren Zigarettenrauchen belegten Stimme, indem sie den Nikotinkaugummi mit der Zunge an den Gaumen schiebt –, ich habe ein Herz für eine Patientin Ihrer Klinik, die auf ein Organ wartet, ein kompatibles Herz. Sofortige Reaktion – nicht die kleinste Pause -: Okay, schicken Sie mir die Akte. Und Carrare: Schon erledigt, Sie haben zwanzig Minuten.

Dann geht Marthe Carrare auf der angezeigten Warteliste eine Zeile tiefer und ruft die Herzchirurgie des Universitätsklinikums Nantes an, wieder findet der gleiche Dialog statt, diesmal in Bezug auf ein siebenjähriges Mädchen, das seit fast vierzig Tagen auf ein Organ wartet, Marthe Carrare stellt klar, dass die Antwort von La Pitié-Salpêtrière abgewartet wird, und schließt wieder: Sie haben zwanzig Minuten. Danach kontaktiert sie noch eine dritte Klinik, das Hôpital de la Timone in Marseille.

Das Warten beginnt, rhythmisiert von weiteren Telefonaten zwischen der Ärztin in Saint-Denis und dem Koordinator in Le Havre, um gemeinsam zu überlegen und das Vorgehen zu koordinieren, den OP vorzubereiten und möglichst zeitnah über den – im Moment recht stabilen – hämodynamischen Zustand des Spenders zu informieren. Marthe Carrare kennt Thomas Rémige gut, hat ihn mehrmals bei Ausbildungszyklen getroffen, die von der Agentur angeboten werden, Seminaren, in denen sie zugleich als Anästhesistin und Mitbegründerin der Einrichtung auftrat, und sie schätzt es, dass er heute ihr Gesprächspartner ist, sie vertraut ihm, sie weiß, er ist sicher, erfahren, feinfühlig, ein Typ, auf den man sich verlassen kann, und bestimmt schätzt sie noch mehr, dass seine Konzentration alle Aufgeregtheit im Zaum hält, dass er nie etwas anderes ausstrahlt als besonnene Intensität und dass er das Spektakelhafte der Hysterie verachtet, obwohl es oft so leicht wäre, die menschliche Tragödie zu missbrauchen, die am Anfang jedes Transplantationsvorhabens steht – ein Glück für die ganze Welt, so ein Typ.

Nach und nach treffen von den Krankenhäusern, die auf dieselbe Weise angefragt wurden, die Antworten bezüglich Leber, Nieren und Lunge ein – Straßburg nimmt die Leber (ein sechsjähriges Mädchen), Lyon die Lunge (eine Siebzehnjährige), Rouen die Nieren (ein neunjähriger Junge) –, während man sich da unten in den Stadionkurven mit einem raschen Handgriff, pfuittt, die Jacken aufzippt – lederne Perfectos, khakibraune Bomberjacken mit orangefarbenem Futter –, während man sich die Schals vors Gesicht zieht wie Räuber, die eine Postkutsche überfallen, oder wie Studenten auf der Demo, die dem Tränengas trotzen, und Hunderte fachkundiger Hände die unterm Pullover verborgenen, hinten in den Gürtel geklemmten, in die Hose gesteckten Rauchbomben hervorziehen – wie haben sie bloß die Kontrollen passieren können? Die ersten Bomben sind gezündet, als an der Porte de la Chapelle die Mannschaftsbusse angekündigt werden, roter Rauch, grüner Rauch, weißer Rauch, das Gejohle auf den Rängen schwillt an, ein langes Spruchband wird entrollt, »Manager, Spieler, Trainer, alle raus!«, die Tribüne der Ultras beeindruckt, kompakt, gedrängt, ein Block geballter Kraft und Aggressivität, eine feindliche Masse, zu der fasziniert eilt, wer sich ihr anschließen will, während die Sicherheitsleute in ihren Anzügen die Stirn runzeln und mit aufgeknöpften Sakkos und über den Bäuchen flatternden Krawatten zu rennen anfangen und in die Walkie-Talkies brüllen, die Nordkurve macht Rabatz, das darf nicht ausufern, Vogelnamen werden skandiert, die Busse mit den getönten Scheiben haben soeben die Autobahn verlassen, bequeme und wunderbar geräuschlose Fahrzeuge, die jetzt in die VIP-Zufahrten der Arena einbiegen, und vor den Eingängen für die Spieler stehen bleiben. Marthe ist aufgestanden und hat das Fenster geöffnet: Gestalten laufen am Gebäude der Agentur vorbei und die Avenue hinunter Richtung Stadion, Jugendliche aus dem Viertel, die sich hier auskennen, sie schickt ihrer Tochter eine lakonische SMS – Notfall in Agentur, ruf dich morgen an, Mam –, dann schüttelt sie die Kaugummischachtel, hält die Hand unter die Öffnung, merkt, dass die Schachtel leer ist, und beißt sich auf die Lippen – sie weiß, dass sie in diesem Büro Zigaretten versteckt hat, an Stellen, von denen sie sich nicht sicher ist, ob sie sie wiederfindet, aber vorerst beschließt sie noch zu kauen.

Sie stellt sich die Tausenden von Menschen vor, die da unten im Kreis um einen Rasen versammelt sind, einen Rasen von so leuchtendem Grün, dass man glauben könnte, er sei lackiert, jeder Grashalm sei mit einer Substanz aus Harz und Terpentin- oder Lavendelöl angestrichen worden, die nach der Verdunstung des Lösungsmittels einen festen Überzug gebildet hat, transparent wie ein silbriger Schimmer, wie die Appretur auf einem neuen Baumwollstoff, ein dünner Wachsfilm, und sie denkt, dass in diesem Moment der Allokation von Simon Limbres' lebenden Organen, in diesem Moment, da sie kranken Körpern zugeteilt werden, dort unten im Stadion Tausende Lungen zusammen atmen, Tausende Lebern im Bier ertrinken, Tausende Nieren die Körperflüssigkeiten filtern, Tausende Herzen pumpen, und plötzlich erschreckt sie die Zersplitterung der Welt, die absolute Diskontinuität der Wirklichkeit, das unendliche Auseinanderstreben der menschlichen Wege – ein Gefühl der Beklommenheit, das sie schon einmal hatte, damals im März 1984, als sie im Bus der Linie 69 saß und in eine Klinik im 19. Arrondissement fuhr, um abzutreiben, keine sechs Monate nach der Geburt ihrer Tochter, die sie allein aufgezogen hat, der Regen rann über die Scheiben, nacheinander betrachtete sie die Gesichter der wenigen Fahrgäste um sich herum, Gesichter, denen man mitten am Vormittag in den Pariser Bussen begegnet, mit Blicken, die in die Ferne schweiften oder auf einen Sicherheitshinweis in Piktogrammform starrten, die den Halteknopf fixierten oder sich in die Ohrmuschel eines Passagiers verirrten, Blicke, die einander mieden, alte Damen mit Einkaufstaschen, junge Mütter mit Kind in der Bauchtrage, Rentner auf dem Weg in die Stadtbücherei zur täglichen Zeitungslektüre, Langzeitarbeitslose in fragwürdigem Anzug mit Krawatte, in eine Zeitung vertieft, ohne wirklich zu lesen, ohne dass der mindeste Funken Sinn von der Seite übersprang, aber an das Papier geklammert, als hielten sie sich damit an einer Welt fest, in der allerdings kein Platz mehr für sie war, in der sie bald nicht mehr ihr Auskommen finden würden, Personen, die manchmal keine zwanzig Zentimeter von ihr entfernt waren und die alle keine Ahnung hatten, was sie tun wollte, was für eine Entscheidung sie getroffen hatte und dass diese Entscheidung in zwei Stunden irreversibel sein würde, Leute, die ihr Leben lebten und mit denen sie nichts teilte, nichts außer diesem Bus, der durch den Regen fuhr, diese abgewetzten Sitze und diese klebrigen Plastikgriffe, die von der Decke hingen wie Stricke, um sich daran aufzuhängen, nichts, jedem sein Leben, so war das, sie spürte, dass ihre Augen sich mit Tränen füllten, um nicht hinzufallen, schloss sie ihre Finger fester um die Metallstange, und in diesem Augenblick machte sie wohl die Erfahrung der Einsamkeit.

Um neunzehn Uhr dreißig heulen die ersten Sirenen der Einsatzwagen. Sie schließt das Fenster – es ist kalt –, noch eine Stunde bis zum Anstoß, die Aufregung der Fans in Schranken zu halten könnte schwierig werden, all die Herzen zusammen, das ist zu viel, wer spielt heute Abend? Die Zeit vergeht. Marthe Carrare prüft noch einmal die erste Krankenakte, seltsam befriedigt durch die Übereinstimmung mit der Akte des Spenders, besser geht es nicht, was machen die so lang in La Pitié? In dieser Sekunde läutet das Telefon, es ist Harfang: Wir nehmen es.

Marthe Carrare legt auf und ruft sofort wieder in Le Havre an, teilt Thomas mit, dass ein Team von La Pitié-Salpêtrière ihn kontaktieren wird, um mit ihm sein Kommen zu organisieren, der Empfänger ist ein Patient von Harfangs Abteilung, kennst du ihn? Dem Namen nach. Sie lächelt. Fügt hinzu: Das Team dort ist gut, sie haben's drauf. Thomas schaut auf die Uhr: Gut, wir bereiten die Entnahme vor, ungefähr in drei Stunden sind wir im OP, wir telefonieren wieder. Sie legen auf. Harfang. Marthe sagt laut den Namen. Harfang. Auch sie kennt ihn. Kannte ihn, bevor sie ihn kennenlernte, diesen schönen Namen, diesen seltsamen Namen, der seit über einem Jahrhundert in den Fluren der Pariser Krankenhäuser kursiert, so dass man einfach sagte »das ist ein Harfang«, wenn man im

Gespräch die überragenden Qualitäten eines Arztes hervorheben wollte, oder von der »Dynastie Harfang« sprach, um die Familie zu bezeichnen, die der Medizin Dutzende Professoren und Ärzte geschenkt hat, sie hießen Charles-Henri, Louis oder Jules, später Robert und Bernard, heute heißen sie Mathieu, Gilles und Vincent, Ärzte, die alle in öffentlichen Einrichtungen arbeiteten und arbeiten – wir sind Staatsdiener, denken sie in der Regel von sich, wenn sie den New-York-Marathon laufen, im Winter in Courchevel Ski fahren oder im Golfe du Morbihan mit ihrer Carbonfaser-Yacht an der Regatta teilnehmen, denn sie unterscheiden sich vom geldgierigen medizinischen Plebs, obwohl viele von ihnen, gerade die Jüngsten, ihren Dienst im Krankenhaus ergänzen, indem sie in ruhigen, belaubten Vierteln Privatpraxen eröffnen, manchmal in Gemeinschaft mit anderen Harfangs, um das ganze Spektrum der Pathologien des menschlichen Körpers abzudecken und rasche Check-ups anzubieten für Leute, die es eilig haben, übergewichtige Geschäftsleute, die sich sorgen wegen erhöhter Cholesterinwerte, ausfallender Haare, Prostatabeschwerden und nachlassender Libido –, darunter fünf Generationen von Pneumologen, gemäß patrilinearer Filiation, die, wenn die Zeit kam, Lehrstühle weiterzugeben und Klinikabteilungen zu leiten, die männliche Erstgeburt bevorzugte; darunter ein Mädchen, Brigitte, 1952 in Paris Erste beim Facharztexamen, aber zwei Jahre später gab sie auf, weil sie glaubte, in einen Schützling ihres Vaters verliebt zu sein, in Wahrheit aber fühlte sie sich insgeheim gedrängt, den Platz zu räumen für die jungen Stammhalter des Clans; so auch für Emmanuel Harfang, den Chirurgen.

Sie erinnert sich, während ihrer Assistenzarztzeit mit einer Clique herumgehangen zu haben, die von zwei Cousins Harfang angeführt wurde. Einer war in der Kinderkardiologie, der andere in der Gynäkologie. Sie besaßen die »Harfang(Schneeeulen)-Feder«, ein weißes Haarbüschel in der Mitte der Stirn, das sie nach hinten über ihr dunkles Haupthaar strichen, Familiensiegel und Erkennungszeichen, ein legendärer Wirbel, schart euch um meinen weißen Federbusch, wobei das ganze Imponiergehabe natürlich dazu dienen sollte, die Mädchen rumzukriegen; sie trugen Levi's 501, Oxford-Hemden und beige Regenmäntel mit kariertem Futter, deren Kragen sie hochschlugen, sie gingen nicht in Turnschuhen auf die Straße, sondern in Church's, obwohl sie Mokassins mit Quasten verachteten, sie waren von mittlerer Größe, drahtig, die Haut blass und die Augen goldbraun, die Lippen schmal, der Adamsapfel so vorspringend, dass Marthe sofort schlucken musste, wenn sie ihn unter der Haut des Halses auf und ab rollen sah; sie waren sich ähnlich, und sie hatten auch Ähnlichkeit mit diesem zehn Jahre jüngeren Emmanuel Harfang, der in La Pitié-Salpêtrière Herzen repariert und transplantiert.

Dieser kam bei Symposien auf die Minute pünktlich die Stufen des Auditoriums herunter, den Blick geradeaus gerichtet, übersprang schließlich die letzte Stufe, um den Schwung auszunutzen und mit einem athletischen Satz das Pult zu erreichen, ein Manuskript in der Hand, von dem er nicht ablesen würde, und begann mit dem Vortrag, ohne das Publikum auch nur zu begrüßen, er bevorzugte unvermittelte Anfänge, jähe Attacken, um direkt zur Sache zu kommen, ohne sich an Gepflogenheiten zu halten, ohne sich mit seinem Namen vorzustellen, als müsste jeder im Saal wissen, wer er ist, nämlich Harfang, Sohn eines Harfang, Enkel eines Harfang, und wahrscheinlich auch, um eine Zuhörerschaft aufzurütteln, die am frühen Nachmittag dazu neigte einzunicken, ein wenig abgeschlafft nach jenen berühmten Mittagessen in nahe gelegenen Restaurants, wo man aus diesem Anlass reserviert hatte, improvisierte Kantinen, wo die Rotweinkaraffen sich auf Papiertischdecken aneinanderreihten, stets dieser einfache, kräftige Wein aus den Corbières, der zu rotem Fleisch passte, und schon bei Harfangs ersten Worten erwachte der Saal aus seiner Verdauungslethargie, man erinnerte sich, wenn man ihn so schlank und athletisch sah, dass er die Stütze eines erstrangigen Radsportteams war, eines Rennvereins, der bei verschiedenen Kriterien die Farben des Krankenhauses trug, Burschen, die in der Lage waren, am Sonntagmorgen zweihundert Kilometer zu fahren, vorausgesetzt, es ließ sich mit dem Dienst vereinbaren, Burschen, die bereit waren, dafür aufzustehen, auch wenn sie es beklagten, nicht länger schlafen zu können, nicht mit ihrer Frau schmusen, Liebe machen, mit den Kindern spielen oder einfach nichts tun und Radio hören zu können, an jenen Morgen war das Badezimmer immer heller und der Duft des gerösteten Brots verlockender, Burschen, die also hofften dazuzugehören, zu diesem seltsamen Klub, und die viel darum gegeben und sogar die Ellbogen gebraucht hätten, um von Harfang ausgewählt zu werden – »designiert« war der passende Ausdruck, denn Harfang zeigte mit dem Finger auf sie und neigte den Kopf zur Seite, um ihre Konstitution einzuschätzen, sich zu vergewissern, ob er einen möglichen Rivalen vor sich hatte, und während ein seltsames Lächeln sein Gesicht verzerrte, fragte er: Fahren Sie gern Rad?

An Harfangs Seite in die Pedale zu treten, ein paar Stunden in seiner Spur zu fahren, das war es ihnen wert, dafür setzten sie sich über eine wütende, weil am Sonntag bis in den Nachmittag mit den Kindern allein bleibende Gattin und deren boshaft spöttische Bemerkungen hinweg – mach dir keine Gedanken, Liebling, ich weiß, dass du dich für deine Familie opferst –, dafür steckten sie gern Vorwürfe ein – du denkst nur an dich – und Kränkungen, wenn die Ehefrau ihren Bauch in den Blick nahm – pass auf, dass du keinen Infarkt kriegst –, dafür kamen sie gern mit rotem Gesicht und völlig kaputt nach Hause, auch wenn sie sich kaum mehr auf den Beinen halten konnten und das Gesäß so schmerzte, dass sie von einem Sitzbad träumten, sich dann aber aufs nächstbeste Sofa oder gleich ins Bett fallen ließen zu einem wohlverdienten Schläfchen – und diese angemaßte Ruhepause erregte natürlich von neuem den Zorn der Frauen, die wieder ihre Endlosschleife über den Egoismus der Männer, ihren schwachsinnigen Ehrgeiz, ihre Unterwürfigkeit, ihre Angst vor dem Älterwerden abspulten, die Arme zum Himmel hoben und laut deklamierten oder die Hände in die Hüften stemmten, Ellbogen abgespreizt, Bauch rausgestreckt, und sie drangsalierten, eine italienische Komödie –, dafür hängten sie sich, wenn sie sich von der Anstrengung erholt hatten, gern vor den PC, um auf einer Spezialseite schleunigst ein Sitzpolster, eine passende Radlerhose und die ganze entsprechende Ausrüstung zu kaufen, und schrien die am anderen Ende der Wohnung Schimpfende an, halt's Maul!, bis sie schließlich weinte, und, das ist schon merkwürdig, keine einzige der Frauen unterstützte dieses männliche Unternehmen, keine einzige, Karrieristin oder nur zahm, ermutigte ihren Mann, aufs Fahrrad zu steigen und Harfang zu folgen, auf den Straßen des Vallée de Chevreuse zu paradieren, schnell, leicht, ausdauernd, ja, keine einzige ließ sich täuschen, und wenn sie miteinander sprachen und beklagten, wie hinterlistig man ihre Männer in Beschlag nahm, führten sie schon mal Lysistrata an und planten einen Sexstreik, damit die Männer mit ihrem servilen Zirkus aufhörten, oder sie beschrieben einander unter großem Gelächter ihre nach dem Rennen fix und fertigen Gefährten, eigentlich war es ja komisch, sollten sie doch hingehen, wenn es ihnen Spaß machte, sollten sie doch hingehen und sich verausgaben, Verbündete und Gegner, Günstlinge und Konkurrenten, und bald stand keine einzige mehr um sechs Uhr morgens auf, um einen Kaffee zu machen und ihn mit liebevoller Hand ihrem Mann zu reichen, sie blieben im Bett, eingerollt in die Decken, zerzaust, schläfrig, seufzend.

Das letzte Mal, als Marthe Carrare Harfang gehört hatte, hielt er ein glänzendes Referat über die Anwendung von Ciclosporin zur Verhinderung von Abstoßungsreaktionen, die Anfang der achtziger Jahre die Transplantationsmedizin revolutioniert hat, in zwölf Minuten fasste er die Entstehungsgeschichte dieses Immunsuppresivums zusammen – ein Mittel, das die Immunabwehr des Organismus unterdrückt und dadurch die Gefahr der Abstoßung des Transplantats reduziert –, worauf er sich mit einer Handbewegung die berühmte weiße Strähne, die ihn der Pflicht enthob, seinen Namen zu nennen, aus der Stirn strich, sich kurz erkundigte, Fragen?, im Kopf eins, zwei, drei zählte und seinen Vortrag mit einem Ausblick auf das Ende der Herztransplantationen beschloss, die bald obsolet sein würden, da es an der Zeit sei, endlich Kunstherzen in Betracht zu ziehen, technologische Wunderwerke, die in einem französischen Labor entwickelt und für deren Erprobung bereits in Polen, Slowenien, Saudi-Arabien oder Belgien Genehmigungen erteilt worden seien. Die neunhundert Gramm schwere Bioprothese, an der ein international renommierter französischer Chirurg zwanzig Jahre gearbeitet habe, werde Patienten mit lebensbedrohlicher Herzinsuffizienz eingepflanzt. Dieser Schluss verunsicherte das Publikum, ein Gemurmel ging durch den Saal, das die Schlummernden weckte, die Vorstellung, dass eine Herzprothese das Organ vollends seiner symbolischen Macht berauben würde, und auch wenn sich die meisten nickend über Notizbücher beugten, um Harfangs Worte im Telegrammstil niederzuschreiben, wiegten auch manche den Kopf, betroffen und irgendwie verstimmt, und ein paar aufmerksame Zeitgenossen sah man sich unterm Jackett, unter der Krawatte, unterm Hemd die Hand aufs Herz legen, um zu fühlen, wie es pochte.

Das Spiel hat begonnen, und der aus dem Stadion dringende Lärm ist zu einem anhaltenden Brausen geworden, das in regelmäßigen Abständen anschwillt – ein Torschuss, ein Konter, ein Kabinettstück, ein heftiges Foul, ein Tor. Marthe Carrare lehnt sich in ihrem Stuhl zurück, die Organe des Spenders sind verteilt, die Transportwege bestimmt, die Teams zusammengestellt, alles geht seinen Gang. Und Rémige hat die Kontrolle. Wenn es nur bei der Entnahme keine böse Überraschung gibt, denkt sie, wenn nur an den Organen nichts zum Vorschein kommt, was durch CTs, Ultraschall und Analysen nicht zu sehen oder zu vermuten war. Sie würde jetzt gern eine rauchen, zu einem Bierchen und einem guten Cheeseburger mit Barbecuesoße, sie kaut angestrengt, um dem Kaugummi ein letztes Nikotinatom, wenigstens die schwache Erinnerung an einen Geschmack, einen Duft zu entlocken, denkt an den Wachmann, der das Spiel auf seinem kleinen Bildschirm verfolgen wird, das Päckchen Marlboro Light in Reichweite.

Cordélia Owl zückt gerade eine Zigarettenschachtel vor Révol, als die Aufzugtüren zugehen, ich mach unten fünf Minuten Pause, sie winkt ihm noch durch den sich langsam schließenden Spalt, dann erscheint verschwommen ihr eigenes Gesicht auf der metallenen Wand, die hier nicht richtig spiegelt, sondern eine Maske zeigt – vorbei die glatte Haut und die glänzenden Augen, die Nachwirkung der durchwachten Nacht, die gesteigerte Schönheit: Ihr Gesicht ist zusammengefallen wie ein Hefeteig, schlaffe Züge, fahler Teint, ein Olivgrau, das um die Augen ins Khakibraune spielt, und die Flecken an ihrem Hals sind schwarz geworden. Allein im Lift, steckt sie die Zigaretten zurück in die Tasche, zieht aus der anderen ihr Telefon, ein Blick, immer noch nichts, prüft die Anzeigen auf dem Display, erschrickt, schaut genauer hin, ach, kein Netz, nicht das kleinste Flackern, sie schöpft sofort wieder Hoffnung, er wird versucht haben anzurufen und nicht durchgekommen sein, im Erdgeschoss läuft sie zu einem dem Krankenhauspersonal vorbehaltenen Seitenausgang, drückt die Tür mit der Querstange auf und ist draußen, zu dritt oder viert rauchen sie da, auf der Stelle hüpfend in dem weißlichen Schein, den das Leuchtschild auf den kalten Boden wirft, Pflegehelfer und ein Krankenpfleger, den sie nicht kennt, und die Luft ist so kalt, dass man den Tabakrauch nicht von dem Nebel, den sie ausatmen, unterscheiden kann. Sie schaltet ihr Handy aus und dann wieder an, sie möchte noch einmal bei null beginnen, damit sie sicher sein kann. Ihre nackten Arme werden zusehends blau, und bald zittert sie an allen Gliedern. Hat man hier Empfang? Sie wendet sich an die Gruppe, die antwortenden Stimmen überlagern sich, ja, es geht gut, ich habe Empfang, ich auch, und sie fingert an ihrem neugestarteten Telefon – sie führt diese Operationen aus, ohne daran zu glauben, sie ist jetzt sicher, dass nichts für sie in der Mailbox ist, sicher, dass sie aufhören sollte, daran zu denken, damit etwas geschieht.

Netz noch und noch, kein Zeichen. Sie zündet sich eine Zigarette an. Einer der Typen spricht sie an, Sie sind auf Intensiv, oder? Es ist ein großer Rothaariger mit Bürstenschnitt, Ring im linken Ohr und langen, geröteten Fingern mit abgenagten Nägeln. Ja, antwortet Cordélia, senkt ihr zitterndes kleines Kinn, sie ist kraftlos, erstarrt, Gänsehaut, der Bauch schmerzt vor Kälte unter dem dünnen Kittel, sie klammert sich an ihre Zigarette, raucht wie eine Besessene, die Augen brennen plötzlich, tränennasse Augen, der Typ sieht sie lächelnd an, oh, was ist los, was haben Sie? Nichts, antwortet sie, nichts, ich friere, das ist alles, doch der Typ kommt näher, auf Intensiv, das ist hart, man sieht da komische Sachen, nicht? Cordélia schnieft und pafft, nein, es geht schon, es ist nur die Kälte, die Müdigkeit. Tränen laufen ihr über die Wangen, langsam, von der Wimperntusche gefärbt, Mädchentränen der Ernüchterung. Alles Lebhafte und Flammende in ihr, diese Leichtigkeit mit vollem Tempo, verspielt und wild, dieser Gang einer Königin, den sie noch am Nachmittag in den Fluren der Intensivstation hatte, all das weicht auf, hängt wie ein nasser Sack an ihr: kaum war sie dreiundzwanzig, war sie achtundzwanzig, kaum achtundzwanzig, ist sie einunddreißig, die Zeit rast, während sie einen kühlen Blick auf ihre Existenz wirft, einen Blick, der sich die

verschiedenen Bereiche ihres Lebens schonungslos einen
nach dem andern vornimmt – feuchte Bude, wo es von
Kakerlaken wimmelt und in den Fugen der Kacheln die
Schimmelpilze wuchern, Bankkredit, der zu überflüssigen
Anschaffungen verleitet, Freundschaften fürs Leben, die
nicht mehr zählen, wenn die neu gegründeten Familien
sich um die Wiege scharen, die sie wiederum kaltlässt,
Tage voller Stress und Abende mit abgehalfterten, aber
tipptopp enthaarten, disponiblen Mädchen, die in trost-
losen Lounge Bars herumsitzen und tratschen und deren
forciertem Gelächter sie sich schließlich zaghaft, opportu-
nistisch anschließt, ansonsten seltene sexuelle Episoden
auf versifften Matratzen, an der rußverschmierten Tür eines Parkhauses, oft mit linkischen, knausrigen Typen, die
es eilig haben und letztlich nicht besonders zärtlich sind,
weshalb jede Menge Alkohol nötig ist, um das Ganze zu
verklären; die einzige Affäre, bei der ihr Herz im Spiel ist,
hat sie mit einem Typen, der ihre Haarsträhne aus dem
Gesicht streicht, wenn er ihr die Zigarette anzündet, der
dabei ihre Schläfe und ihr Ohrläppchen berührt und der
die Kunst, plötzlich zu erscheinen, auf die Spitze treibt,
dieser Mensch kann jederzeit auftauchen, unvorhersehbar,
als habe er sich hinter einem Mast versteckt und strecke
plötzlich den Kopf hervor, um sie im goldenen Licht eines
Spätnachmittags zu überraschen, er ruft sie nachts aus einem nahe gelegenen Café an oder kommt eines Morgens
von der Straßenecke auf sie zu, und am Schluss verschwindet er genauso, große Meisterschaft, bevor er irgendwann
wieder auftaucht –, es ist ein unbestechlicher Blick, dem
nichts entgeht, auch nicht ihr Gesicht, auch nicht ihr
Körper, den sie allerdings pflegt – wöchentlich eine Tube
Schlankheitscreme und eine Stunde Bodengymnastik in
einem eiskalten Raum der Docks Vauban –, sie ist allein

und unattraktiv, sie ist frustriert, sie trampelt und klappert mit den Zähnen, ihre Enttäuschung aber wirkt zerstörerisch auf ihre Umgebung, macht die Gesichter missmutig, lässt die Gesten verkommen, die Absichten unlauter werden, die Enttäuschung wächst, nimmt überhand, verpestet die Flüsse und die Wälder, verseucht die Wüsten, vergiftet das Grundwasser, zerfetzt die Blütenblätter und lässt das Fell der Tiere stumpf werden, beschmutzt das Packeis jenseits des Polarkreises und besudelt die griechische Morgenröte, beschmiert die schönsten Gedichte mit klebrigem Pech, vernichtet den Planeten und alles, was ihn bevölkert, vom Big Bang bis zu den Raketen der Zukunft, und wälzt die ganze Welt um, die Welt, die hohl klingt: die entzauberte Welt.

Ich geh wieder hoch, sie wirft ihre Kippe auf den Boden, zerquetscht sie mit der Spitze ihrer Leinenballerinas, der Rothaarige beobachtet sie, geht's besser? Sie nickt, alles gut, salut, dreht sich um, eilt ins Haus und nutzt den Rückweg, um sich zu sammeln, bevor sie die Station erreicht, wo die Arbeit sich um diese Zeit intensiviert: abendliche Nervosität, unruhige Patienten, letzte Pflegemaßnahmen vor der Nacht, letzte Infusionen, letzte Pillen, und die Organentnahme, die in ein paar Stunden stattfinden wird – Révol hat sie gefragt, ob sie ausnahmsweise eine Vertretung in letzter Minute machen und ihren Dienst verlängern könne, um im OP dabei zu sein, und sie hat zugesagt.

Sie macht einen Umweg über die Cafeteria, um sich am Heißgetränkeautomaten eine Tomatensuppe zu holen, man sieht sie wieder die große Eingangshalle durchqueren, ein schmächtiges Etwas mit zusammengebissenen Zähnen, und später mit der Faust gegen den Automaten schlagen, um die Ausgabe zu beschleunigen, das Gebräu ist scheußlich und so heiß, dass der Becher sich unter ihren Fingern verformt, aber sie trinkt es in einem Zug, ihr wird sofort wärmer, und da gehen sie plötzlich an ihr vorbei, der Vater und die Mutter, die Eltern des Patienten von Zimmer sieben – der junge Mann, dem sie am Nachmittag einen Katheter gelegt hat, der tot ist und dem heute Nacht die Organe entnommen werden –, sie sind es; sie folgt ihnen mit dem Blick, langsam bewegen sie sich auf die hohen Glastüren zu, sie lehnt sich an einen Pfeiler, um sie besser sehen zu können: die Glaswand ist um diese Zeit zum Spiegel geworden, sie spiegeln sich darin, wie sich in Winternächten Geister in den Teichen spiegeln; sie sind ein Schatten ihrer selbst, so könnte man sie beschreiben, und die Banalität der Beobachtung charakterisiert weniger den inneren Zerfall des Paares, als dass sie unterstreicht, was sie noch am selben Morgen waren, ein Mann und eine Frau, die in der Welt standen, und jeder, der sie nebeneinander über den von kaltem Licht lackierten Boden gehen sieht, begreift, dass diese beiden nun den ein paar Stunden zuvor begonnenen Weg fortsetzen, dass sie schon nicht mehr in der gleichen Welt leben wie Cordélia und die anderen Erdenbewohner, sondern sich davon entfernen, sich absentieren und in eine andere Sphäre begeben, die vielleicht die Sphäre ist, in der eine Zeitlang diejenigen zusammen und untröstlich überleben, die ein Kind verloren haben.

Cordélia schaut den Gestalten nach, die sich auf dem Parkplatz verlieren, sich auflösen in der Nacht, dann stößt sie einen Schrei aus, reißt sich vom Pfeiler los, schüttelt sich wie ein Fohlen, greift zu ihrem Telefon, ihr Gesicht bekommt wieder Kontur und Farbe, und mit unerhörter Entschlossenheit gibt sie sich einen Ruck, der sie wieder in Schwung bringt, in aller Eile wählt sie die Nummer dieses Kerls, der um fünf Uhr morgens verschwunden ist, ertappt sich dabei, drückt schnell die Tasten, als wollte sie die Sache loswerden und zugleich der Ergebenheit trotzen, zu der ihre Traurigkeit sie verleitet, als wollte sie den morbiden Gedanken entgegentreten, die sie heimsuchen, und an die Möglichkeit der Liebe erinnern. Ein, zwei, drei Rufzeichen, dann sagt die Stimme des Kerls in drei Sprachen, man möge eine Nachricht hinterlassen, ich liebe dich, und sie legt auf, merkwürdig gestärkt, von einer Last befreit: plötzlich hat sie wieder das ganze Leben vor sich, sie muss immer weinen, wenn sie müde ist, sagt sie sich, es liegt am Magnesiummangel.

Lou. Sie haben Lou nicht angerufen, haben nicht versucht, mit ihr zu sprechen, haben nicht an sie gedacht, nur als sie darum baten, ihrem Bruder möge, wenn sein Herz aufhört zu schlagen, ihr Name ins Ohr gesagt werden. Aber an Lou, die kleine Siebenjährige, ihre Angst, weil die Mutter plötzlich ins Krankenhaus fahren musste, ihr Warten, ihre Einsamkeit, an all das haben sie nicht gedacht, und sosehr sie auch mit der Zyklon-Last des Todes konfrontiert, in das Drama hineingezogen worden sind, sie können es sich nicht verzeihen und erschrecken, als sie die Nummer der Nachbarn auf Mariannes Handy entdecken und dazu den Hinweis auf eine Sprachnachricht, die sie nicht anhören konnten, doch jetzt tritt Marianne aufs Gaspedal und murmelt gegen die Windschutzscheibe, wir kommen, wir fahren nach Hause.

Die Glocken der Saint-Vincent-Kirche läuten, und der Himmel sieht zerknautscht aus wie weiches Kerzenwachs. Es ist achtzehn Uhr zwanzig, als sie die Kurven der Anhöhe von Ingouville nehmen und in die Tiefgarage des Hauses einbiegen, sie sind zurück, wir bleiben heute Abend zusammen, sagt Marianne und stellt den Motor ab – hätten sie überhaupt die Kraft gehabt, sich zu trennen an diesem Abend, Marianne wäre mit Lou hiergeblieben und Sean in die letzten November Hals über Kopf gemietete Zweizimmerwohnung in Dollemard zurückgekehrt? Marianne hat Mühe, den Schlüssel ins Schloss zu stecken, dann schafft sie es nicht, ihn zu drehen und aufzuschließen, ein endloses Gestocher und Geklapper, während Sean hinter ihr von einem Fuß auf den andern tritt, als die Tür endlich aufgeht, verlieren sie das Gleichgewicht und stolpern in die Wohnung. Sie machen kein Licht an, lassen sich nebeneinander auf das Sofa fallen, das sie an einem Regentag auf dem Land am Straßenrand gefunden haben, eingepackt wie ein Bonbon in eine durchsichtige Hülle, und die Wände um sie herum werden jetzt zu Löschpapier, saugen die rostbraunen Töne auf, die das Ende des Tages anzeigen: aus den wenigen Bildern treten andere Figuren, andere Formen hervor, die Möbel quellen auf, die Motive des Teppichs verschwimmen, das Zimmer ist wie ein im Entwicklerbad vergessenes Blatt Fotopapier, und diese Verwandlung – das allmähliche Verschwinden, das Schwarzwerden ihrer Umgebung – hypnotisiert sie, je mehr die Welt um sie herum sich entzieht; körperliche Schmerzen reichen nicht aus, um sie an die Wirklichkeit anzukoppeln, es ist ein Alptraum, irgendwann werden wir aufwachen, sagt sich Marianne, die an die Decke starrt – und käme Simon jetzt nach Hause, würde er jetzt hier mit dem Schlüssel klappern, die Wohnung betreten und die Tür hinter sich zuschlagen auf jene unpassende, laute Art, die typisch für ihn war und unweigerlich den Schrei seiner Mutter auslöste, Simon, knall die Tür nicht so zu!, würde er in diesem Augenblick aufkreuzen, sein Surfbrett in der knisternden Hülle unterm Arm, die Haare feucht, Hände und Gesicht blau vor Kälte, erschöpft vom Meer, Marianne wäre die Erste, die daran glaubte, die aufstünde, ihm entgegenginge, um ihm Eier mit Paprika, Nudeln, etwas Warmes und Kräftigendes anzubieten, ja, sie sähe kein Gespenst, sie sähe ihr Kind zurückkehren.

Marianne streckt die Hand aus, um Sean zu berühren, seine Hand oder seinen Arm oder seinen Schenkel, irgendeinen Körperteil, den sie erreichen kann, doch ihre Hand greift ins Leere, denn Sean ist aufgestanden, hat seinen Parka ausgezogen, ich geh runter, Lou holen. Er geht zur Tür, es läutet, er öffnet, Marianne schreit auf, es ist die Kleine.

Sie ist aufgeregt, kommt in die Wohnung gerannt, hat ein langes buntes T-Shirt über ihre Kleider gezogen, ein Tuch ins Haar gebunden, und jemand hat ihr mit Klettband zwei Schmetterlingsflügel aus schillerndem Tüll im Rücken befestigt – auch sie hat glattes schwarzes Haar, dunkle Haut, leicht geschlitzte Augen –, plötzlich stoppt sie vor ihrem Vater, verwundert, ihn im Pullover in der Wohnung zu sehen, bist du wieder da? Die Nachbarin bleibt hinter ihr auf dem Treppenabsatz, streckt aber den Kopf durch die Tür – Giraffengebaren –, ihr Gesicht ist eine einzige Frage: Sean, seid ihr zurück? Wir sind gerade gekommen – er bricht seinen Satz ab, hat keine Lust zu reden. Lou hüpft vor ihm und kramt in ihrer Tasche, hält ihm schließlich ein Blatt Papier hin, ich hab für Simon ein Bild gemalt, sie geht weiter ins Wohnzimmer, entdeckt ihre Mutter auf dem Sofa und fragt plötzlich: Wo ist Simon? Ist er immer noch im Krankenhaus? Ohne eine Antwort abzuwarten, macht sie kehrt, stürmt mit zitternden Flügeln und festen Schritten in den Flur, man hört sie eine Tür öffnen, nach ihrem Bruder rufen, weitere Türen schlagen, wieder ertönt der Name, dann kommt das Kind zu den aufgelösten Eltern zurück, die dastehen und warten und nicht sprechen können, nichts anderes herausbringen als leise Lou, während die blass gewordene Nachbarin ins Treppenhaus zurückweicht, mit einer Handbewegung andeutet, dass sie versteht, dass sie nicht stören will, und die Wohnungstür schließt.

Das Kind steht vor seinen Eltern, im Westen neigt sich der Tag, taucht die Stadt nach und nach in Dunkelheit, und nun sind sie nur noch Schemen. Marianne und Sean beugen sich zu der Kleinen hinunter, die sich nicht rührt, die schweigt und mit den Augen die Dunkelheit verschlingt – das Weiße in ihren Augen wie Kaolin –, Sean hebt sie hoch, Marianne legt ihre Arme um beide – die drei Körper ineinander verschlungen, mit geschlossenen Lidern, wie auf den Denkmälern für die Ertrunkenen in den Häfen der Südküste Irlands –, so bewegen sie sich seitwärts auf das Sofa zu, ohne sich voneinander zu lösen, eine römische Triade, die sich gegen die Außenwelt abschottet, eingehüllt in ihren Atem und die Gerüche ihrer Haut – die Kleine riecht nach Brioche und Haribo –, und zum ersten Mal seit der Schreckensnachricht kommen sie zu sich, zum ersten Mal finden sie in ihrer Verzweiflung aneinander Halt, und wenn man sich ihnen vorsichtig und leise nähert, hört man ihre zusammen das übrige Leben pumpenden und stürmisch schlagenden Herzen, als wären Sensoren an den Herzklappen angebracht und würden Infraschallwellen aussenden, Wellen, die sich durch den Raum verbreiten, durch die Materie, sicher, präzise, sie gelangen nach Japan, erreichen die Seto-Inlandsee, eine Insel, einen wilden Strand und jene Holzhütte, in der man die menschlichen Herztöne archiviert, die kardialen Fingerabdrücke, die in der ganzen Welt gesammelt, von denjenigen, die dorthin reisen, hinterlegt oder aufgezeichnet werden, und während die Herzen von Marianne und Sean in gemeinsamem Tempo schlagen, trommelt das der Kleinen, bis sie sich plötzlich aufrichtet, die Stirn schweißbedeckt: Warum sind wir im Dunkeln? Wie eine Katze schlüpft sie aus der Umarmung ihrer Eltern, geht rundherum und schaltet eine nach der andern alle Lampen im

Zimmer an, dreht sich dann zu den Eltern um und erklärt: Ich habe Hunger.

Die Signale, die eingehende Nachrichten in der Mailbox anzeigen, häufen sich – allmählich sollte man sich melden, Bescheid geben, das ist eine weitere Prüfung, die sich abzeichnet. Marianne tritt auf den Balkon – ihren Mantel hat sie anbehalten –, zündet sich eine Zigarette an, ist kurz davor zurückzurufen, um sich nach Chris und Johan zu erkundigen, entdeckt ein Zeichen von Juliette, weiß plötzlich nicht mehr, was sie tun soll, Angst zu reden und Angst zu hören, Angst, dass ihre Kehle sich zusammenschnürt, denn Juliette, das war speziell – im Dezember hat Simon sie ihr widerstrebend vorgestellt, an einem Mittwoch, sie waren in der Küche, als sie zu einer ungewohnten Zeit nach Hause kam, er sagte nicht »meine Mutter«, sondern nur »Juliette, Marianne« und murmelte dann gleich, wir gehen, wir haben zu tun, als Marianne sich bereits mit dem jungen Mädchen zu unterhalten begann, Sie sind also im selben Gymnasium wie Simon?, ganz verblüfft darüber, was für ein Mädchen im Herzen ihres Sohnes wohnte, und das war von ziemlich originellem Äußerem, erstaunt, Juliette ähnelte niemandem sonst, zumindest nicht einem Strandgroupie, zart, keine Brüste, ein seltsames Gesichtchen mit viel zu großen Augen, vielfach durchlöcherten Ohren, einer Lücke zwischen den Schneidezähnen und hellblondem kurzgeschnittenem Haar wie Jean Seberg in *Außer Atem*; an diesem ersten Tag trug sie blassrosa Slim-Jeans aus Cordsamt zu grasgrünen Basketballschuhen und ein Twinset mit Jacquard-Muster unter einer roten Regenjacke; Simon hat gereizt gewartet, bis sie Marianne antwortete, dann zog er sie am Ellbogen zur Tür, später hat er angefangen, hier und da ihren Namen fallenzulassen, ihn in die wenigen Berichte einzuflechten, zu denen er sich be-

179

quemte und worin sie schließlich mit seinen Freunden und den Surfspots des Pazifiks rivalisierte; er verändert sich, dachte Marianne, denn nun ging er statt zu McDonald's in den irischen Pub, wo es nach nassem Hund roch, las japanische Romane, sammelte am Strand Treibholz und manchmal lernte er mit ihr, Chemie, Physik, Biologie, Fächer, in denen er glänzte, sie nicht, und eines Abends hörte Marianne, wie er ihr die Wellenentstehung erklärte: Schau (er machte offenbar eine Skizze), die Dünung bewegt sich aufs Ufer zu, je geringer die Wassertiefe, umso steiler die Wellen, das ist die Zone, in der die Wellen sich wölben, manchmal ist das ganz brutal, dann erreichen die Wellen die Brandungszone, die sich über hundert Meter erstrecken kann, wenn der Grund des Spots felsig ist, das sind die Pointbreaks, danach brechen sich die Wellen in der inneren Brandungszone, laufen aber weiter aufs Ufer zu, alles klar? (sie muss mit ihrem kleinen Kinn zustimmend genickt haben), und wenn man wirklich Schwein hat, wartet danach ein Mädchen am Strand, eine mit roter Jacke, die ganz in Ordnung ist; nachts redeten sie noch lange, wenn das Haus schon schlief, und vielleicht flüsterten sie dann, ich liebe dich, und wussten dabei nicht, was sie sagten, nur dass sie es zueinander sagten, darauf kam es an – denn Juliette war Simons Herz.

Marianne steht auf dem Balkon, die Finger auf dem kalten Geländer. Von diesem Vorsprung aus überblickt sie die Stadt, die Flussmündung, das Meer. Straßenlaternen mit orangefarbenem Leuchtmittel im schalenförmigen Gehäuse markieren die großen Verkehrsadern, den Hafen und die Küstenlinie, kalte Flammen, die am Himmel einen pudrig grauen Schein erzeugen, die Lichter zeigen am Ende der großen Mole die Hafeneinfahrt an, aber jenseits davon ist es an diesem Abend schwarz, kein einziges Schiff auf Reede, kein Blinken, nur eine langsame, pulsierende Masse, die Dunkelheit. Was wird aus der Liebe zu Juliette, wenn Simons Herz in einem unbekannten Körper wieder zu schlagen beginnt, was wird aus all dem, was dieses Herz erfüllte, aus seinen Affekten, die sich vom ersten Tag an allmählich in Schichten abgelagert oder mit einem Begeisterungsausbruch oder einem Wutanfall hier und da eingebrannt haben, aus seinen freundschaftlichen Gefühlen und seinen Aversionen, seinem Groll, seiner Heftigkeit, seinen ernsten und zarten Neigungen? Was wird aus den Stromstößen, die sein Herz durchfuhren, wenn die Welle näher kam? Was wird aus diesem überfließenden, vollen, übervollen Herzen? Marianne schaut auf den Hof, die reglosen Kiefern, das Gebüsch, die unter den Straßenlampen parkenden Autos, die Fenster der Häuser gegenüber, deren warmes Licht ins Dunkle leuchtet, rötliche Töne aus den Wohnzimmern, Gelbtöne aus den Küchen – Topas, Safran, Mimose und jenes Neapelgelb, das hinter den beschlagenen Fensterscheiben noch leuchtender ist –, und das giftgrüne Rechteck eines Stadionrasens, bald ist es Zeit fürs Abendessen, das sonntags anders ist, Selbstbedienung mit dem Tablett vor dem Fernseher, Pfannkuchen, Arme Ritter, weiches Ei, ein Ritual, das bedeutete, dass sie an diesem Abend nichts kochte, und dann lümmelten sie sich vor ein Fußballspiel oder einen Film, den sie zusammen anschauten, und Simons Profil zeichnete sich deutlich gegen die Lampe ab. Sie dreht sich um, da ist Sean, drückt die Stirn an die Scheibe und sieht sie an, Lou auf dem Sofa ist eingeschlafen.

Wieder ein Anruf, wieder ein Telefon, das auf einem Tisch vibriert, und eine Hand, die es nimmt – sie ist goldberingt, ein breiter, matter Ring mit einem Spiralenmuster –, wieder eine Stimme, die auf das Rauschen folgt – sie ist verzerrt, man kann sich denken, warum, man hat »Chir. Harfang« auf dem Display gelesen –: Hallo? Und wieder eine Nachricht – man kann sie auf dem Gesicht der lauschenden Frau lesen, die Erregung läuft darüber, dann sind die Züge von neuem angespannt, festgezurrt.

»Wir haben ein Herz. Ein kompatibles Herz. Ein Team bricht jetzt zur Entnahme auf. Kommen Sie sofort. Die Transplantation erfolgt heute Nacht. Sie werden um Mitternacht im OP sein.«

Sie legt auf, sie ist außer Atem. Wendet sich dem einzigen Fenster des Raums zu und steht auf, um es zu öffnen, dazu muss sie sich mit beiden Händen auf dem Schreibtisch abstützen, die folgenden drei Schritte sind beschwerlich, und noch mühsamer ist es, den Griff zu drehen. Der Winter schlägt ihr entgegen – eine harte, durchsichtige, eisige Masse. Er isoliert die Geräusche der Straße, die wie der abendliche Lärm in einer Provinzstadt klingen, neutralisiert das Kreischen der oberirdischen Metro, die bei der Einfahrt in die Station Chevaleret bremst, fesselt die Gerüche und legt sich als frostiger Film auf ihr Gesicht, sie zittert, ihr Blick schweift auf die gegenüberliegende Seite des Boulevard Vincent-Auriol und über die Fenster des Gebäudes, in dem die Kardiologie von La Pitié-

Salpêtrière untergebracht ist, dort war sie vor drei Tagen zu Untersuchungen, die ergeben haben, dass der Zustand ihres Herzens sich drastisch verschlechtert hat, weshalb es gerechtfertigt ist, dass der Kardiologe bei der Agentur für Biomedizin beantragt, sie als hochdringliche Patientin auf die Empfängerliste zu setzen. Sie denkt daran, was sie gerade erlebt, hier, in dieser Sekunde; sie sagt sich, ich bin gerettet, ich werde leben; sie sagt sich, irgendwo ist irgendjemand einen plötzlichen Tod gestorben; sie sagt sich, es ist jetzt, es ist heute Nacht; sie empfindet dieses Ereignis der Ankündigung; sie möchte, dass dieser Glanz der Gegenwart niemals zu einer Vorstellung verblasst, dass er weiterbesteht; sie sagt sich, ich bin sterblich.

Mit geschlossenen Augen atmet sie lange die Winterluft ein: Der blaue Planet treibt in einer Falte des Kosmos dahin, umhüllt von einer gasförmigen Materie, der Wald ist von geradlinigen Schneisen durchzogen, die roten Ameisen zappeln am Fuß der Bäume in einem klebrigen Gelee, der Garten dehnt sich aus – Moos und Steine, Gras nach dem Regen, schweres Geäst, Fächer der Palme –, die Stadt wölbt sich über der Menge, Kinder in Stockbetten öffnen im Dunkeln die Augen; sie stellt sich ihr Herz vor, ein dunkelrotes, nässendes, fasriges Stück Fleisch mit lauter Zu- und Abflüssen, ein von Nekrose befallenes Organ, ein geschwächtes Organ. Sie schließt das Fenster. Sie muss sich fertig machen.

Seit fast einem Jahr wohnt Claire Méjan in dieser Zweizimmerwohnung, die sie gemietet hat, ohne auch nur einen Blick hineinzuwerfen, die Angaben Pitié-Salpêtrière und erster Stock waren Grund genug, dem Makler auf der Stelle einen Scheck über einen horrenden Betrag auszustellen – es ist schmutzig, klein und dunkel, der vorspringende Balkon des zweiten Stocks beschattet ihr Fenster wie der Schirm einer Mütze. Doch sie hat keine Wahl – ihr Herz lässt ihr keine Wahl.

Es ist eine Herzmuskelentzündung. Sie hat es vor drei Jahren in der kardiologischen Sprechstunde von La Pitié-Salpêtrière erfahren. Acht Tage vorher hatte sie wieder Grippe und schürte das knisternde Kaminfeuer, eine Decke um die Schultern, während draußen vor dem Fenster, im Garten, Löwenmäulchen und Fingerhut sich unter dem Wind bogen. Sie war bei einem Arzt in Fontainebleau gewesen, hatte Fieber, Gliederschmerzen und Müdigkeit genannt, aber versäumt, ihm von gelegentlichem Herzrasen, von dem Schmerz in der Brust, von der Atemnot bei Anstrengungen zu berichten, weil sie diese Zeichen mit Überdruss, Winter, Lichtmangel, einer Art allgemeiner Erschöpfung verwechselte. Sie war mit einem Grippemittel aus der Praxis gekommen, sie sollte das Zimmer hüten und im Bett arbeiten. Einige Tage später, als sie sich nach Paris schleppt, um ihre Mutter zu besuchen, bricht ihr Kreislauf zusammen: Schockzustand, verminderte Blutzirkulation, ihre Haut wird blass, kalt, schweißnass. Man bringt sie mit heulenden Sirenen in die Notaufnahme – wie in einer amerikanischen Serie –, sie wird reanimiert, dann beginnen die ersten Untersuchungen. Die Blutwerte bestätigen sofort, dass eine Entzündung vorliegt, dann wird das Herz in Augenschein genommen: das Elektrokardiogramm zeigt eine Anomalie, auf dem Röntgenbild sieht man ein leicht vergrößertes Herz, im Ultraschall bestätigt sich schließlich die Herzinsuffizienz. Claire bleibt im Krankenhaus, sie wird in die Kardiologie verlegt, wo weitere Untersuchungen stattfinden. Die Koronarangiographie ist normal, womit die Hypothese eines Infarkts widerlegt ist, so dass man beschließt, eine Biopsie vorzunehmen: durch einen Venenkatheter wird Claires Herzmuskel punktiert. Ein paar Stunden später lautet das unerfreuliche Ergebnis: Herzmuskelentzündung.

Die Therapie setzt an zwei Fronten an: der Herzinsuffizienz – das Herz ist schwach, seine Pumpfunktion vermindert – und den Rhythmusstörungen. Man verordnet Claire eine Zwangspause, die Vermeidung jeglicher körperlicher Anstrengung, die Einnahme von Antiarrhythmika und Betablockern, außerdem wird ihr ein Kardioverter-Defibrillator implantiert, um einen plötzlichen Herztod zu verhindern. Gleichzeitig behandelt man die Virusinfektion mit Immunsuppressiva und starken Antiphlogistika. Doch die Krankheit bleibt in ernstester Form bestehen, sie breitet sich im Muskelgewebe aus, das Herz vergrößert sich immer mehr, und jede Sekunde birgt ein tödliches Risiko. Die Zerstörung des Organs gilt als irreversibel: bleibt nur die Transplantation. Ein anderes menschliches Herz muss anstelle des ihren eingepflanzt werden – mit Gebärden deutet der Arzt den chirurgischen Eingriff an. Es ist für sie letztlich die einzige Lösung.

Noch am selben Abend kehrt sie nach Hause zurück, ihr jüngster Sohn holt sie im Krankenhaus ab, er fährt sie heim. Du wirst doch zustimmen, oder?, fragt er leise. Sie nickt mechanisch – sie ist völlig erschlagen. In ihrem Haus am Waldrand, diesem Märchenhaus, in dem sie allein wohnt, seit ihre Kinder groß sind, geht sie hinauf in ihr Schlafzimmer und legt sich hin, auf den Rücken, die Augen zur Decke gerichtet: die Angst fesselt sie ans Bett, überstrahlt die künftigen Tage, ohne dass sich ein Ausweg eröffnet – die Angst vor dem Tod und die Angst vor dem Schmerz, die Angst vor der Operation, vor den postoperativen Therapien, die Angst vor der Abstoßung und dass alles von vorn anfängt, die Angst vor dem Eindringen eines fremden Körpers in den eigenen und davor, Chimäre zu werden, nicht mehr sie selbst zu sein.

Sie muss umziehen – in diesem fünfundsiebzig Kilometer von Paris entfernten Dorf abseits der großen Verkehrsachsen zu leben, ist riskant.

Claire verabscheut die neue Wohnung sofort. Im Winter wie im Sommer zu heiß, mitten am Tag künstliches Licht, Lärm. Sie sieht diese letzte Durchgangsstation vor dem OP eher als Vorzimmer des Todes, sie denkt, sie wird hier draufgehen, ohne je herausgekommen zu sein, denn obgleich nicht bettlägerig, ist sie doch hier gefangen, jeder Schritt kostet übermenschliche Anstrengung, jede Treppenstufe bedeutet Schmerz, bei jeder Bewegung hat sie das Gefühl, ihr Herz trennt sich vom Rest des Körpers, es löst sich aus seiner Verankerung im Brustkorb und zerfällt in Einzelteile, ein Gefühl der Auflösung, das aus ihr dieses schwankende, hinkende Geschöpf am Rand des Zusammenbruchs macht. Der Raum um sie herum zieht sich jeden Tag ein wenig mehr zusammen, schränkt ihre Gesten ein, begrenzt ihre Bewegungen, alles verengt sich, als stecke ihr Kopf in einer Plastiktüte, einem Strumpf, etwas Fasrigem, das ihren Atem erstickt und ihr Leben vergiftet. Sie wird schwermütig. Zu ihrem jüngsten Sohn, der sie eines Abends besucht, sagt sie, es sei verstörend, darauf zu warten, das Herz eines Toten zu erhalten, es ist eine merkwürdige Situation, weißt du, und das erschöpft mich.

Am Anfang sträubt sie sich dagegen, richtig einzuziehen, ob sie stirbt oder überlebt, sie wird ohnehin nicht bleiben, es ist ein Provisorium – aber da macht sie sich etwas vor. Die ersten Wochen in dieser Wohnung verändern ihr Verhältnis zur Zeit. Nicht dass sich deren Tempo geändert hat, dass sie sich durch die Lähmung, die Angst vor dem Aufschub oder alles Hindernde verlangsamt hat, nicht dass sie stagniert wie das Blut in Claires Lunge, nein, sie verfließt zu einer trübseligen Kontinuität. Der Wechsel zwischen Tag und Nacht setzt bald keine Zäsur mehr – das anhaltende Dämmerlicht in der Wohnung trägt dazu bei –, und mit der Ausrede, sie müsse den Schock des unfreiwilligen Umzugs bewältigen, schläft sie nur noch. Der Sonntag wird von den beiden Älteren allmählich zum Besuchstag erkoren, was sie traurig macht, ohne dass sie so recht weiß warum. Sie werfen ihr manchmal mangelnde Begeisterung vor – direkt gegenüber von La Pitié, besser geht es nicht, sagen sie, ohne zu lachen. Der Jüngste dagegen taucht irgendwann auf und nimmt sie lange in den Arm – er ist einen Kopf größer als sie.

Trostloser Winter, grausamer Frühling – sie sieht nicht, wie der Wald wieder grün wird, wie die Farben wieder leuchten, ihr fehlt das Unterholz, die goldenen Baumstümpfe und die Farne, das in senkrechten Strahlen einfallende Licht, die vielen Geräusche, der Fingerhut, der auf verborgenen Pfaden im Halbschatten der Büsche wächst –, hoffnungsloser Sommer. Sie verkümmert – du brauchst einen Rahmen, feste Essenszeiten, einen Alltag, mahnen die, die nach ihr schauen und sie deprimiert, geistesabwesend, verunsichert, verwahrlost finden, ihre blonde, dunkeläugige Schönheit verändert, zerstört von Angst und mangelnder Frischluft –, ihr Haar ist stumpf, die Augen glasig, sie riecht aus dem Mund und trägt schlabbrige Kleider. Ihre beiden Älteren suchen jemand, der sich um sie kümmert, eine Betreuung, die für den Haushalt, die Einkäufe, die Medikamenteneinnahme sorgt. Als sie von dieser Intrige erfährt, wird sie wütend, soll ihr das letzte bisschen Freiheit genommen werden? Hausarrest, stammelt sie bleich und bitter, sie kann den Blick der Gesundheit auf die Krankheit nicht mehr ertragen.

Ein erster Anruf erreicht sie am Abend des 15. August, das Fenster steht offen, es ist zwanzig Uhr, man erstickt in dem Zimmer – hier spricht La Pitié, wir haben ein Herz, es ist so weit, heute Nacht, jetzt, immer dieselbe Leier; sie ist nicht vorbereitet, legt ihre Gabel auf den unberührten Teller, schaut die Familie an, die sich um sie drängt, versammelt zu ihrem Geburtstag, fünfzig Jahre, das muss gefeiert werden, sie haben die Ellbogen angewinkelt wie Vogelflügel, ihre Mutter, ihre drei Söhne, die junge Frau, die mit dem Ältesten zusammenlebt, und ihr kleiner Junge, alle erstarrt bis auf das Kind mit den glänzenden Augen, ich gehe, ich muss gehen, Stühle werden gerückt, Champagnergläser klirren, etwas wird verschüttet, etwas kippt um, ein Koffer mit Zahnpasta und einem Wasserzerstäuber wird gepackt, dann geht es die Treppen hinunter, mit der hastigen Langsamkeit, die dazu führt, dass man stolpert und sich anschreit – das Sorbet in der Küche vergessen, die Versicherungskarte vergessen, das Telefon vergessen –, dann die klebrige Fahrbahn, der rauchfarbene Himmel, die an den Fenstern hängenden Leute, ein Typ mit nacktem Oberkörper, der seinen Hund Gassi führt, der kleine Junge, der auf dem Bürgersteig losrennt und von seiner Mutter eingefangen wird, die Touristen, die am Metroausgang ihren Stadtplan studieren, und schließlich das laternengesäumte Krankenhaus, die Aufnahme, das blitzsaubere Zimmer, wo sie wartend auf dem Bett sitzt, ohne es aufzuschlagen, denn auf dem Flur gibt es Bewegung, Schritte dröhnen, und Harfang erscheint, er steht vor ihr, blass und hager, die Augen rot gerändert: Wir haben uns entschieden, das Spenderorgan abzulehnen.

Sie hört seinen Ausführungen zu, ohne eine Reaktion zu zeigen – das Herz ist nicht schön, es ist zu klein und schlecht durchblutet, es wäre ein unnötiges Risiko, wir müssen weiter warten. Harfang glaubt, sie steht unter dem Schock der Enttäuschung, niedergeschmettert, weil sie sich zu früh gefreut hat, aber sie ist einfach sprachlos, benommen, hat bald nur noch einen Gedanken im Kopf, bloß raus hier, ihre Füße baumeln im Leeren, unmerklich rutscht sie mit dem Po an die Bettkante, landet sanft auf dem Boden, richtet sich auf, ich gehe nach Hause. Draußen treten ihre Söhne in die Büsche, von denen der trockene Staub aufwirbelt, ihre Mutter bricht in den Armen des Jüngsten in Tränen aus, die Gefährtin des Ältesten läuft hinter dem kleinen Jungen her, der nicht schlafen will, und alles löst sich auf. Die Gruppe tritt den Rückweg an, keiner hat mehr Appetit, unmöglich, das Essen da fortzusetzen, wo man es unterbrochen hatte, aber trinken, ja, Champagner rosé in perlenden Kelchen, und Claire, jetzt erleichtert, hebt lächelnd ihr volles Glas: Auf das Herz! Das ist nicht lustig, weißt du, murmelt ihr jüngster Sohn.

Danach verändert die Zeit ihren Charakter, sie nimmt wieder Form an. Oder vielmehr, sie nimmt genau die Form des Wartens an: sie zieht sich in die Länge, sie dehnt sich. Die Stunden dienen jetzt zu nichts anderem, als zur Verfügung zu stehen für das Ereignis der Transplantation, jeden Augenblick kann ein Herz auftauchen, ich muss am Leben sein, ich muss mich bereithalten. Die Minuten verrinnen, die Sekunden verfließen, und schließlich ist Herbst, und Claire entschließt sich, ihre Bücher und ihre Lampen in den dreißig Quadratmetern aufzustellen, ihr Jüngster richtet ihr WLAN ein, sie kauft einen verstellbaren Sessel, einen Holztisch, trägt ein paar Gegenstände zusammen: sie möchte wieder übersetzen.

Ihr Verleger in London begrüßt das, schickt ihr jenen ersten Gedichtband, den Charlotte Brontë und ihre Schwestern unter männlichen Pseudonymen veröffentlicht haben: Currer, Ellis und Acton Bell. Den Herbst verbringt man in einem eiskalten Cottage, an dem der Wind zerrt, die drei Schwestern und der Bruder schreiben und lesen miteinander im Schein der Kerzen, vereint in den Büchern, fieberhafte, schwärmerische, gequälte Genies, die Welten erfinden, durch die Heide streifen, literweise Tee trinken und Opium rauchen. Ihre Intensität überträgt sich auf Claire, die sich erholt. Jeder Arbeitstag wirft sein Quantum an Versuchen ab, bringt ein paar Seiten ein, und mit den Wochen stellt sich ein Rhythmus her, als sollte das Warten – das konkreter wird, denn der Zustand ihres Herzens wird schlechter – auf einen anderen Takt abgestimmt werden, den Takt der zu übersetzenden Gedichte. Manchmal hat sie das Gefühl, dass an die Stelle der mühsamen Kontraktionen ihres kranken Organs ein flüssiges Hin und Her tritt zwischen dem Französisch ihrer Herkunft und dem Englisch, das sie gelernt hat, und dass diese Drehbewegung eine Höhle, einen neuen Hohlraum in ihr schafft – sie hat eine andere Sprache lernen müssen, um die eigene kennenzulernen, und fragt sich daher, ob das andere Herz ihr erlauben wird, sich besser kennenzulernen: Ich mache dir Platz, mein Herz, ich schaffe Raum für dich.

Am Weihnachtsabend taucht ein Mann auf, legt einen Armvoll purpurroten Fingerhut auf ihr Bett. Sie kennt ihn von Kindheit an, sie sind zusammen aufgewachsen – Verliebte, Freunde, Bruder und Schwester, Komplizen, sie sind fast alles, was ein Mann und eine Frau füreinander sein können.

Claire lächelt, Überraschungen sind riskant, ich bin herzkrank, weißt du. Sie muss sich setzen und sich erst einmal erholen, während er seinen Mantel auszieht. Die Digitalis sind aus ihrem Garten, sie spürt es. Sie sind giftig, weißt du das?, sagt sie und zeigt darauf. Sie gehören zu den Pflanzen, die Kinder nicht anfassen, nicht beschnuppern, nicht pflücken, nicht essen dürfen – sie erinnert sich an ihre rosa bestäubten Finger, die sie fasziniert betrachtete, allein auf dem Weg, und an das Wort »Gift«, das über ihrem Kinderkopf anschwoll, als sie sie in den Mund stecken wollte. Der Mann zupft langsam eine Blüte ab, die er ihr in die Hand legt: Da, schau. Die Blüte ist von so knalliger Farbe, dass man sie für künstlich halten könnte, eine Plastikblüte, sie zittert in ihrer Hand und lässt mikroskopische Knitterfältchen erkennen, während er ihr erklärt: Das in den Pflanzen enthaltene Digitoxin senkt und reguliert die Herzfrequenz, verstärkt die Kontraktionskraft der Herzmuskulatur, das ist ein gutes Molekül für dich.

In dieser Nacht schläft sie mit den Blumen. Der Mann zieht sie behutsam aus, faltet die Blüten eine nach der andern auseinander und legt sie wie Fischschuppen auf ihre nackte Haut, ein pflanzliches Puzzle, das eine Robe ergibt, und er verwendet viel Mühe darauf, es zu vollenden, flüstert ab und zu, bitte beweg dich nicht, während sie schon längst in kataleptischer Seligkeit versunken ist, geschmückt und hergerichtet wie eine Königin. Als sie erwacht, ist es noch dunkel, aber in der Wohnung über ihr toben schon die Kinder und schreien, ihre Füße trappeln über den Boden, sie reißen die Papiere von den Geschenken, die über Nacht unter den ektoplasmischen Weihnachtsbaum gelegt worden sind. Ihr Freund ist verschwunden. Sie schüttelt die Blüten von ihrem Körper und bereitet sich einen Salat daraus zu, den sie mit Trüffelöl und Balsamessig anmacht.

Ein T-Shirt, einige Schlüpfer, zwei Nachthemden, ein Paar Socken, Kosmetika, Laptop, Telefon, die verschiedenen Ladegeräte. Ihre Krankenakte – die amtlichen Formulare, die letzten Untersuchungen und die großen festen Umschläge mit Röntgenaufnahmen, CTs und MRTs. Sie schätzt es, allein zu sein, wenn sie ihre Tasche packen muss, mit vorsichtigen Schritten die Treppe hinunterzugehen, sich draußen Zeit zu lassen. Sie überquert den Boulevard in der Diagonale, sucht den Blick der Fahrer, die vor ihr bremsen, hört die heißen Schienen über ihrem Kopf erzittern, sie würde gern einem Tier begegnen, idealerweise einem Tiger oder einer Eule mit ihrem herzförmigen Gesichtsschleier, aber ein streunender Hund wäre auch recht oder emsige Bienen. Sie hat Angst wie noch nie, sie ist betäubt vor Angst. Ich sollte trotzdem anrufen, sagt sie sich, als sie das Krankenhausgelände betritt, sie schickt ihren Söhnen eine SMS – jetzt, heute Nacht ist es so weit –, ruft ihre Mutter an, die wahrscheinlich schon schläft, dann ihren Freund mit dem Fingerhut am anderen Ende der Welt, Signale, die sich aus dem gegenwärtigen Augenblick speisen und sich weit in die Zeit erstrecken, sie dreht sich noch einmal um, lässt den Blick auf dem Fenster ihrer Wohnung ruhen, und plötzlich verdichten sich all die Stunden, die sie wartend hinter der Glasscheibe verbracht hat, zu einem Moment, ballen sich in ihrem Hinterkopf, gerade als sie durchs Tor tritt, ein blitzschneller Schubs, der sie hineinkatapultiert, auf das geteerte Band, das an den Gebäuden entlangführt, dann eine Linkskurve, sie betritt das kardiologische Institut, eine Halle, zwei Aufzüge – sie verbietet sich den Gedanken, den zu wählen, der ihr Glück bringt –, dritter Stock, der Flur, der erleuchtet ist wie eine Raumstation, der verglaste Arbeitsplatz und darin stehend Harfang im sauberen, zugeknöpften Kittel, die weiße Strähne an der Stirn zurückgestrichen: Ich habe auf Sie gewartet.

Die Margarita klatscht gegen die Wand der kleinen Wohnung und hinterlässt über dem Fernseher einen neapolitanischen Sonnenuntergang, bevor sie auf dem Teppichboden landet. Die junge Frau ist zufrieden mit ihrem Wurf, dreht sich wieder zu den weißen Kartons um, die sich auf dem Bartisch der offenen Küche stapeln, öffnet langsam eine zweite der quadratischen Schachteln, lässt die heiße Scheibe der Americana auf ihre Handfläche gleiten, stellt sich dann mit angewinkeltem Arm, als trüge sie ein Tablett, vor die Wand und zielt mit einem schnellen Strecken des Arms zwischen die beiden Fenster, ein neuer Fleck, in dem die Chorizoscheiben ein merkwürdiges Sternbild ergeben. Während sie den dritten Karton öffnet, eine Blasen werfende Vier-Käse-Pizza, und sich die gelbliche Mischung aus geschmolzenem Käse als Klebmasse vorstellt, kommt ein Mann aus dem Bad, sauber glänzend, hält auf der Schwelle inne, denn er wittert Gefahr, und als er die junge Frau zu einem dritten Wurf in seine Richtung ausholen sieht, lässt er sich auf den Boden fallen, ein bloßer Reflex, wo er sich vom Bauch bald auf den Rücken dreht, um die junge Frau aus der Froschperspektive zu beobachten, sie lächelt, wendet sich von ihm ab, ihre Augen wandern durch den Raum auf der Suche nach einer neuen Klebestelle, und schleudert die Pizza gegen die Eingangstür. Darauf steigt sie über den verblüfften Mann und wäscht sich hinter dem Küchentisch die Hände. Der Typ steht wieder auf, überprüft, ob er auch keine Flecken auf den Kleidern hat, und dreht sich dann um sich selbst, um die Schäden zu sichten, ein Rundblick, der bei der jungen Frau an der Spüle endet.

Sie trinkt ein Glas Wasser, ihre perlmuttschimmernden Schultern ragen aus einem Trikot in den Farben der Squadra Azzurra, dessen runder Ausschnitt freie, leichte kleine Brüste erahnen lässt, ihre langen Beine umspielt ein blauseidenes Flattern, ein dünner Schweißfilm glänzt über ihrem Mund, sie ist schön wie der Tag, während ihre Kiefermuskeln zittern – der Zorn –, und würdigt ihn keines Blicks, als sie ihre langen Arme von antiker Schönheit über Kreuz von unten nach oben streckt, um das nunmehr nutzlose Hemdchen auszuziehen, und dabei einen prächtigen Rumpf entblößt, der sich aus verschiedenen Rundungen – Brüste, Brustwarzen, Warzenhöfe, Bauch, Nabel, doppelter Ansatz der Pobacken –, und verschiedenen zum Boden zeigenden Dreiecken zusammensetzt – das gleichschenklige des Brustbeins, das konvexe des Schambeins und das konkave der Lenden –, und den verschiedene Linien durchziehen – das Rückgrat, das die Teilung des Körpers in zwei identische Hälften betont, eine Furche, die bei der Frau an die Mittelrippe des Blatts und die Symmetrieachse des Schmetterlings erinnert –, das Ganze akzentuiert von einer kleinen Raute an der Stelle des Brustbeins, also eine Sammlung vollkommener Formen, die er wegen des Gleichgewichts ihrer Proportionen und ihrer idealen Anordnung bewundert, denn mehr als alles andere schätzt sein professionelles Auge die anatomische Erforschung des menschlichen Körpers und besonders dieses speziellen Körpers, er widmet sich ausgiebig der Betrachtung, entdeckt begeistert die kleinste Disharmonie im Knochengerüst, den geringsten Fehler, das mindeste Missverhältnis, eine Skoliose-Krümmung über den Lenden, den Leberfleck dort unter der Achsel, die Schwielen zwischen den Zehen, da, wo der Fuß von den spitzen Pumps zusammengedrückt wird, und die leicht schielenden Augen, ein Silberblick, den sie bekommt, wenn sie zu wenig schläft, und der ihr diesen zerstreuten Ausdruck, diese Unschuldsmiene einer Ausreißerin verleiht, die er an ihr so liebt.

Sie streift einen Rollkragenpulli über, zieht ihre Shorts aus, um sich in hautenge Jeans zu zwängen, Ende der Vorstellung, gewissermaßen, dann schlüpft sie in ihre hochhackigen Stiefel, geht zur fetttriefenden Eingangstür, öffnet sie und knallt sie hinter sich zu, ohne sich zu dem jungen Mann umzudrehen, der mitten in der versifften Wohnung steht und sie erleichtert verschwinden sieht.

Sie müssen zu einer Entnahme in die Klinik von Le Havre. Es ist ein Herz, brechen Sie gleich auf. Als er diese Aufforderung aus Harfangs Mund hörte, kurz und barsch, wie er es sich seit Monaten vorgestellt hatte, wäre Virgilio Breva fast an dem bitteren, aus Freude und Enttäuschung bestehenden Kloß in seinem Hals erstickt. Er hatte zwar Bereitschaftsdienst und die Aufgabe spornte ihn an, aber tatsächlich hätte der Anruf nicht ungelegener kommen können – äußerst seltenes Zusammentreffen von zwei nicht zu verpassenden Ereignissen: ein Spiel Frankreich – Italien und zu Hause eine Rose, die ihn begehrte. Trotzdem fragte er sich lange, warum Harfang sich die Mühe gemacht hatte, ihn persönlich anzurufen, und sah darin die perverse Absicht, ihn an einem historischen Abend zu demütigen, denn Harfang wusste, dass er Fußballer war, das Training am Sonntagmorgen lieferte ihm ja einen anerkannten Grund, den Radtouren fernzubleiben – Schikane, murmelte Virgilio perplex, als sich der spitz zulaufende Schwarm von behelmten Köpfen und bunten Radlerhosen, in dem Harfang die Königin spielte, wahrscheinlich gerade in Bewegung setzte.

Virgilio sitzt im Fond des Taxis, das Richtung La Pitié-Salpêtrière fährt, er schlägt die fellbesetzte Kapuze auf die Schultern zurück und kommt zur Besinnung. Die Spannungen der letzten Stunde haben ihn durcheinandergebracht, dabei sollte er in Form sein, in Form wie nie. Denn diese Nacht ist seine Nacht, diese Nacht wird eine große Nacht. Von der Qualität der Organentnahme hängt die Qualität der Transplantation ab, das ist die Grundregel, und heute Abend steht er an vorderster Front.

Es ist Zeit, sich zu sammeln, denkt er, seine lederbehandschuhten Finger verschränkend, es ist Zeit, mit diesem Mädchen Schluss zu machen, dieser Verrückten, und seinen Selbsterhaltungstrieb zur Geltung zu bringen, auch wenn er dafür auf sie, ihren hyperaktiven Körper und den Glanz ihrer Anwesenheit verzichten muss. Fassungslos denkt er an die letzte Stunde, als Rose ihn zu Hause überraschte, während er vorgehabt hatte, auszugehen und das Fußballspiel mit anderen anzuschauen, und sie dann, reizend, aber vage drohend, verlangte, sie sollten zum Fußballschauen bei ihm bleiben und Pizza bestellen, wozu sie sich mit einem spielerischen Argument ausstattete – diesem Outfit eines Azzurra-Fans –, so mischte sich die erotische Spannung allmählich mit der großen, kriegerischen Spannung vor dem Spiel, eine Glück verheißende und wahnsinnig aufregende Mischung, die Harfangs Anruf gegen acht Uhr noch zusätzlich anheizte, der Gipfel der Erregung war erreicht. Er sprang sofort auf und antwortete, ich bin da, ich bin bereit, ich komme, Roses Blick wich er aus, aber er setzte eine tragische Miene auf – hochgezogene Augenbrauen und über Oberlippe gestülpte Un-

terlippe, das Kinn ein traurig langgestrecktes Oval –, eine
Miene, die Katastrophe, Pech, Ungemach bedeutete und
die für Rose bestimmt war, für sie zog er Fratzen, fächelte
sich mit der Hand Luft zu, Clown, Schmierenkomödiant,
während sein Blick strahlte vor Jubel – ein Herz! Sie ließ
sich nicht täuschen. Er verschwand unauffällig ins Bad, um
zu duschen, sich sauber und warm anzuziehen, und als er
wieder herauskam, eskalierte die Situation. Ein fabelhaftes
und niederschmetterndes Schauspiel, das aber jetzt, da er
es noch einmal in Zeitlupe vor sich sieht, da er seine logi-
sche Erhabenheit wahrnimmt, Roses Überlegenheit, ihre
unvergleichliche Schönheit und ihr feuriges Temperament
nur noch steigert, denn die junge Dame äußert ihren Zorn
in einer souveränen Geste und wahrt königliches Schweigen, wo viele andere nur gejammert hätten. Splash! Splash!
Splash! Und je mehr er darüber nachdenkt, desto weniger
kommt es für ihn in Frage, mit diesem hoch entflamm-
baren und übrigens auf der Welt einmaligen Geschöpf zu
brechen, niemals wird er sie aufgeben, was auch immer die
anderen dazu meinen, die sie für verrückt halten oder für
»grenzwertig«, wie sie mit wissendem Blick sagen, auch
wenn sie viel darum gegeben hätten, die warme Haut ihrer
Kniekehle zu berühren.

Sie hatte in La Pitié-Salpêtrière die Tür zu den Räumen
geöffnet, wo die Medizinstudenten im klinischen Ab-
schnitt ihrer Ausbildung sich in einer speziellen Art von
Kursen mit dem Studium klinischer Fälle beschäftigten.
In langen Unterrichtsstunden wurden auf Station reale
Situationen oder Szenarien, die man entsprechend präzi-
sen Fragestellungen erfand, für die Studenten nachgestellt,
damit sie üben konnten, dem Patienten zuzuhören, sich
mit der Technik der Auskultation vertraut machen, lernen konnten, eine Diagnose zu stellen, eine Pathologie zu

erkennen und einen Behandlungsplan zu erstellen. Diese praktischen Übungen, bei denen das Duo Arzt/Patient im Mittelpunkt stand, fanden öffentlich statt und machten manchmal die Aufstellung größerer Kollektive erforderlich, um die Fähigkeit zur Absprache und den Dialog zwischen den verschiedenen Disziplinen zu fördern – es ging darum, die Trennung der medizinischen Fachgebiete zu beseitigen, die den menschlichen Körper in lauter voneinander unabhängige Wissens- und Praxisbereiche einteilten und sich als unfähig erwiesen, den Patienten als ein Ganzes zu betrachten. Allerdings erregte diese neue, auf Simulation gegründete Pädagogik auch Misstrauen: der Gebrauch der Fiktion im Prozess des Wissenserwerbs, allein die Idee einer praktischen Übung in Form eines Spiels – du da bist der Doktor und du hier der Kranke – machte die Chefs der medizinischen Fakultät skeptisch. Doch sie ließen es zu, sie mussten eingestehen, dass in dieser Methode ein großes Potenzial steckte, denn sie bezog die Subjektivität, die Emotionen ein und befasste sich im Dialog Arzt/Patient mit den unsicheren, verdrehten oder deplatzierten Worten, die man zu hören bekam und entschlüsseln musste. Man einigte sich darauf, dass die Studenten in diesem Rollenspiel ihre zukünftige Funktion ausüben, also die Rolle der Ärzte übernehmen sollten, für die Rolle der Patienten engagierte man Schauspieler.

Sie stellten sich vor, nachdem eine kleine Anzeige in einem Fachblatt für Bühnenkünstler erschienen war, dessen Klientel größtenteils aus Schauspielern bestand, die auf der Strecke geblieben waren, aus vielversprechenden Anfängern oder ewigen Nebenfiguren in Fernsehproduktionen, Komparsen in Werbespots, Zweitbesetzungen, Statisten, Kleindarstellern, die von Casting zu Casting eilten, um Stunden anzusammeln und genug zu verdienen, um ihre Miete bezahlen zu können – meist teilten sie sich mit anderen eine Wohnung im Nordosten von Paris oder in der näheren Umgebung –, oder umgesattelt hatten zum Trainer auf Verkaufsworkshops – Verkauf an der Haustür oder sonst wo – und schließlich manchmal ihren Körper als Versuchskaninchen anboten, Joghurtverkoster, Tester von Feuchtigkeitscreme- oder Läuseshampoo, Proband in Schlankheitsmittelstudien.

Es waren viele, man wählte aus. Medizinprofessoren, praktizierende Ärzte, bildeten eine Jury – manche von ihnen schätzten das Theater und ließen das durchblicken. Als Rose in den Raum kam, in dem das Vorsprechen stattfand, und mit ihren Plateausneakern, in bordeauxroter Adidas-Jogginghose und sonnenuntergangsfarbenem Lurex-Pulli an den Tischen vorbeiging, erhob sich ein Gemurmel – ihr Körper und ihr Gesicht, sagte ihnen das nicht etwas? Man gab ihr eine Liste mit Handlungsanweisungen und Text, womit sie eine Patientin darstellen sollte, die in die gynäkologische Sprechstunde kommt, nachdem sie einen verdächtigen Knoten in ihrer linken Brust entdeckt hat, und in der folgenden Viertelstunde nötigte ihr Einsatz Bewunderung ab: Man sah sie topless auf dem – auch hier wieder gefliesten – Boden liegen und die Hand des Studenten führen, da, da tut es weh, ja, da, dann zog sich die Szene in die Länge, man wurde unruhig, der Student tastete übertrieben gründlich erst die eine, dann die andere Brust ab und fing immer wieder von vorn an, gleichgültig gegenüber dem Wortlaut des Dialogs, taub für die wichtigen Informationen, die sie ihm sogar noch gab, etwa dass der Schmerz am Ende des Menstruationszyklus heftiger wurde, bis sie plötzlich mit hochrotem Gesicht aufsprang und ihm eine Ohrfeige verpasste. Bravo,

Mademoiselle! Sie wurde beglückwünscht und auf der Stelle engagiert.

Von den ersten Tagen an kehrte Rose insgeheim das Vertragsziel um und beschloss, dass diese Stelle als »Patientin«, die sie für die Dauer eines Universitätsjahrs ergattert hatte, eine Ausbildung für sie sein sollte, eine Gelegenheit, die Palette ihrer Rollen zu erweitern, die Stärken ihrer Kunst auszubauen. Sie verschmähte dummerweise die banalen Pathologien – oder was sie dafür hielt –, lieber spielte sie Wahnsinn, Hysterie oder Melancholie, ein Fach, in dem sie glänzte, romantische Heldinnen oder rätselhafte Perverse, wobei sie sich manchmal unerwartete Abweichungen vom Originalszenario erlaubte – eine Dreistigkeit, die die Übungsleiter, Psychiater und Neurologen, verblüffte und bei den Studenten Verwirrung stiftete, so dass man sie schließlich bat, doch etwas weniger dick aufzutragen; sie schätzte die Ertrinkenden, die Selbstmörderinnen, Fresssüchtigen, Erotomaninnen, Diabetikerinnen, sie liebte die Hinkenden, die Krummen – ein Fall von bretonischer Hüftdysplasie war der Anlass für einen schönen Dialog über die Inzucht im Nord-Finistère –, die Buckligen – sie schaffte es, die Rotation der Wirbel im Brustkorb zu mimen – und alles, was von ihr verlangte, ihren Körper zu verrenken; es machte ihr Spaß, eine schwangere Frau mit vorzeitigen Wehen zu spielen, weniger brillant war sie in der Verkörperung einer jungen Mutter, die die Symptome eines drei Monate alten Säuglings beschrieb – dem Pädiatrielehrling stand vor Stress der Schweiß auf der Stirn; Krebs lehnte sie abergläubisch ab.

Nie aber war sie besser als an jenem Dezembertag, an dem sie eine Angina Pectoris simulieren musste. Die renommierte Kardiologin, die die Übung leitete, hatte ihr den Schmerz mit den Worten erklärt: Ein Bär hat sich auf Ihren Brustkorb gesetzt. Rose hatte verblüfft die Mandelaugen aufgerissen, ein Bär? Sie musste sich kindliche Gefühle in Erinnerung rufen, den weitläufigen, übelriechenden Käfig mit den grob geformten Felsen aus beigefarbenem Plastik und das riesenhafte Tier, fünf- bis siebenhundert Kilo, die dreieckige Schnauze und die eng stehenden, vermeintlich schielenden Augen, den sandigen rostbraunen Pelz und die Schreie der Kinder, als es sich auf die Hinterbeine stellte und zwei Meter hoch aufragte; sie dachte an die Jagdszenen mit Ceauşescu in den Karpaten – die Bären, von den Bauern zusammengetrieben und mit Eimern voll Futter angelockt, kamen aus der Tiefe der Lichtung, näherten sich einer Holzhütte auf Pfählen, hielten direkt auf die Luke zu, hinter der ein Securitateagent das Gewehr durchlud, um es dem Diktator zu reichen, sobald das Tier so nah war, dass der es nicht verfehlen konnte –, schließlich fiel ihr noch eine Szene aus *Grizzly Man* ein. Rose nahm am Ende des Raums Anlauf, ging auf den Studenten zu, der ihr als Partner zugeteilt war, und blieb plötzlich stehen. Entdeckte sie das Tier am Rand des Unterholzes, das den Kopf durch die Bambuszweige streckt oder sich gelassen auf allen vieren wiegt, ein Fell wie Lakritz, und träge mit seinen nicht einziehbaren Krallen an einem Baumstumpf kratzt, bevor es sich in ihre Richtung dreht und aufrichtet wie ein Mann? Erblickte sie das Höhlenmonster, das aus monatelangem Winterschlaf erwacht und sich streckt, die stagnierenden Körperflüssigkeiten erwärmt und den Blutstropfen in seinem Herzen reaktiviert? Erkannte sie den Bären, der in der Dämmerung in den Mülltonnen eines Supermarkts wühlt und unter einem riesigen Mond vor Freude knurrt? Oder dachte sie an ein ganz anderes Schwergewicht – einen Mann? Sie kippte in ganzer Länge nach hinten um – der laute Aufschlag ihres Körpers löste ein Gemurmel im Raum aus – und stieß in ihrer konvulsivischen Starre einen Schmerzensschrei aus, der bald zu einem erstickten Röcheln verstummte, dann hörte sie auf zu atmen, absolut regungslos. Ihr Brustkorb wirkte eingefallen, schien sich nach innen zu wölben, ihr Gesicht war geschwollen und wurde rot, aus den zusammengepressten Lippen wich die Farbe, ihre Augen verdrehten sich, und dann ging ein Zittern durch ihre Glieder, als stünde sie unter Strom, eine so realistische Darstellung kam nicht oft vor, weshalb manche der Anwesenden aufstanden, um besser sehen zu können, und über das gerötete Gesicht, den eingedellten Bauch erschraken, eine Gestalt eilte die Stufen des Hörsaals hinab, stieß den Studenten beiseite, der unbeirrbar die ersten Zeilen seines Erhebungsbogens aufzusagen begann, und beugte sich über Rose, um sie zu reanimieren, während die berühmte Kardiologin ihrerseits zu ihr stürzte und mit einer Stiftlampe ihre Pupillen anleuchtete. Rose zog eine Braue hoch, öffnete ein Auge, dann das andere, erhob sich mit einem energischen Ruck, blickte fragend auf die Menschenansammlung um sich herum und erlebte zum ersten Mal das Vergnügen, Applaus zu ernten – sie verbeugte sich tief vor den auf den Rängen stehenden Studenten.

Der herbeigeeilte junge Mann, wütend, weil er sich täuschen ließ, warf ihrem Spiel mangelnde Zurückhaltung vor, eine Angina Pectoris ist kein Kreislaufstillstand, Sie verwechseln das, es ist nicht dasselbe, es wäre mehr Behutsamkeit und Differenzierung nötig gewesen, Sie verfälschen die Übung. Um sich verständlich zu machen, zählt er nacheinander die Symptome der Angina Pectoris auf – beklemmender thorakaler Schmerz, ein Druck, der sich über die ganze Brust ausbreitet, das Gefühl, in einen Schraubstock gespannt zu sein, dazu manchmal weitere typische Schmerzen im Unterkiefer, in einem der beiden Unterarme oder seltener im Rücken, im Hals, aber man bricht dabei eben nicht zusammen – dann nennt er die Anzeichen für einen Kreislaufstillstand – Erhöhung der Herzfrequenz auf mehr als dreihundert Schläge pro Minute, Kammerflimmern, das einen Atemstillstand nach sich zieht, was schließlich zur Bewusstlosigkeit führt, das Ganze in weniger als einer Minute –, er hätte nun die Behandlung erläutern können, die Medikamente auflisten, die Thrombozytenaggregationshemmer, die den Blutkreislauf erleichtern, und das Glyceroltrinitrat, das die Schmerzen lindert, indem es die Gefäße erweitert, es überwältigt ihn, er weiß nicht mehr, was er sagt, kann nicht mehr aufhören zu reden, wirft Sätze aus wie Lassos, um sie festzuhalten, bald rast sein Herz in abnorm schnellem Rhythmus, eine Tachykardie von annähernd zweihundert Schlägen pro Minute, Kammerflimmern droht, wie er es ihr beschrieben hat, er läuft Gefahr, ohnmächtig zu werden oder sonst etwas, Rose hat sich langsam zu ihm umgewandt, Dünkel eines gerade geborenen Stars, betrachtet ihn von oben bis unten, teilt ihm mit breitem Lächeln mit, ein Bär habe sich ihr auf die Brust gesetzt, ob er das eigentlich wisse, und erklärt sich listig bereit, das Experiment zu wiederholen, wenn er den Bär spiele, er besitze den entsprechenden Körperbau und das Feingefühl, dafür lege ich meine Hand ins Feuer.

Virgilio Breva hat tatsächlich etwas von einem Bären, so geschmeidig, langsam, explosiv, wie er ist. Ein blonder Frauenschwarm, Stoppelbart, locker zurückgekämmtes Haar, das sich im Nacken kräuselt, gerade Nase, feine Züge eines Norditalieners (Friaul). Ansonsten der Zehengang eines Sardanetänzers knapp vor dem Doppelzentner, die

Korpulenz eines ehemals Übergewichtigen, Dicke, Körperfülle, aber ohne sichtbare Ausbuchtungen, also ohne Falten und Schwellungen, ganz einfach ein fleischiger Körper, den eine gleichmäßige Fettschicht umhüllt und der sich an den Extremitäten verschlankt – die Hände sind sehr schön. Der verführerische und charismatische Koloss, dessen berühmte Statur mit der Eloquenz einer warmen Stimme, mit enthusiastischen, oft allerdings auch exzessiven Gemütslagen, mit einem unstillbaren Wissensdurst und außergewöhnlicher Leistungsfähigkeit einhergeht, kennt zugleich schmerzhafte Schwankungen in seinem Körper, eine Dehnbarkeit, unter der er leidet, die Schamgefühle und Ängste birgt – das Trauma, als rundlich, pummelig, beleibt oder einfach dick bespöttelt, der Zorn, dafür geringgeschätzt und sexuell erniedrigt worden zu sein, Misstrauen aller Art – und die dafür sorgt, dass er immer wie einen Stein in der Magengrube diesen quälenden Selbstekel spürt. Unter ständiger Kontrolle, wegen eines Stäubchens im Auge stundenlang beobachtet, wegen eines Sonnenbrands ausführlich befeuchtet, wegen einer heiseren Stimme, eines steifen Halses, eines Erschöpfungsgefühls intensiv befragt, ist dieser Körper Virgilios große Sorge, seine Obsession und sein Triumph – denn jetzt erlangt er Aufmerksamkeit, das ist unbestreitbar, man brauchte nur zu sehen, wie Rose ihre Blicke über ihn wandern ließ –, so dass böse Menschen, neidisch auf seinen Erfolg, nicht zögerten, feixend zu behaupten, er sei nur Arzt geworden, um zu lernen, diesen Körper zu beherrschen, seine Launen auszugleichen, seinen Stoffwechsel zu bändigen.

Das Studium, das er als Jahrgangsbester abschloss, hat er im Sturmschritt durchlaufen, in nur zwölf Jahren, die Assistenzarztzeit am Universitätsklinikum und die Chirurgenausbildung inklusive, während die meisten Studenten für dasselbe Programm fünfzehn brauchten – aber das kann ich mir gar nicht leisten, sagte er gern kokett, ich gehöre nicht zu den besseren Kreisen, und er übertrieb den obskuren Itaker in sich, den Einwanderersohn, den Illegitimen, den fleißigen Stipendiaten, er trug dick auf –, ebenso kreativ in der Theorie wie über die Maßen begabt in der Praxis, flammend und stolz, von uferlosem Ehrgeiz und unerschöpflicher Energie getragen, allerdings kann er sehr nerven und bleibt oft unverstanden – seine Mutter schließlich, in Panik versetzt wegen seiner Erfolge, da sie die intellektuellen Hierarchien an die gesellschaftlichen koppelte, sah ihn schief an und fragte sich, wie er es angestellt hatte, wie er beschaffen war, für wen er sich hielt, dieser Junge, während ihn die kalte Wut packte, wenn er sah, wie sie die Hände rang und sie dann an der Schürze abwischte, wenn sie am Tag seiner Doktorprüfung jammerte, ihre Anwesenheit sei doch unnötig, sie verstehe ja nichts, das sei nicht ihr Platz, sie wolle lieber zu Hause für ihn allein ein Festessen bereiten, die Pasteten, die Kuchen, die er liebte.

Er wählte also das Herz und dann die Herzchirurgie. Man wunderte sich darüber, man dachte, er hätte sein Glück machen können, indem er Muttermale untersucht, Hyaluronsäure in Zornesfalten und Botox in Wangen spritzt, die schlaffen Bäuche mehrgebärender Frauen korrigiert, indem er Körper röntgt, in Schweizer Labors Impfstoffe entwickelt, in Israel und den USA Vorträge über Nosominale Infektionen hält, indem er ein erstklassiger Ernährungswissenschaftler wird. Oder dass er sich hätte Verdienste erwerben können, indem er für die Neurochirurgie, ja für die Leberchirurgie optiert, Spezialgebiete, die mit ihrer Komplexität, ihrem Einsatz von Spitzentechnologie trumpften. Stattdessen das Herz. Das gute alte Herz. Der Motor. Die Pumpe, die quietscht, die verstopft, die verrückt spielt. Ein Klempnerjob, sagt er gern: horchen, abklopfen, den Defekt ausfindig machen, kaputte Teile austauschen, die Maschine reparieren, das ist mein Ding – kokett tänzelt er in diesem Augenblick von einem Bein aufs andere und spielt das Prestige des Fachs herunter, während doch all das seinem Größenwahn schmeichelt.

Virgilio hat sich nun aber für das Herz entschieden, um ganz oben zu sein, er setzte darauf, dass die hoheitliche Aura des Organs auf ihn abfärben würde, wie sie auf die Herzchirurgen abfärbt, die in den Fluren des Universitätsklinikums die Nase hoch tragen, Klempner und Halbgötter. Denn das Herz geht über das Herz hinaus, das hat er verstanden. Auch vom Thron gestürzt – der arbeitende Muskel genügt nicht mehr, um die Lebenden von den Toten zu trennen –, ist es für ihn das zentrale Organ des Körpers, der Ort, wo das Leben sich in entscheidender, maßgeblicher Weise manifestiert, und seine symbolische Bedeutung ist in seinen Augen ungebrochen. Mehr noch, Virgilio sieht das Herz, diesen Hochleistungsmechanismus und gleichzeitig mächtigen Operator des Imaginären, als den Dreh- und Angelpunkt der Vorstellungen, die der Beziehung des Menschen zu seinem Körper, zur Schöpfung, zu den Göttern zu Grunde liegen, und der junge Chirurg begeistert sich für die Rolle, die das Herz in der Sprache spielt, wo es immer wieder an der magischen Schnittstelle zwischen wörtlicher und übertragener Bedeutung, zwischen Muskel und Affekt auftritt, er ergötzt sich an Metaphern und Figuren, in denen es für das Leben selbst steht, und wiederholt bei jeder Gelegenheit, das Herz sei als Erstes entstanden und werde als Letztes verschwinden. Eines Nachts in La Pitié, als er mit anderen in der Kantine der Assistenzärzte am Tisch saß, vor der Wand mit dem großen Fresko – ein spektakuläres Gewirr von Sex- und Operationsszenen, eine Art Horrorsexorgie, lustig und morbid, wo zwischen Ärschen, Brüsten und Riesenschwänzen auch ein paar Bonzengesichter auftauchten, darunter ein oder zwei Harfangs, meist in obszönen Positionen porträtiert, in Hündchen- oder Missionarsstellung, Skalpell in der Hand –, gab er die Geschichte vom Tod der Jeanne d'Arc zum Besten, theatralisch in dem Moment, seine Augen funkelten wie Obsidiankugeln, und er erzählte langsam, wie die Gefangene auf einem Karren von ihrem Gefängnis zur Place du Vieux-Marché gebracht wird, wo man zusammengeströmt ist, um sie zu sehen, er beschrieb die schmale Gestalt im langen Hemd, das man mit Schwefel präpariert hat, damit sie schneller verbrennt, den zu hohen Scheiterhaufen, den Henker Thérage, der hinaufsteigt, um sie an den Pfahl zu fesseln – Virgilio, von der Aufmerksamkeit der Zuhörer elektrisiert, mimte die Szene, zog in der Luft den Strick fest –, bevor der erfahrene Mann die Reisigbündel anzündet, den Arm, der die Fackel auf die Kohlen und das ölgetränkte Holz senkt, den Rauch, der aufsteigt, die Schreie, Jeannes Rufe, bevor sie erstickt, dann die lodernde Feuersäule und endlich das Herz, das man, als der Körper verbrannt ist, rot und intakt unter der Asche findet, so dass man das Feuer noch einmal entfachen muss, um es zu vernichten.

Als Ausnahmestudent, als überragender Assistenzarzt ist Virgilio eine Herausforderung für die Krankenhaushierarchie und findet nur schwer Anschluss an die Gruppen, die eine gemeinsame Bestimmung verbindet, er bekennt sich mit gleicher Radikalität zu einem orthodoxen Anarchismus und einem Hass auf die »Familien«, inzestuösen Kasten und biologischen Allianzen – trotzdem ist er wie viele andere von all den Harfangs fasziniert, von diesen Erben angezogen, von ihrer Herrschaft, ihrer Gesundheit, ihrer großen Zahl gefesselt, neugierig auf ihre Anwesen, ihren Geschmack und ihre Sprache, ihren Humor und ihren Tennisplatz, und er ist ganz scharf darauf, von ihnen empfangen zu werden, ihre Kultiviertheit zu teilen, ihren Wein zu trinken, ihrer Mutter Komplimente zu machen, mit ihren Schwestern zu schlafen – ein rohes Verschlingen –, er intrigiert wie ein Besessener, um dahin zu kommen, konzentriert wie ein Schlangenbeschwörer, und hasst sich dann, wenn er in ihren Laken aufwacht, wird plötzlich grob, reichlich unverschämt, ein ungehobelter Geselle, der die Chivas-Flasche unters Bett rollen lässt, das Limoges-Porzellan zerschlägt und die Chintzvorhänge zerfetzt, und am Schluss läuft er jedes Mal hilflos davon.

Sein Eintritt in die herzchirurgische Abteilung von La Pitié-Salpêtrière erhöht seine Erregbarkeit noch. Im Bewusstsein seines Werts erhebt er sich von vornherein über die Rivalitäten, ignoriert unterwürfige Kronprinzen und Kronprinzessinnen und bemüht sich, an Harfang heranzukommen, ihm nahe zu sein, um ihn denken, zweifeln, zittern zu hören, um sekundengenau den Augenblick seiner Entscheidung mitzubekommen und ihn im Eifer des Gefechts zu erleben, er weiß, dass er nun bei ihm lernen wird, was er nirgendwo sonst lernen kann.

Virgilio schaut sich auf dem Display seines Telefoninos die Aufstellung der italienischen Auswahl an, überzeugt sich davon, dass Balotelli spielt, auch Motta, yes, das ist gut, und Pirlo, und wir haben Buffon, dann gehen zwischen ihm und zwei anderen Ärzten, die sich an diesem Abend vor einen riesigen Plasmabildschirm setzen und auf sein

Wohl trinken werden, Prognosen und Beschimpfungen hin und her, Franzosen, die das italienische Defensivverhalten hassen und eine physisch schlecht vorbereitete Mannschaft unterstützen. Der Wagen jagt die Seine entlang, die glatt und eben daliegt wie eine Startbahn, und je näher er dem Klinikeingang gegenüber der Metrostation Chevaleret kommt, desto mehr bemüht sich Virgilio, sein Fieber und seine Aufregung zu bezähmen. Bald lächelt er nur noch und antwortet nicht mehr auf die Nachrichten der beiden anderen, gibt es auf, sie übertrumpfen zu wollen. Roses Gesicht tritt ihm wieder vor Augen, er ist im Begriff, ihr eine galante SMS zu schreiben – so etwas wie: Die Kurve deiner Augen umrundet mein Herz –, besinnt sich aber anders, dieses Mädchen ist durchgeknallt, durchgeknallt und gefährlich, und nichts soll heute Abend seine Konzentration, seine Leistungsfähigkeit beeinträchtigen, den Erfolg seiner Arbeit gefährden.

Ab zweiundzwanzig Uhr treffen nacheinander die Entnahmeteams ein. Das aus Rouen kommt im Auto, da die dortige Uniklinik nur eine Stunde vom Klinikum Le Havre entfernt ist, die aus Lyon, Straßburg und Paris nehmen das Flugzeug.

Die Teams haben ihren Transport organisiert, eine Fluggesellschaft angerufen, die den Auftrag an diesem Sonntag übernehmen kann, sich versichert, dass der kleine Flughafen von Octeville-sur-Mer die ganze Nacht über geöffnet ist, und alle logistischen Details geklärt. In La Pitié wartet Virgilio ungeduldig neben der Krankenschwester, die nach allen Seiten irgendetwas ruft, und nimmt das Mädchen im weißen Mantel nicht sofort wahr, das ebenfalls da steht, schweigend, und sich von der Wand löst, als ihre Blicke sich treffen, um auf ihn zuzugehen, Guten Tag, Alice Harfang, ich bin die neue Assistentin im OP, ich bin mit Ihnen bei der Entnahme. Virgilio mustert sie: ihr wächst kein weißer Wirbel über der Stirn, aber sie ist eine von denen, und zwar eine hässliche, alterslos, gelbe Augen, Adlernase, eine höhere Tochter. Seine Laune verdüstert sich. Vor allem der schöne weiße Mantel mit Pelzkragen missfällt ihm. Nicht gerade der passende Aufzug, um im Krankenhaus rumzuturnen. Das ist die Sorte Frau, die als Touristin aufkreuzt und glaubt, das Geld wächst auf den Bäumen, denkt er verärgert. Okay, Sie haben keine Flugangst?, fragt er sie schroff und wendet sich ab, während sie antwortet, nein, keineswegs, die Schwester reicht ihm den gerade ausgedruckten Transportschein, gehen Sie, das Flugzeug steht auf dem Rollfeld, Abflug ist in vierzig Minuten. Virgilio nimmt seine Tasche und begibt sich zum Ausgang ohne einen Blick für Alice, die ihm folgt, dann der Lift, das Taxi, die großen Verkehrsachsen und der Flughafen von Le Bourget, wo sie jetlaggeplagten Geschäftsleuten in langen Kaschmirmänteln begegnen, die luxuriöse Umhängetaschen an sich pressen, und bald sieht man die beiden in eine Beechcraft 200 klettern und ihre Gurte anlegen, ohne dass sie auch nur ein Wort gewechselt haben.

Das Wetter ist günstig, wenig Wind und kein Schnee, noch nicht. Der Pilot, gute dreißig, perfekt aufgereihte Zähne, kündigt gute Flugbedingungen an und eine geschätzte Flugzeit von fünfundvierzig Minuten, dann verschwindet er im Cockpit. Virgilio vertieft sich, kaum dass er Platz genommen hat, in eine Finanzzeitschrift, die auf dem Sitz liegengeblieben ist, Alice dreht sich zum Fenster und schaut auf Paris hinunter, das zu einem glitzernden Raster wird, je höher das kleine Flugzeug steigt – das Oval, der Fluss und die Inseln, die Plätze und die großen Straßenzüge, die hellen Zonen der Viertel mit Schaufenstern, die finsteren Zonen der Wohnsiedlungen, die Wälder, alles zunehmend dunkel, wenn der Blick von der Mitte zu den Stadtgrenzen und über den Lichtring des Boulevard Péripherique hinausschweift; sie verfolgt die winzigen roten und gelben Punkte, die auf unsichtbaren Linien gleiten, stumme Betriebsamkeit der Erdkruste. Darauf stößt die Beechcraft durch eine Wolkenschicht und erreicht die Himmelsnacht, und nun, derart vom Boden losgelöst, aus jedem gesellschaftlichen Kataster herausgerissen, sieht Virgilio seine Begleiterin wahrscheinlich mit anderen Augen – vielleicht fängt er an, sie weniger abstoßend zu finden –: Ist das deine erste Organentnahme?, fragt er. Das Mädchen schrickt zusammen, wendet sich vom Fenster ab und schaut ihn an: Ja, die erste Entnahme und die erste Transplantation. Virgilio schlägt seine Zeitschrift zu und warnt sie: Der erste Teil der Nacht könnte eindrucksvoll werden, es ist eine Multiorganentnahme, der Junge ist neunzehn, es kann passieren, dass man ihm alles entnimmt, die Organe, die Gefäße, das Gewebe, ratsch, alles raus – seine Hand öffnet und schließt sich blitzschnell zu einer zupackenden Faust. Alice sieht ihn an – ihr rätselhafter Gesichtsausdruck könnte bedeuten »Ich habe Angst« ebenso wie »Ich bin eine Harfang, hast du das schon vergessen?« – dann richtet sie sich auf, befestigt wieder ihren Gurt, und der verunsicherte Virgilio tut dasselbe: Der Landeanflug auf Octeville hat begonnen.

Der kleine Flughafen ist extra für sie geöffnet worden, Lichter markieren die Piste, die Spitze des Towers ist erleuchtet, die Maschine landet unter krampfartigen Erschütterungen, die Kabinentür geht auf, die Treppe wird ausgeklappt, Alice und Virgilio steigen aus, und von diesem Moment an trägt ein und dieselbe Bewegung sie, als befänden sie sich auf einem Laufband, ein ununterbrochenes, magisches Gleiten durch ein gottverlassenes Exterieur – das asphaltierte Flughafengelände, wo man das Meer hört –, in ein bewegliches und gemütliches Interieur – das Taxi –, in ein eisiges Exterieur – den Klinikparklatz –, in ein Interieur, dessen Codes sie kennen – die Chirurgie.

Thomas Rémige erwartet sie wie der Hausherr auf seinen Besitztümern. Handschlag, Espresso, man stellt sich vor, Verbindungen entstehen, und stets verbreitet der Name Harfang seine Aura. Er zählt, wie viele sich hier versammeln: Jedes Team besteht aus einem Tandem von Oberarzt und Assistenzarzt, dazu kommen der Anästhesist, die Narkoseschwester, die Operationsschwester, die Pflegekraft und er selbst, dreizehn Personen also, das wird ganz schön voll im Operationssaal, der uneinnehmbaren Zitadelle, der Geheimzone, die nur mit Zugangscode betreten werden kann, verdammte Übervölkerung da drin, denkt Thomas.

Der OP ist bereit. Das weiße Licht der Operationsleuchte fällt senkrecht und ohne Schlagschatten auf den OP-Tisch, die zu einem Rund gebündelten Spots richten sich auf Simon Limbres' Körper, den man auf seinem Bett hereingefahren hat und der immer noch genauso lebendig wirkt – es rührt einen, ihn so zu sehen. Er liegt in der Mitte des Raums – er ist das Herz der Welt. Der engste Bereich um ihn herum ist die Sterilzone, die kein an der Operation Unbeteiligter betreten darf: nichts soll berührt, beschmutzt, infiziert werden, die Organe, die man hier entnehmen wird, sind heilig.

In einer Ecke des Raums fürchtet sich Cordélia Owl. Sie hat sich umgezogen, hat ihr Handy in einem Schließfach der Garderobe gelassen, und von ihm getrennt zu sein, nicht mehr den Druck des schwarzen Gehäuses an ihrer Hüfte zu spüren, sein heimtückisches, parasitäres Vibrieren, das versetzt sie in eine andere Wirklichkeit, ja, hier passiert es, denkt sie und blickt zu dem, der da vor ihr liegt, hier bin ich. Sie ist im OP ausgebildet worden, sie kennt sich da aus, hat aber bisher nur erlebt, dass man sich intensiv bemühte, Patienten zu retten, am Leben zu erhalten, und es fällt ihr schwer, sich die kommende Operation vorzustellen, denn der junge Mann ist doch schon tot, nicht wahr, und der Eingriff hat nicht den Zweck, ihn zu heilen, sondern andere. Sie hat die Gerätschaften bereitgestellt, die Instrumente zurechtgelegt, und jetzt rekapituliert sie leise die Reihenfolge der Präparation der Organe, murmelt hinter ihrer Maske: 1. Nieren, 2. Leber, 3. Lunge, 4. Herz; dann sagt sie sich umgekehrt den Ablauf der Explantation auf, der abhängig ist von der Ischämiezeit, die das Organ toleriert – anders gesagt seiner Überlebensdauer, wenn die Durchblutung unterbrochen ist –: 1. Herz, 2. Lunge, 3. Leber, 4. Nieren.

Der Körper wird nackt auf den Rücken gelagert, die Arme abgespreizt, damit Brust und Bauch freiliegen. Er wird vorbereitet, rasiert, desinfiziert. Anschließend mit sterilen Tüchern abgedeckt, die nur ein Fenster aussparen, den Bereich von Thorax und Abdomen.

Es geht los. Wir fangen an. Das erste Team, das den OP betreten hat, die Urologen also, macht sich an die Arbeit – sie sind es, die den Körper öffnen und die ihn am Schluss wieder verschließen. Die zwei Männer bilden ein ungleiches Paar, Laurel und Hardy, der lange Dünne ist der Chirurg, der kleine Dicke der Assistent. Der lange Dünne beugt sich als Erster über das Operationsfeld und schneidet die Bauchhöhle auf – eine Laparotomie quer über den Bauch, von Rippenrand zu Rippenrand. Der Körper ist nun in der Höhe des Zwerchfells in zwei unterschiedliche Bereiche geteilt: den Abdominalbereich mit Leber und Nieren und den Thoraxbereich mit Lunge und Herz. An den Schnitt werden Wundspreizer gesetzt und von Hand gespannt, um die Öffnung auszuweiten – offensichtlich ist hier neben hochspezialisiertem Können auch Muskelkraft gefordert, und man ahnt plötzlich die handwerkliche Dimension der Operation, die physische Konfrontation mit der Realität, die an diesem Ort verlangt wird. Unter den Lampen zeigt sich vom einsickernden Blut getrübt das Körperinnere.

Die Ärzte präparieren nach und nach ihr Transplantat. Rasch und genau löst die Klinge die Organe von den Bändern, den Ligamenten, schält sie aus ihren verschiedenen Hüllen – aber noch ist nichts durchtrennt. Die Urologen an beiden Seiten des Operationstischs reden während dieser Phase miteinander, sie gibt dem Chirurgen Gelegenheit, sein Wissen an den Assistenten weiterzugeben, über die Nieren gebeugt, erklärt er seine Handgriffe und erläutert seine Technik, der Lernende nickt und stellt manchmal Fragen.

Eine Stunde später kommt das Team aus dem Elsass herein, zwei Frauen gleicher Größe und gleicher Körperfülle; die Chirurgin, einer der aufsteigenden Sterne im verhältnismäßig erlesenen Kreis der Leberchirurgie, verzichtet auf jede Äußerung, blickt unbewegt durch ihre kleine Metallbrille und arbeitet mit geradezu kämpferischer Entschlossenheit an ihrer Leber, vollkommen vertieft in eine Tätigkeit, die sich in der Ausführung, in der Praxis selbst zu erfüllen scheint, und ihre Teamkollegin lässt ihre unerhört geschickten Hände nicht aus den Augen.

Weitere fünfunddreißig Minuten vergehen, dann betreten die Thoraxchirurgen den OP. Nun kommt Virgilio zum Zug, er ist dran, es ist seine Stunde. Er warnt die Elsässerinnen, bevor er zu schneiden beginnt, anschließend durchsägt er der Länge nach das Sternum. Im Gegensatz zu den anderen beugt er sich nicht vor, sondern sein Rücken bleibt gerade, er neigt nur den Kopf und streckt die Arme aus – so hält er Abstand zum Körper. Der Brustkorb ist geöffnet, und jetzt sieht Virgilio das Herz, sein Herz, er macht sich ein Bild von der Größe, den Kammern, den Vorhöfen, beobachtet seine schöne Kontraktionsbewegung, und Alice merkt, dass ihm das Organ gefällt. Das Herz ist hervorragend.

Er geht mit verblüffender Geschwindigkeit vor, Arme eines Catchers und Finger einer Spitzenklöpplerin, er mobilisiert die Aorta, dann nacheinander die beiden Hohlvenen: er legt den Muskel frei. Alice, die ihm gegenüber auf der anderen Seite des Operationstischs steht, staunt über das, was sie sieht, über das Kommen und Gehen um diesen Körper, über all das, was mit ihm angestellt wird; sie beobachtet Virgilios Gesicht und fragt sich, was es für ihn bedeutet, einen Eingriff an einem Toten vorzunehmen, was er empfindet und woran er denkt, plötzlich schwankt der Raum um sie, als existierte die Trennung zwischen Lebenden und Toten hier nicht mehr.

Nach der Präparation wird kanüliert. Die Gefäße werden mit einer Nadel punktiert und kleine Katheter eingeführt, durch die Flüssigkeit zur Kühlung der Organe fließt. Der Anästhesist überwacht am Monitor den hämodynamischen Zustand des Spenders, er ist vollkommen stabil, während Cordélia die Ärzte mit den benötigten Instrumenten versorgt, wobei sie, wenn sie etwas in die plastikbehandschuhte offene Hand legt, die sich ihr entgegenstreckt, stets darauf achtet, den Namen des Tupfers, die Bezeichnung der Zange oder des Messers zu wiederholen, und je öfter sie etwas überreicht, desto fester wird ihre Stimme, desto mehr hat sie das Gefühl, sich ihren Platz zu erobern. Jetzt ist die Kanülierung fertig, man kann die Aorta abklemmen – und jeder der anwesenden Ärzte konzentriert sich auf das, was er entnehmen will, auf das Organ, das für ihn bestimmt ist.

Können wir abklemmen? Virgilios Stimme, von der Maske gedämpft, aber dennoch laut, lässt Thomas zusammenzucken. Nein, warten Sie! Er hat geschrien. Die Blicke wenden sich zu ihm um, die Hände verharren am angewinkelten Arm über dem Körper, man unterbricht den Eingriff, um den Koordinator durchzulassen, der an den OP-Tisch herantritt und sich zu Simon Limbres' Ohr hinunterbeugt. Was er dann mit seiner menschlichsten Stimme murmelt, obwohl er weiß, dass seine Worte in einer letalen Leere versickern, ist die versprochene Litanei, die Namen derer, die Simon das Geleit geben; Sean und Marianne seien bei ihm, flüstert er, Lou und Mamé, und auch Juliette begleite ihn, sagt er – Juliette, die jetzt Bescheid weiß, ein Anruf von Sean gegen zweiundzwanzig Uhr, nachdem sie auf Mariannes Telefon immer nervösere Nachrichten hinterlassen hat, ein unverständlicher Anruf, denn Simons Vater war der Sprache nicht mehr mächtig, er brachte keinen Satz heraus, nur Geröchel, abgehackte Silben, Gestotter, erstickte Laute, bis Juliette begriff, dass es gar nichts zu verstehen gab, dass es keine Worte gab, dass es das war, was sie verstehen musste, und sie antwortete tonlos, ich komme, und machte sich zu Fuß auf durch die Nacht, zur Wohnung der Limbres, ohne Mantel, ohne Schal, ohne nichts, rannte den Berg hinunter, eine Elfe in Turnschuhen, die Schlüssel in einer Hand, das Telefon in der andern, die klirrende Kälte nahm sie in die Zange, sie stolperte abwärts, eine kaputte Gliederpuppe, die mehrmals beinahe stürzte, so unkoordiniert waren ihre Schritte, sie atmete mühsam, überhaupt nicht so, wie Simon es ihr beigebracht hatte, ganz unregelmäßig, sie vergaß das Ausatmen, und die Schienbeine taten ihr weh, die Fersen schmerzten, sie hatte einen Druck auf den Ohren wie im Flugzeug bei der Landung und bohrende Seitenstiche, sie krümmte sich, lief aber weiter auf dem viel zu schmalen Gehweg, schürfte sich an der hohen Steinmauer in der Kurve den Ellbogen auf, sie rannte genau die Straße hinunter, die Simon vor fünf Monaten zu ihr hinaufgefahren war, dieselbe Kurve in umgekehrter Richtung, an jenem Tag der *Ballade der Gehenkten* und dem roten Liebessegel, das sie davongetragen hatte, an jenem Tag, dem ersten Tag, sie hetzte atemlos weiter, die Autos, die ihr entgegenkamen und sie mit den weißen Lichtkegeln ihrer Scheinwerfer erfassten, bremsten ab, und die verdutzten Fahrer beobachteten sie noch lange im Rückspiegel, ein Mädchen im T-Shirt auf der Straße, um diese Zeit, bei dieser Kälte, und was für einen panischen Gesichtsausdruck sie hatte!, dann konnte sie das Fenster des Wohnzimmers sehen, es war dunkel, und sie lief noch schneller, betrat die Wohnanlage, durchquerte eine akkurate Grünfläche mit Beeten und Hecken, die auf sie wie ein feindlicher Dschungel wirkte, nahm die paar Stufen zum Eingang, wo sie hinschlug, denn der in der Kälte erstarrte Blätterteppich bildete eine Rutschbahn, sie hatte Kratzer im Gesicht, Dreck an der Schläfe und am Kinn, dann das Treppenhaus, die drei Stockwerke, und als sie vor der Tür stand, entstellt wie die anderen, unkenntlich, öffnete Sean, noch bevor sie geläutet hatte, und nahm sie in den Arm, drückte sie an sich, während hinter ihm im Dunkeln Marianne im Mantel neben der schlafenden Lou rauchte –, und dann holt Thomas die Hörer aus seiner Tasche, die er sterilisiert hat, und steckt sie Simon in die Ohren, schaltet den MP3-Player an, Track 7, und die letzte Welle formt sich am Horizont, vor der Steilküste, sie wächst, bis sie den ganzen Himmel einnimmt, sie formt und verformt sich, zeigt in ihrer Verwandlung das Chaos der Materie und die Perfektion der Spirale, wühlt den Grund des Ozeans auf, rührt die Sedimentschichten durch und pflügt die Alluvialböden um, sie bringt Fossilien zum Vorschein und dreht Bojen um, transportiert Wirbellose aus den Tiefen der Zeit, hundertfünfzig Millionen Jahre alte Ammoniten und Bierflaschen, Flugzeugrümpfe und Faustfeuerwaffen, gebleichte Knochen, der Meeresgrund ist so faszinierend wie eine riesige Müllhalde und ein hochempfindlicher Film, reine Biologie, sie hebt die Haut der Erde hoch, dreht das Gedächtnis um, regeneriert den Boden, auf dem Simon Limbres lebte – die sanfte Düne, in deren Mulde er mit Juliette eine Schachtel Pommes mit Senf teilte, den Kiefernwald, in dem sie sich während der Regenböen unterstellten, und den Bambus gleich dahinter, vierzig Meter hohe Stangen von asiatischer Anmutung, an jenem Tag durchlöcherten die warmen Tropfen den grauen Sand, und herbe und salzige Gerüche mischten sich, Juliettes Lippen waren diesmal grapefruitrosa –, schließlich explodiert die Welle und zerstiebt, die Spritzer fliegen, es ist ein Aufruhr und ein Glitzern, während um den OP-Tisch herum das Schweigen zäher wird, man wartet, Blicke gehen über dem Körper hin und her, Zehen wippen, Finger warten, aber jeder akzeptiert, dass man einen Moment innehält, bevor Simon Limbres' Herz angehalten wird. Als der Track zu Ende ist, entfernt Thomas die Kopfhörer und kehrt auf seinen Platz zurück. Noch einmal: Können wir abklemmen?

»Abklemmen!«

Das Herz schlägt nicht mehr. Aus dem Körper wird langsam das Blut abgepumpt und durch eine eiskalte Flüssigkeit ersetzt, die von innen die Organe durchspült, während sie gleichzeitig von außen mit Eis gekühlt werden – und wahrscheinlich wirft Virgilio in diesem Augenblick einen Blick zu Alice Harfang, um zu sehen, ob sie in Ohnmacht fällt, denn das aus dem Körper laufende Blut wird in einer Wanne aufgefangen, und da das Plastikmaterial den Schall verstärkt wie ein Resonanzkörper, ist dieses Geräusch noch beeindruckender als der Anblick; doch nein, das Mädchen steht vollkommen stoisch da, wenn auch mit Schweißperlen auf der bleichen Stirn, so dass er sich wieder an die Arbeit macht, der Countdown läuft.

Der Thorax wird nun wieder zum Ort ritueller Auseinandersetzung, wo Kardio- und Pneumochirurgen um ein längeres Stück von diesem Venenstummel oder ein paar zusätzliche Millimeter von jener Lungenarterie kämpfen – Virgilio, freundschaftlich, aber angespannt, streitet sich mit seinem Gegenüber, lass mir doch bitte auch noch etwas Spielraum, ein oder zwei Zentimeter, ist das zu viel verlangt?

Thomas Rémige hat sich aus dem OP zurückgezogen, um mit den verschiedenen Kliniken, in denen die Transplantationen stattfinden werden, zu telefonieren und ihnen den Zeitpunkt des Abklemmens der Aorta mitzuteilen – dreiundzwanzig Uhr fünfzig –, eine Information, die den Zeitplan der kommenden Operation bestimmt – Vorbereitung des Empfängers, Ankunft des Transplantats, Transplantation. Als er zurückkommt, erfolgt in absolutem Schweigen die erste Entnahme. Virgilio explantiert das Herz: die beiden Hohlvenen, die vier Pulmonalvenen, die Aorta und die Lungenarterie werden durchtrennt – tadellose Schnitte. Das Herz wird aus Simon Limbres' Körper entfernt. Man kann es richtig betrachten, das ist verrückt, einen kurzen Moment kann man seine Masse und sein Volumen erfassen, kann versuchen, seine symmetrische Form, seine doppelte Ausbuchtung, seine schöne karmin- oder zinnoberrote Farbe zu erkennen, kann darin das universelle Piktogramm der Liebe sehen, das Emblem der Spielkarte, das T-Shirt-Logo – I♥NY –, das Flachrelief auf den königlichen Grabmälern und Reliquiaren, das Symbol des

Scharlatans Eros, das heiligste Herz Jesu, wie Andachts-
bilder es zeigen – von einer Hand hochgehoben und der
Welt präsentiert, von Blutstränen überströmt, aber von
strahlendem Licht umflutet – oder ein Smiley, das für die
unendliche Vielfalt der Emotionen steht. Virgilio nimmt
das Herz und legt es sofort in einen Behälter mit durchsichtiger Flüssigkeit, eine kardioplegische Lösung, die eine
Temperatur von 4° C hat – um das Organ zu konservieren,
muss es rasch gekühlt werden –, der Behälter wird durch
einen sterilen Sicherheitsbeutel und dann noch durch einen zweiten Beutel geschützt, dann kommt das Ganze mit
zerstoßenem Eis in eine Isolierbox auf Rädern.

Als die Box versiegelt ist, grüßt Virgilio in die Runde,
aber keiner von denen, die Simon Limbres' Körper um-
ringen, hebt den Kopf, niemand rührt sich, außer dem
über die Lunge gebeugten Thoraxchirurgen, der mit lauter Stimme antwortet, du hast mir ja nicht viel Platz übrig
gelassen, Drecksack, und ein meckerndes Lachen von sich
gibt, während das Ass aus Straßburg sich anschickt, die
empfindliche Leber herauszulösen, und sich konzentriert
wie die Turnerin vor dem Schwebebalken – beinahe erwartet man, dass sie in eine Schale mit Magnesia fasst und
sich die Hände einreibt –, und die Urologen warten, bis sie
die Nieren entnehmen können.

Alice bleibt zurück. Sie beobachtet die Szene, mustert einen
nach dem andern die um den Operationstisch Versam-
melten und den leblosen Körper, der in der Mitte prangt –
für einen Moment erscheint Rembrandts *Anatomie des
Dr. Tulp* vor ihrem geistigen Auge, sie erinnert sich, dass
ihr Vater, ein Onkologe mit langen krallenartig gebogenen
Nägeln, eine Reproduktion davon im Eingangsbereich der
elterlichen Wohnung aufgehängt hatte und oft, mit dem

Finger darauf tippend, rief: Das hier, das ist der Mensch!,
aber sie war ein nachdenkliches Kind und sah darin lieber
ein Konzil von Hexenmeistern als die Ärzte, die ihre Pa-
rentel bevölkerten, immer wieder stand sie vor den seltsamen, kunstvoll um den Leichnam angeordneten Figuren,
den tiefschwarzen Roben, den tadellosen Halskrausen, auf
denen ihre gelehrten Köpfe ruhten, dem Luxus der Falten,
kostbar wie Origami-Waffeltörtchen, den Spitzenbesätzen
und den zarten Spitzbärten, dem totenblassen Körper in
der Mitte mit dem geheimnisvollen Gesicht und dem se-
zierten Arm, durch den man die Knochen und Sehnen sah,
das Fleisch, in das der Mann mit dem schwarzen Hut seine
Klinge senkte, und dabei lauschte sie mehr, als dass sie das
Bild bewunderte, fasziniert von dem Austausch, der darauf
zutage trat, und schließlich lernte sie, dass es lange als ein
Angriff auf die Heiligkeit des menschlichen Körpers, die
Schöpfung Gottes, galt, das Peritoneum zu durchstechen,
sie begriff, dass jede Form der Erkenntnis immer auch
Überschreitung beinhaltet, und entschied sich, »Medizin
zu machen«, wenn sie denn etwas entschied, immerhin
war sie die älteste von vier Töchtern, diejenige, die ihr Vater am schulfreien Mittwoch ins Krankenhaus mitnahm,
die, der er zum sechzehnten Geburtstag ein professionelles
Stethoskop schenkte und ins Ohr flüsterte: Die Harfangs
sind Idioten, kleine Harfanguette, du wirst sie alle in die
Tasche stecken.

Alice geht langsam rückwärts, und alles, was sie sieht,
erstarrt und erstrahlt wie in einem Diorama. Plötzlich
ist es nicht mehr absolute Materie, was sie in dem hin-
gestreckten Körper wahrnimmt, Material, das man ver-
wenden kann und unter sich aufteilt, es ist nicht mehr ein
stehengebliebener Mechanismus, den man auseinander-
nimmt, um die guten Teile aufzubewahren, sondern eine

Substanz von unerhörter Potentialität: ein menschlicher Körper, sein Vermögen und sein Ende, sein menschliches Ende – und mehr als jeder Blutstrahl, der sich in eine Plastikwanne ergießt, wäre diese Empfindung ein Grund umzukippen. Virgilios Stimme, bereits weit hinter ihr, kommst du? Was treibst du denn? Beeil dich! Sie dreht sich um und läuft ihm nach in den Flur.

Ein Spezialtransportdienst bringt sie zum Flughafen. Während sie dahinrasen, folgen ihre Augen der Bewegung der Ziffern auf der Zeitanzeige des Armaturenbretts, dem Tanz der sinkenden und wieder aufsteigenden Leuchtzeiger ihrer Armbanduhr, dem Kommen und Gehen der Zahlen auf dem Display ihres Telefons. Ein Anruf, Virgilios Handy leuchtet auf. Harfang. Wie ist es?

»Einwandfrei.«

Sie fahren nördlich um die Stadt herum Richtung Fontaine-la-Mallet, an zugleich kompakten und unbestimmten Formen entlang, Stadtrandgebiet, Wohnblocks auf dem Acker, Neubausiedlungen, die sich um eine Asphaltschleife drapieren, sie kommen durch einen Wald, immer noch kein Stern, kein Blinken eines Flugzeugs oder einer fliegenden Untertasse, nichts, der Fahrer rast mit deutlich überhöhter Geschwindigkeit über die Landstraße, er ist erfahren und an Einsätze dieser Art gewöhnt, er schaut stur geradeaus, die Unterarme reglos und angespannt, und flüstert in das winzige Mikro seines topmodischen Headsets, ich komme, schlaf nicht ein, ich komme. Die Box ist hinten im Kofferraum verstaut, und Alice sieht die verschiedenen hermetisch dichten Hüllen vor sich, die Schutzschichten, die eine Kapsel um das Herz bilden, sie stellt sich vor, das Herz sei der Motor, der ihren Wagen im Raum vorwärtstreibt wie das Triebwerk einer Rakete. Sie dreht sich um und hebt eine Pobacke, um über die Rückenlehne schauen zu können, entziffert in der Dunkelheit den Aufkleber auf der Box und findet neben den für die Rückverfolgbarkeit des Transplantats notwendigen Informationen einen seltsamen Vermerk: Bestandteil oder Produkt des menschlichen Körpers zu therapeutischen Zwecken. Und direkt darüber die Cristal-Nummer des Spenders.

Virgilio lehnt den Kopf zurück, atmet aus, sein Blick bleibt an Alice' Profil hängen, ein Schattenriss vor der Scheibe, plötzlich verlegen durch ihre Gegenwart, besänftigt: Alles gut? Die Frage ist unerwartet – bisher so unangenehm, der Typ –, aus dem Radio die Stimme von Macy Gray, die in Endlosschleife *shake your booty boys and girls, there is beauty in the world* singt, und Alice muss auf einmal weinen – eine Emotion, die in ihr hochsteigt und sie erschauern lässt –, aber sie hält ihre Tränen zurück, beißt die Zähne aufeinander und wendet den Kopf ab: Ja, ja, perfekt. Er zieht zum x-ten Mal sein Telefon aus der Tasche, aber anstatt nach der Uhrzeit zu schauen, drückt er auf den Tasten herum, wird allmählich ärgerlich, es lädt nicht, murrt er, Mist, Mist. Alice, ermutigt, fragt, geht es nicht? Virgilio antwortet, ohne den Kopf zu heben, das Spiel, ich wollte wissen, wie es ausgegangen ist, da kommt es kühl vom Fahrer, der sich nicht umdreht, 1:0 für Italien. Virgilio stößt einen Schrei aus, ballt die Faust, reckt sie hoch und fragt dann sofort: Wer hat das Tor geschossen? Der Typ setzt den Blinker und bremst, eine beleuchtete Kreuzung vor ihnen verbreitet einen weißlichen Schein: Pirlo. Alice beobachtet erstaunt, wie Virgilio in aller Eile ein oder zwei Siegesnachrichten tippt und vor sich hin murmelt, gut, das ist gut, dann sieht er sie mit hochgezogener Augenbraue an, großartiger Spieler, dieser Pirlo!, er lacht über das ganze Gesicht, und schon ist da der Flughafen, das Rauschen des nahen Meeres unterhalb der Steilküste, und die Box, die man über das Rollfeld bis zur Gangway schiebt und in die Kabine hievt, diese Matrjoschka-Box, die den Beutel enthält, der den Sicherheitsbeutel aus durchsichtigem Plastik enthält, der den Spezialbehälter enthält, der Simon Limbres' Herz enthält, das nichts weniger enthält als das Leben selbst, eine Möglichkeit von Leben, und das sich fünf Minuten später in die Luft erhebt.

Marianne schläft nicht, wie man sich denken kann, kein Schlafmittel, gar nichts, der Schmerz betäubt sie, sie ist in einem Dämmerzustand, so hält sie durch. Um dreiundzwanzig Uhr fünfzig sieht man sie auf dem Sofa hochschrecken – kann es sein, dass dies der Augenblick war, in dem das Blut aufgehört hat, durch die Aorta zu strömen? Kann sie das gespürt haben? Trotz der Kilometer zwischen der Wohnung und der Klinik existiert eine nicht greifbare Nähe, die der Nacht eine fantastische, irgendwie unheimliche Tiefe verleiht, als verbänden magnetische Lineamente, die in eine Raum-Zeit-Verwerfung geraten, sie mit diesem unerreichbaren Ort, wo sich ihr Kind befindet, und errichteten eine Wach-Zone.

Polarnacht, der undurchdringliche Himmel reißt auf, die Wolkenschicht zerfasert wollig, der Große Bär erscheint. Simons Herz wandert jetzt, es ist unterwegs in der Luft, auf der Schiene, auf der Straße, verwahrt in jener Box, deren leicht körnige Oberfläche in den Lichtkegeln der Lampen glänzt, transportiert mit unerhörter Aufmerksamkeit, so wie man einst die Herzen der Fürsten, wie man ihre Eingeweide und ihr Skelett überführte, auch damals wurde der Leichnam zerlegt, um ihn zu verteilen, um ihn in der Basilika, der Kathedrale, der Abtei zu bestatten, damit er ein Recht auf seine Nachfolge, Gebete für sein Heil, eine Zukunft in seinem Andenken garantierte – man hörte den Hufschlag von den Feldwegen her, auf dem gestampften Lehmboden der Dörfer und dem Pflaster der Städte, das langsame und souveräne Getrappel, dann sah man die Flammen der Fackeln, die im Laubwerk, auf den Fassaden der Häuser, auf den gaffenden Gesichtern flüssige Schatten erzeugten, man drängte sich in den Türen, mit der Serviette um den Hals, man nahm den Hut ab und bekreuzigte sich schweigend, wenn der ungewöhnliche Tross vorüberzog, man bestaunte die Kutsche, die von sechs mit kostbaren Trauerschabracken geschmückten Pferden gezogen wurde, und die Eskorte der zwölf fackeltragenden Reiter, die langen schwarzen Mäntel und die Trauerflore, und manchmal auch Pagen und Diener zu Fuß mit weißen Wachskerzen in der Hand, manchmal auch Wachkompanien, und den tränenüberströmten Reiter, der das Ganze anführte, er geleitete das Herz bis zu seinem Grab, bis in die Krypta, in die Kapelle eines auserwählten Klosters oder des heimatlichen Schlosses, in eine in den schwarzen Marmor eingelassene und mit gedrehten Säulen geschmückte Nische, einen von einer Strahlenkrone überragten Schrein, reich verziert mit Wappen und Medaillons, versehen mit lateinischen Inschriften auf steinernen Spruchbändern, und oft versuchte man, durch den Schlitz der Vorhänge einen Blick ins Innere der Kutsche zu werfen, den offiziellen Überbringer zu erspähen, der das Herz denjenigen aushändigen sollte, die von nun an dafür verantwortlich sein und für ihn beten würden, meist ein Beichtvater, ein Freund, ein Bruder, doch in der Dunkelheit war nie etwas zu sehen, weder der Mann noch das Reliquiar auf seinem Kissen aus schwarzem Taft und schon gar nicht das darin befindliche Herz, *membrum principalissimum*, der König des Körpers, in der Mitte der Brust wie der König im Mittelpunkt seines Reichs, wie die Sonne im Zentrum des Kosmos, das in einen golddurchwirkten Schleier gehüllte Herz, dieses Herz, das man beweinte.

Simons Herz kam an einen anderen Ort, seine Nieren, seine Leber und seine Lunge gingen in andere Provinzen, sie waren auf dem Weg in andere Körper. Was wird bei dieser Aufsplitterung von der Einheit ihres Sohnes bleiben? Wie bringt man das Andenken an seine Einzigartigkeit mit diesem fragmentierten Körper zusammen? Was ist mit seiner Anwesenheit, seinem Widerschein auf Erden, seinem Geist? Diese Fragen stürzen auf sie ein, und dann ersteht Simons Gesicht vor ihren Augen, unversehrt und einmalig. Er ist unteilbar, er ist es. Sie empfindet eine tiefe Ruhe. Draußen brennt die Nacht wie eine Gipswüste.

In La Pitié kümmert man sich um Claire. Sie wird in ein Zimmer der herzchirurgischen Station geführt, das komplett gereinigt und desinfiziert worden ist, ein durchsichtiger Film überzieht die Oberflächen, der Geruch von Scheuermittel hängt in der Luft. Ein hohes Bett auf Rollen, ein Sessel mit blauem Kunstlederpolster, ein leerer Tisch und in einer Ecke die leicht geöffnete Tür der Dusche. Sie stellt ihre Tasche ab, setzt sich auf das Bett. Sie ist ganz in Schwarz gekleidet – der alte, an den Schultern geschlitzte Pulli – und hebt sich stark von der Umgebung ab, wirkt wie eine Skizze. Auf ihrem Handy beginnen die Nachrichten einzutrudeln, ihre Söhne, ihre Mutter, ihre Freundin, alle kommen, eilen herbei, aber kein Wort von dem Mann mit dem Digitalisstrauß, der sich gerade in einem Dorf im Golf von Siam zwischen streunenden Hunden und wilden Schweinen an einem Bambuszaun auf die Fersen gehockt hat.

Die eintretende Krankenschwester stemmt die Hände in die Hüften: Heute ist also die große Nacht! Sie trägt einen graumelierten Pagenschnitt und eine eckige Brille, leichte Couperose färbt ihre Wangen. Claire hebt achselzuckend die Handflächen zum Himmel und lächelt, ja, tonight everything is possible. Die Schwester reicht ihr flache, durchsichtige Hüllen, die unter der Deckenleuchte schimmern wie Gelatineblätter, sie beugt sich vor, ein Anhänger löst sich von ihrer Haut, ein kurzes Funkeln im Leeren – es ist ein silbernes Herz mit einem eingravierten Versprechen, heute mehr als gestern und viel weniger als morgen, ein kleiner Schmuck, wie er in Versandkatalogen angeboten wird, Claires Blick folgt fasziniert dem Schaukeln –, dann richtet die Schwester sich wieder auf und erklärt: Das ist die OP-Bekleidung, ziehen Sie das an, bevor Sie in den Operationssaal gehen, und Claire betrachtet die Hüllen mit einer Mischung aus Ungeduld und Widerstreben – das Gefühl, das sie schon seit einem Jahr beherrscht, und der andere Name des Wartens. Sie gibt sich gelassen, man wird doch warten, bis das Herz kommt, oder?, erwidert sie. Die Frau schüttelt den Kopf und schaut auf die Uhr, nein, spätestens in zwei Stunden bringt man Sie in den OP, sobald Ihre Werte da sind, das Organ wird etwa um halb eins eintreffen, Sie müssen bereit sein, die Transplantation findet dann sofort statt. Sie geht.

Claire packt ihre Tasche aus, stellt die Toilettensachen ins Bad, hängt das Ladegerät ihres Telefons an den Strom; sie richtet sich häuslich ein. Ruft ihre Söhne an – sie laufen auf dem Asphalt, in den Gängen der Metro, sie hört ihre Schritte hallen, wir sind da, wir kommen, sie keuchen vor Aufregung. Sie wollen sie beruhigen, ihr beistehen. Sie täuschen sich, sie hat keine Angst vor der Operation. Das ist es nicht. Was sie umtreibt, ist der Gedanke an dieses neue Herz und dass jemand heute gestorben ist, damit all das stattfinden kann, und dass es sie überwältigen und verwandeln, umformen könnte – Geschichten von Transplantationen, Propfungen, Fauna und Flora.

Sie geht im Zimmer umher. Wenn es eine Spende ist, dann doch eine recht spezielle, denkt sie. Es gibt keinen Spender bei dieser Operation, niemand hatte die Absicht, etwas zu spenden, und es gibt auch keinen Spendenempfänger, denn sie ist gar nicht in der Lage, das Organ abzulehnen, sie muss es nehmen, wenn sie überleben will, also was ist es dann? Das Recycling eines Organs, das noch zu gebrauchen ist, das seinen Job als Pumpe weiter ausüben kann? Sie beginnt sich zu entkleiden, setzt sich aufs Bett, zieht ihre Boots aus, ihre Socken. Der Sinn dieses Transfers, der ihr durch einen unwahrscheinlichen Zufall zugutekommt – die unvorhersehbare Kompatibilität ihres Bluts und ihres genetischen Codes mit denen eines Menschen, der heute gestorben ist –, all das verschwimmt. Ihr missfällt diese Vorstellung von ungerechtfertigtem Privileg, von Lotterie, sie fühlt sich wie das Plüschtier, das eine Zange auf dem Jahrmarkt aus dem aufgehäuften Plunder hinter der Glasscheibe zieht. Vor allem ist die Sache nämlich die: sie wird nie danke sagen können. Das ist technisch unmöglich, danke, dieses strahlende Wort ginge ins Leere. Sie wird nie irgendeine Form von Dankbarkeit gegenüber dem Spender und seiner Familie ausdrücken oder gar ein passendes Gegengeschenk machen können, um die unendliche Schuld abzutragen, und der Gedanke beschleicht sie, dass sie für immer in der Falle sitzt. Der Boden unter ihren Füßen ist eiskalt, sie hat Angst, alles zieht sich um sie zusammen.

Sie geht ans Fenster. Gestalten hasten auf den Wegen des Klinikgeländes, Autos zirkulieren langsam zwischen jenen Gebäuden, die in der Nacht die anatomische Karte des menschlichen Körpers nachzeichnen, Organ für Organ, Pathologie für Pathologie, Kinder von Erwachsenen trennen, Mütter, Alte, Sterbende zusammenfassen. Sie würde gern ihre Söhne umarmen können, bevor sie diese Vlieskutte überzieht, die am Körper herabhängt, ohne ihn zu bedecken, und einem das Gefühl gibt, nackt im Luftzug zu stehen, ihre Augen bleiben trocken, aber die Ungeheuerlichkeit dessen, was sie gerade erlebt, kann sie nur schwer fassen, sie legt die Hand dorthin, zwischen ihre Brüste, lauscht auf den trotz der Medikamente stets ein wenig zu schnellen und auch stets ein wenig unvorhersehbaren Rhythmus, und spricht laut den Namen aus: Herz.

Die stundenlangen Vorgespräche mit den Ärzten, die ihre psychologische Eignung für die vorgeschlagene Transplantation beurteilen sollten – Fragen nach ihren Liebesbeziehungen, ihrer gesellschaftlichen Integration, ihrem Umgang mit der Müdigkeit und mit den Ängsten, ihrer Bereitschaft, die postoperative Behandlung durchzustehen, die lang und hart sein würde –, haben sie nicht darüber aufgeklärt, was nachher mit ihrem Herzen geschehen würde. Vielleicht gibt es irgendwo einen Schrottplatz für Organe, sagt sie sich, während sie ihren Schmuck und ihre Uhr ablegt, eine Art Deponie, und ihres wird mit anderen zusammen dort hingebracht, in großen Müllsäcken, die durch den Hinterausgang aus der Klinik getragen werden; sie stellt sich einen Container für organische Materie vor, wo es recycelt, in eine undefinierbare Masse verwandelt wird, wiederaufbereiteter Fleischkompost, von unendlich grausamen Atriden ihren mit großem Appetit zum Festmahl erschienenen Rivalen vorgesetzt, Klopse oder Hacksteak, in großen Näpfen angerichtetes Hundefutter, Köder für Bären und Meeressäuger – und vielleicht würden sich die Letzteren verwandeln, nachdem sie das Zeug gefressen haben, vielleicht würde sich ihre Schuppenhaut mit platinblonden Haaren wie ihren bedecken, vielleicht würden ihnen lange samtige Wimpern wachsen.

Es klopft, und jemand betritt das Zimmer, ohne eine Antwort abzuwarten, es ist Emmanuel Harfang. Er baut sich vor ihr auf, erklärt, das Herz wird um dreiundzwanzig Uhr entnommen, die Funktionsparameter des Organs sind tadellos, dann schweigt er, sieht sie an: Sie wollen mit mir sprechen. Sie setzt sich aufs Bett, nach vorne gebeugt, legt die Hände flach auf die Matratze, kreuzt die Beine, ihre Füße sind bezaubernd, ihre Nägel sind knallrot lackiert, sie leuchten in dem bleichen Zimmer wie, nun ja, Digitalisblüten, ich habe Fragen, Fragen in Bezug auf den Spender, Harfang schüttelt den Kopf, als dächte er, sie übertreibt, sie kennt die Antwort. Wir haben schon darüber gesprochen. Aber Claire besteht darauf, ihre blonden Haare kringeln sich auf den Wangen, ich möchte an ihn denken können. Beharrlich fügt sie hinzu: Woher kommt zum Beispiel das Herz, wenn es nicht aus Paris kommt? Harfang mustert sie, runzelt die Stirn, woher weiß sie das schon wieder?, räumt dann ein: Seine-Maritime. Claire schließt die Augen, fragt rasch weiter: Male or female? Harfang, ebenso rasch: Male; er wendet sich der Tür zu, sie hört ihn gehen, öffnet die Lider, warten Sie, sein Alter, please. Aber Harfang ist verschwunden.

Gleich darauf kommen ihre drei Söhne, sie sehen schlecht aus, der älteste, furchtbar ängstlich, lässt ihre Hand gar nicht mehr los, der zweite tigert im Zimmer herum und wiederholt ununterbrochen, alles geht gut, der jüngste hat ihr ein Päckchen Zuckerherzen mitgebracht. Harfang ist eine Koryphäe, der Beste in seinem Fach, siebzig Herztransplantationen im Jahr, und er hat das beste Team, du bist in guten Händen, sagt er zu ihr mit kleiner, zitternder Stimme. Sie nickt mechanisch, betrachtet sein Gesicht, ohne richtig zuzuhören, ich weiß, mach dir keine Sorgen. Schwieriger ist es mit ihrer Mutter, die ständig jammert, das Leben sei ungerecht, sie wolle an ihrer Stelle unters Messer – als wäre es natürlicher und vorstellbarer, dass sie stirbt oder zumindest als Erste ihr Leben riskiert –, Claire verliert die Geduld, ich werde ja nicht sterben, ich habe überhaupt nicht die Absicht zu sterben, die entnervten Jungen weisen ihre Großmutter zurecht, schweig jetzt, das bringt nur Verwirrung. Die Schwester, die wieder ins Zimmer gekommen ist, pocht auf das Zifferblatt ihrer Uhr und kürzt die Situation ab, es ist alles gut, Sie müssen sich bereitmachen. Claire küsst ihre Söhne, streichelt ihnen die Wange, flüstert jedem zu, bis morgen, mein Schatz.

Später ist sie nackt ins Bad gegangen und hat sich gründlich mit Betadine desinfiziert, hat ihren ganzen Körper mit der gelben Flüssigkeit benetzt und kräftig abgerieben. Als sie trocken war, hat sie die sterile Kutte übergezogen und wieder angefangen zu warten.

Gegen zweiundzwanzig Uhr kommt die Anästhesistin ins Zimmer, alles in Ordnung?, sie ist eine große Frau, breite Schultern und Hüften, Schwanenhals, blasses Lächeln, ihre langen kalten Hände streifen sie, als sie ihr ein erstes Medikament reicht – damit Sie sich entspannen –, Claire legt sich aufs Bett, ein Müdigkeitsanfall, obwohl sie so erregt ist wie nie. Eine Stunde später kommt der OP-Transportpfleger herein, er greift das Fußende des Betts, man wird Sie auf dem OP-Tisch operieren, und hinterher bringt man Sie in Ihrem Bett zurück, dann schiebt er sie wortlos davon. Sie fahren durch lange Flure, sie weiß nicht, wohin sie schauen soll, sieht langweilige Decken über ihrem Kopf und elektrische Leitungen, die sich winden wie Wasserschlangen. Ihr Herzschlag beschleunigt sich, je näher sie dem OP-Bereich kommen, je mehr Türen mit Zugangscodes und Schleusen sie überwinden. Schließlich wird sie in einen kleinen Saal gefahren, wo man sie warten lässt. Man wird Sie hier abholen. Die Zeit löst sich auf, bald Mitternacht.

Hinter der Tür des OP-Saals überprüft die Anästhesistin, ob alle Vorkehrungen für die Überwachung der Patientin getroffen wurden, ob die Elektroden für die kardiale Überwachung angebracht, die Katheter für das kontinuierliche Blutdruckmonitoring gelegt sind und ob diese Klammer auf dem Finger sitzt, mit der der Sauerstoffgehalt im Blut gemessen wird. Sie schließt die Infusion an, hängt den durchsichtigen Beutel mit klarer Flüssigkeit auf, kontrolliert die Verschlüsse – einfache, von dreißigjähriger Erfahrung geprägte, exakt ausgeführte Gesten –, gut, wir können anfangen, sind alle da? Aber es ist noch niemand wirklich da, das Team macht sich im Umkleideraum fertig, schlüpft in himmelblaue Hosen und Kasacks, kurzärmlige Blusen und langärmlige Jacken, jeder zieht mindestens zwei Hauben über, um die Kopfhaut komplett zu bedecken, und zwei Mundschutzmasken. Schuhe, Überschuhe, paarweise verpackte sterile Handschuhe zum Wechseln. Man wäscht sich gründlich, reibt sich die Unterarme bis zu den Ellbogen mit Desinfektionslösung ein, bürstet sich die Fingernägel, einmal, zweimal, dreimal. Dann betreten sie den OP. Unkenntliche Gestalten nehmen ihre Plätze ein, hantieren an Geräten, doch auch wenn die Gesichter verschwunden sind, bleiben Haltung, Größe, die Art, sich zu bewegen, Körperfülle, Gestik und der Blick, der in diesen vier Wänden seine eigene Sprache spricht. Anwesend sind jetzt ein Kardiotechniker, der Assistenzarzt, zwei Pflegerinnen und zwei Anästhesistinnen – seit dreißig Jahren arbeitet Harfang mit diesem Duo zweier Freundinnen, schon seine erste Transplantation hat er mit ihnen gemacht.

Und nun er, es sieht aus, als träte er zu einem Rennen an. Er trägt einen alles bedeckenden Wickelmantel, der von vorn angezogen und im Rücken gebunden wird, ein Ärmel

ist mit einer Schlaufe am Daumen befestigt – die Waden-
länge erinnert an jene Metzgerschürzen, die schmale Hüften machen. Er richtet ein letztes Wort an Claire: Das Herz
ist in dreißig Minuten da, es ist prächtig, es ist wie für Sie
geschaffen, Sie werden sich gut verstehen. Claire lächelt:
Aber Sie warten schon, bis es im OP ist, bevor Sie mir dieses hier rausnehmen? Harfang, erstaunt: Ist das Ihr Ernst?

Claire wird anästhesiert. Bald zucken Bilder unter ihren
Lidern, weiche Formen und warme Töne stieben durcheinander, unendliche Verwandlungen, kaleidoskopische
Auffächerungen von Zellen und Fasern, während die
Pflegerinnen ihren Kopf und ihren Körper mit großen
gelben Plastikbahnen abdecken, in denen das Operationsfeld ausgespart bleibt: nur ein Stück Haut ist sichtbar, hell
erleuchtet unter dem Lichtkegel der Lampen, anrührend,
der Bereich, in dem man schneiden wird. Harfang führt
die ersten Handgriffe aus, malt mit einem sterilen Stift den
Verlauf der Schnitte auf ihren Thorax, legt die Stellen für
kleine Öffnungen fest – dort wird man Sonden mit Kameras einführen. Dann verkündet der Anästhesist, der am
OP-Telefon hängt: Okay, sie kommen.

Der andere Operationssaal in der nächtlichen Seinemündung ist jetzt entvölkert, die Teams brechen in der umgekehrten Reihenfolge auf, in der die Organe präpariert wurden, die letzten, die bei Simon bleiben, sind die Ärzte, die die Nieren entnommen haben, die Urologen, immer sie. Ihre Aufgabe ist es, wieder einen äußerlich intakten Körper herzustellen.

Thomas Rémige ist ebenfalls da, das Gesicht glänzend vor Müdigkeit, die Wangen hohl, und obwohl eine neue Phase begonnen hat, obwohl sich am Ende des Prozesses die Stunden dehnen, die Zeit zu einer trägeren und weicheren Materie wird, betont er seine Geistesgegenwart. Jede seiner Handlungen, auch die unscheinbarste, ist ein Zeichen dafür, dass es nicht zu Ende ist, nein, es ist noch nicht zu Ende. Natürlich nervt er die anderen, weil er den Kopf über ihre Schultern reckt, weil er den Gesten der Chirurgen und denen der Schwestern zuvorkommt. Es wäre so leicht, jetzt loszulassen, ein bisschen zu schludern, die letzten Pflegemaßnahmen abzukürzen, die Sache rasch zu erledigen, was ändert das schon? Thomas aber trotzt der allgemeinen Erschöpfung oder dem Drang, zum Ende zu kommen, er lässt nicht los: diese Phase der Organentnahme, die Wiederherstellung des Spenderkörpers darf nicht vernachlässigt werden, es ist eine Wiedergutmachung; wir müssen den Körper reparieren, die Schäden beheben. Was wir bekommen haben, so zurückgeben, wie wir es bekommen haben. Sonst ist es Barbarei. Um ihn herum verdreht man seufzend die Augen: Keine Sorge, wir pfuschen nicht, was glaubst du denn, alles wird gemacht wie es gemacht werden muss.

Simon Limbres' Körper ist hohl, an manchen Stellen wirkt die Haut wie von innen angesaugt. Als er in den OP kam, bot er nicht diesen ausgezehrten Anblick, der nun die Verstümmelung verrät und gegen das Versprechen verstößt, das man den Eltern gegeben hat. Die Hohlräume müssen gefüllt werden. Die Ärzte stellen rasch eine Art Polster aus Abdecktüchern und Kompressen her, grobes Stopfmaterial, das es dem Volumen und der Form der entnommenen Organe entsprechend zurechtzuschneiden und dann an Ort und Stelle einzulegen gilt. Sie hantieren und gehen tatsächlich vor wie bei einer Restaurierung: Simon Limbres soll sein ursprüngliches Aussehen zurückerhalten, damit diejenigen, die ihn morgen im Aufbahrungsraum vorfinden werden, ihn und dieses Bild von ihm in ihrem Gedächtnis speichern können, damit sie ihn erkennen als der, der er war.

Man verschließt jetzt den Körper über ihm – über seiner Leere, über seinem Schweigen. Die fortlaufende Intrakutannaht – eine Naht mit durchgehendem Faden, den man an den Enden verknotet – wird zart und gepflegt aussehen, der Arzt stichelt mit feiner, genauer Nadel eine schnurgerade Linie, und es ist erstaunlich, dass die archaische Geste des Nähens, die dem Menschen seit den Ösennadeln der Steinzeit vertraut ist, noch im Operationssaal zum Einsatz gelangen und einen so hochtechnologischen Vorgang abschließen kann. Der Chirurg arbeitet im Übrigen absolut intutiv und ohne sich seines Tuns bewusst zu sein, unter seiner Hand entstehen regelmäßige, kurze, identische Schleifen, die die Wunde zusammenziehen und verschließen werden. Der junge Assistenzarzt ihm gegenüber beobachtet und lernt immer noch – auch er erlebt zum ersten Mal eine Multiorganentnahme, und sicherlich hätte er gern das Nähen übernommen, sicherlich hätte auch er gern Hand an den Körper des Spenders gelegt, um sich dem kollektiven Akt anzuschließen, doch das komplexe Geschehen hat seine Wahrnehmungsfähigkeit erschöpft, und er sieht, Müdigkeit oder Nervosität, schwarze Schmetterlinge vor seinen Augen flattern, er nimmt sich zusammen, er sagt sich, ihm ist nicht schlecht geworden, als das Blut in die Schüssel lief, das ist auch schon mal was, Hauptsache, er hält durch bis zum Schluss.

Um ein Uhr dreißig legen die Urologen ihre Instrumente weg, heben den Kopf, atmen aus, ziehen sich die Maske herunter und verlassen den OP; die Nieren nehmen sie mit. Bleiben Thomas Rémige und Cordélia Owl, die sich unter der Wirkung einer Restspannung auf den Beinen zu halten scheint, fast vierzig Stunden hat sie nicht geschlafen, und sie hat das Gefühl, wenn sie nachlässt, fällt sie um, bricht auf der Stelle zusammen. Sie beginnt mit der Aufräumarbeit. Sortiert die Instrumente, füllt Aufkleber aus, schreibt Zahlen auf Vordrucke, notiert Uhrzeiten, und während sie mit der Unerbittlichkeit eines Automaten diese Verwaltungsformalitäten erledigt, überlässt sie sich ihren Phantasien, Bildern, die in ihrem Kopf aufblitzen, Überblendungen von Körperteilen, Wortfetzen, Ortsfragmenten – der Krankenhausflur mündet in eine köstlich stinkende Toreinfahrt, die Haarsträhne zittert über der Flamme des Feuerzeugs, gelbe Straßenlampen schwanken in den Augen ihres Liebhabers, Sirenen mit grünem Haar räkeln sich auf der Karosserie eines Lieferwagens, ihr Telefon vibriert endlich in der Nacht –, ein poröser Film, vor den sich das Gesicht Simon Limbres' schiebt, den sie am Nachmittag versorgt, den sie prüfend angesehen und berührt hat, und dann denkt die junge Frau, deren Körper mit braunen Knutschflecken übersät ist – Pantherhaut –, plötzlich an die Zeit, die sie brauchen wird, bis diese Stunden sich klären, bis sie die Gewalt herausfiltern, den Sinn durchschauen kann – was habe ich da erlebt? Ihre Augen trüben sich, sie schaut auf die Uhr, zieht sich den Mundschutz herunter, ich sollte kurz auf die Station zurück, die Praktikantin ist allein da oben, ich komme wieder. Thomas nickt, ohne sie anzusehen, in Ordnung, ich mache das hier fertig, lass dir Zeit. Ihre Schritte entfernen sich, und die OP-Tür geht wieder zu. Thomas ist jetzt allein. Er lässt seine Blicke einmal rundum schweifen, und was er sieht, erschreckt ihn: eine Verwüstung, ein Chaos von Geräten und Kabeln, desorientierten Monitoren, benutzten Instrumenten, Bergen von schmutziger Wäsche, der Operationstisch verschmiert und der Boden blutbespritzt. Wer hier hereinschaute, würde im kalten Licht blinzeln und glauben, einen Kriegsschauplatz, einen Ort der Gewalt vor sich zu haben – Thomas schaudert und macht sich an die Arbeit.

Simon Limbres' Körper ist jetzt nur noch eine leere Hülle. Was vom Leben übrig bleibt, wenn es sich zurückgezogen hat, was der Tod auf dem Schlachtfeld hinterlässt. Es ist ein geschändeter Körper. Gehäuse, Karkasse, Haut. Und diese Haut nimmt allmählich die Farbe von Elfenbein an, im grellen Licht der Operationsleuchte scheint sie hart zu werden, ein trockener Panzer, ein Harnisch, eine Rüstung, und die Narben, die sich über den Bauch ziehen, lassen an einen Todesstoß denken – die Lanze in der Flanke des Gekreuzigten, der Schwerthieb des Kriegers, die Klinge des Ritters. Ist es die Geste des Nähens, die den Gesang des Aöden, des Rhapsoden der alten Griechen, heraufbeschwört, ist es Simons Gesicht, die Schönheit des eben erst der Meereswelle entstiegenen jungen Mannes, sein Haar, noch voll Sand und gelockt wie das der Gefährten des Odysseus, was ihn verwirrt, ist es seine kreuzförmige Narbe? Jedenfalls fängt Thomas an zu singen. Ein leiser Gesang, kaum hörbar für jemanden, der sich mit ihm im Raum befände, ein Gesang, der die zur Totenwaschung gehörenden Handgriffe untermalt, der sie begleitet und beschreibt.

Das notwendige Material für die hygienische Versorgung des Toten vor der Aufbahrung steht auf einem Rollwagen bereit. Thomas hat sich eine Wegwerfschürze über seinen Kittel gebunden, Einmalhandschuhe übergestreift, Handtücher – auch sie werden nur ein einziges Mal, für Simon Limbres, benutzt –, weiche Zellstoffkompressen und einen gelben Müllsack zurechtgelegt. Zuerst drückt er dem Jungen die Augen zu, dann rollt er, um seinen Mund zu schließen, zwei Tücher zusammen, legt das eine unter den Hinterkopf, so dass der Nacken gebeugt ist, und das andere in Längsrichtung auf den Brustkorb, um das Kinn zu stützen. Hierauf entfernt er alle Fremdkörper, die Drähte und Schläuche, die Sonden und den Blasenkatheter, er befreit ihn von allem, was man ihm eingeführt und angehängt hat und was die Sicht auf ihn versperrt, und nun liegt Simon Limbres' Körper da und erscheint plötzlich nackter als nackt: ein menschlicher Körper, der aus der Menschheit herauskatapultiert wurde, eine beunruhigende Materie, die in der Nacht des Magmas, im formlosen Raum der Sinnlosigkeit treibt; durch Thomas' Gesang aber wird er wieder fassbar. Denn dieser Körper, den das Leben zerschlagen hat, findet unter der Hand, die ihn wäscht, in dem Atem der singenden Stimme seine Einheit wieder; dieser Körper, der etwas Außergewöhnliches erlitten hat, kehrt jetzt zum gewöhnlichen Tod, in die Gesellschaft der Menschen zurück. Sein Lob wird gesagt werden, man macht ihn schön.

Thomas wäscht den Körper, seine Bewegungen sind ruhig und fließend, seine singende Stimme erhebt sich über dem Leichnam, bezieht daraus ihre Kraft, sie löst sich von der Sprache, macht sich von der irdischen Syntax frei, um genau den Ort des Kosmos einzunehmen, wo Leben und Tod sich kreuzen: sie atmet ein und aus, ein und aus, ein und aus; sie begleitet die Hand, die ein letztes Mal über das Relief des Körpers wandert, erkennt jede Falte und jedes Stück Haut, einschließlich der Tätowierung auf der Schulter, dieser Arabeske von grünlichem Schwarz, die Simon sich in jenem Sommer hatte ins Fleisch stechen lassen, als er fand, sein Körper gehöre ihm, sein Körper müsse etwas von ihm ausdrücken. Thomas presst jetzt einen Tupfer auf die Einstichstellen der Katheter, er legt dem Jungen eine Windelhose an und frisiert ihn sogar noch einmal, um sein Gesicht zum Strahlen zu bringen. Der Gesang erfüllt den Operationssaal, während Thomas den Leichnam in ein makelloses Laken hüllt – das später um Kopf und Füße geschlungen wird –, und wenn man ihn so arbeiten sieht, denkt man an das Bestattungsritual, das die unversehrte Schönheit des griechischen Helden nach dem bewusst gewählten Tod auf dem Schlachtfeld bewahrt, an die spezielle Behandlung, die dazu dient, sein Bild wiederherzustellen, um ihm einen Platz im Gedächtnis der Menschen zu sichern. Damit die Städte, die Familien und die Dichter seinen Namen besingen, seines Lebens gedenken können. Es ist ein schöner Tod, Gesang zu einem schönen Tod. Keine Erhebung, kein Offertorium, keine Verherrlichung der Seele des Verstorbenen, die wolkenumwogt zum Himmel aufsteigt, sondern eine Erbauung:

er rekonstruiert Simon Limbres' Einzigartigkeit. Er lässt den jungen Mann mit dem Surfbrett unterm Arm aus den Dünen kommen und mit den anderen zum Wasser laufen, er lässt ihn wegen einer Beleidigung Streit anfangen und tänzelnd mit den erhobenen Fäusten fuchteln, er lässt ihn beim Konzert in den Kreis vor der Bühne springen und wie ein Irrer pogen, er lässt ihn in seinem Kinderbett auf dem Bauch schlafen und Lou herumwirbeln – die kleinen Beine fliegen übers Parkett –, er lässt ihn sich um Mitternacht zu seiner Mutter setzen, die in der Küche raucht, um mit ihr über seinen Vater zu sprechen, er lässt ihn Juliette ausziehen und ihr die Hand geben, damit sie am Strand ohne Furcht von der Mauer springt, er versetzt ihn in einen postmortalen Raum, den der Tod nicht mehr erreicht, den Raum des unsterblichen Ruhms, der Legenden, des Gesangs und der Schrift.

Eine Stunde später kommt Cordélia zurück. Sie hat einen Rundgang durch die Station gemacht, hat jede Tür geöffnet, im Aufwachraum nach dem Rechten gesehen, hat in den Zimmern die Vitaldaten, die Perfusorpumpen und die Urinbeutel kontrolliert, sie hat sich über die Patienten gebeugt, die da schliefen, über ihr Gesicht, das sich manchmal vor Schmerz verzerrte, sie hat ihre Haltung beobachtet, ihrem Atem gelauscht, und dann ist sie wieder hinuntergegangen zu Thomas. Sie überrascht ihn dabei, wie er singt, hört ihn, noch bevor sie ihn sieht, denn seine Stimme ist jetzt laut, sie bleibt verwirrt stehen, mit dem Rücken an die Tür gelehnt, die Arme lang am Körper, den Kopf im Nacken, sie hört zu.

Nach einer Weile schaut Thomas auf. Du kommst gerade recht. Cordélia tritt an den OP-Tisch. Das weiße Laken ist bis zu Simons Brustbein hochgezogen, er feilt an seinen Gesichtszügen, glättet die Haut, streicht über die zarten Knorpel, modelliert die Lippen. Ist er schön?, fragt Thomas; ja, sehr, antwortet sie. Dann sehen sie sich konzentriert an und heben zusammen, jeder an einem Ende, den ins Laken gewickelten Körper hoch, der trotz allem noch schwer ist, und legen ihn auf eine Trage, bevor sie die Leute vom Aufbahrungsraum anrufen. Morgen früh wird Simon Limbres seiner Familie, Sean und Marianne, Juliette und Lou, seinen Vertrauten, in unversehrtem Zustand übergeben.

Das Flugzeug landet um null Uhr fünfzig in Le Bourget. Die Zeit drängt. Tadellose logistische Koordination, ein Wagen erwartet sie. Es ist kein Taxi, sondern ein auf solche Aufgaben spezialisiertes und temperaturgeregeltes Einsatzfahrzeug – auf den Türen steht Organtransport. Tiefe Ruhe herrscht im Innern, die Spannung ist greifbar, doch keine Spur von demonstrativer Hektik für irgendeine Fernsehreportage zum Ruhm der Transplanteure und der heroischen Menschenkette, kein hysterisches Getue zur rot leuchtenden Anzeige auf dem Armaturenbrett, auch noch kein Blaulicht und keine Stafette weißbehelmter und schwarzgestiefelter Motoradfahrer mit unbeweglicher Miene und verkrampftem Kiefer, die mit großem Trara den Weg bahnen. Die Sache geht ihren Gang, sie ist unter Kontrolle, und der Verkehr auf der Autobahn fließt, der Wochenendstau hat sich an diesem Sonntagabend schon aufgelöst: vor ihnen liegt Paris unter einer Kuppel diffusen Lichts. Ein Anruf aus dem OP, während sie am Industriepark Garonor vorbeifahren: Die Patientin liegt auf dem OP-Tisch, wir beginnen mit der Präparation, wo seid ihr? Wir sind noch zehn Minuten von La Chapelle entfernt. Wir sind in der Zeit, murmelt Virgilio und schaut zu Alice, ihr Nachtvogelprofil – die gewölbte Stirn, die Hakennase, die schöne seidige Haut – ragt aus dem Pelzkragen ihres weißen Mantels, sie sieht wirklich wie eine Harfang aus, denkt er.

In Höhe des Stadions stockt es. Mist. Virgilio richtet sich auf, verkrampft sich sofort. Was haben die da noch zu suchen? Der Fahrer bleibt ruhig. Das ist das Spiel, sie wollen nicht nach Hause. Im Stau drängeln sich Autos mit jungen Typen, die italienische Fahnen aus dem offenen Fenster halten und im Freudentaumel in der Kälte schwenken, von den Vereinen angemietete Fan-Busse und in der euphorischen Menge eingeklemmte Kühltransporter. Weiter vorne wird ein Auffahrunfall angezeigt. Alice stößt einen Schrei aus, Virgilio hält den Atem an. Zentimeter um Zentimeter gelingt es dem Fahrer, die Lücken zwischen den Karosserien zu erweitern, um sich mit seinem Fahrzeug hineinzuzwängen und den Seitenstreifen zu erreichen, auf dem er mit verminderter Geschwindigkeit an der Unfallstelle vorbeifährt, nach etwa einem Kilometer ist die Fahrbahn leer, und er beschleunigt, bis die Lichtpunkte an den Leitplanken nur noch ein leuchtendes Band in der Nacht sind. Bei La Chapelle neuerliches Stocken. Wir nehmen den Périphérique. Am östlichen Rand der Stadt folgen die Ausfahrten aufeinander, von der Porte d'Aubervilliers bis zur Porte de Bercy, eine lange Biegung, am Ende schert der Wagen nach rechts aus, fährt nun stadteinwärts, die Seinekais kommen, die Türme der Bibliothek, dann eine Linkskurve, und sie sind auf dem Boulevard Vincent-Auriol, in Höhe der Metrostation Chevaleret bremst der Fahrer ab, biegt ins Klinikgelände ein, sie sind da, der Wagen bleibt vor dem Gebäude stehen – zweiunddreißig Minuten, nicht schlecht, Virgilio lächelt.

Im OP schaut man kaum auf, als sie zusammen eintreten und die Box zu Füßen des OP-Tischs abstellen wie einen Schatz. Ihr Kommen bedeutet keine Veränderung des Ablaufs, keine Unterbrechung der Operation, die hier bereits begonnen hat, und man begrüßt sie nur flüchtig. Sie haben schon ihre sterile Kleidung an, Unterarme und Hände gewaschen und desinfiziert – Virgilio sieht von Alice jetzt nur noch die seltsamen, trägen, dichten Augen, in denen sich Gelbtöne mischen, Chartreuse, Honig, Rauchtopaz. Harfang fragt immerhin: Na, ist alles gutgegangen mit dem Herzen? Und Virgilio antwortet genauso ungezwungen: Ja, bloß ein Unfall auf der Rückfahrt.

Das Herz wird in einer Schale bereitgestellt. Alice steigt auf eine Trittleiter am Ende des OP-Tischs, um die Transplantation zu beobachten, sie ist etwas wacklig auf den Beinen, als sie die Stufe erklimmt, Virgilio dagegen verdrängt entschlossen den Assistenzarzt von seinem Platz, es fehlt nicht viel, und er hätte ihm die Instrumente aus der Hand genommen, alles an ihm verrät seinen Willen, hier zu sein, unter den drei Lampen, über dem Thorax, und Harfang gegenüberzustehen. Jetzt arbeiten sie zusammen.

Beim Anblick von Claires Herz stößt Harfang plötzlich einen Pfiff aus, das ist ja wirklich in schlechter Verfassung, ruft er, darauf kann man doch leicht verzichten, und um ihn herum wird zustimmend gekichert – man wundert sich, ihn als OP-Unterhalter und Showmaster zu erleben, während er zugleich auf jedes Mitglied seines Teams einen furchtbaren Druck ausübt und die Augen überall hat, sogar am Hinterkopf, aber der OP ist der einzige Ort, an dem er sich lebendig fühlt, wo er zeigen kann, wer er ist, wo er seine atavistische Leidenschaft für die Arbeit, seine manische Strenge, seinen Glauben an den Menschen, seinen Größenwahn, sein Machtbedürfnis ausleben kann; hier ruft er seine Vorväter auf, erinnert an all jene, die die Technik der Herzverpflanzung entwickelt haben, die ersten Transplanteure, die Pioniere, Christiaan Barnard in Kapstadt 1967, Norman Shumway in Stanford 1968 oder auch Christian Cabrol hier, in La Pitié, die Erfinder der

Herztransplantation, die sie erdacht, im Geist unzählige Male in ihre Bestandteile zerlegt und wieder zusammengesetzt haben, bevor sie sie wirklich durchführten, alles Männer der sechziger Jahre, Arbeitstiere und charismatische Stars, Konkurrenten in den Medien, die sich die Schlagzeilen streitig machten und nicht zögerten, einander auszustechen, Verführer, die mehrmals heirateten, umringt von Mädchen in Reitstiefeln und Mary-Quant-Minirock, geschminkt wie Twiggy, Autokraten von wahnwitziger Kühnheit, mit Ehren überhäuft, aber Berserker.

Zunächst muss man sich um die Gefäße kümmern, die das Organ mit Blut versorgen. Die Venen werden eine nach der andern abgeklemmt und kanüliert – Harfang und Virgilio arbeiten schnell, aber die Schnelligkeit scheint entscheidend zu sein, würden sich ihre Hände verlangsamen, liefen sie Gefahr zu zittern –, dann, das ist beeindruckend, wird das Herz aus dem Körper entnommen und der extrakorporale Kreislauf in Gang gesetzt: eine Maschine wird für zwei Stunden Claires Herz ersetzen, eine Maschine, die den Blutkreislauf in ihrem Körper aufrechterhält. In diesem Augenblick bittet Harfang um Ruhe, er schlägt mit einer Klinge gegen einen Instrumentenstiel und spricht dann durch seine Maske die in diesem Stadium der Operation üblichen rituellen Worte: Exercitatio anatomica de motu cordis et sanguinis in animalibus – eine Hommage an William Harvey, der 1628 als Erster das System des Blutkreislaufs im menschlichen Körper beschrieben und das Herz bereits als eine hydraulische Pumpe bezeichnet hat, einen Muskel, der durch seine Bewegungen und sein Pulsieren für einen kontinuierlichen Blutfluss sorgt. Alle im OP antworten, ohne die Arbeit zu unterbrechen: Amen!

Den Kardiotechniker verwirrt das seltsame Ritual. Er kann kein Latein und fragt sich, was hier vorgeht. Es ist ein junger Typ mit langen gebogenen Wimpern, fünfundzwanzig, sechsundzwanzig, der Einzige hier, der nie mit Harfang gearbeitet hat. Er sitzt auf einem hohen Hocker vor seiner Maschine, ein wenig wie der Discjockey vor den Plattentellern, und niemand hier würde sich in dem Wirrwarr von Schläuchen, die aus schwarzen Gehäusen quellen, besser auskennen als er. Gefiltert und mit Sauerstoff angereichert, fließt das Blut in ein Geflecht durchsichtiger dünner Kanülen, farbige Klebepunkte zeigen die Richtung an. Das Elektrokardiogramm auf dem Monitor zeigt eine Null-Linie, die Körpertemperatur beträgt 32° C, aber Claire lebt. Die Anästhesisten wechseln sich ab, um die Vitalparameter und die Narkosetiefe zu kontrollieren. Es kann weitergehen.

Virgilio bückt sich nach der Schale mit dem Herzen. Die Verschlüsse der verschiedenen Beutel, die es schützen, werden mit Desinfektionsmittel eingesprüht und geöffnet, dann nimmt er das Organ mit beiden Händen heraus und bettet es in den Brustkorb. Alice, immer noch auf der kleinen Trittleiter, schaut fasziniert zu, sie stellt sich auf die Zehenspitzen und verliert beinahe das Gleichgewicht, als sie sich vorreckt, um zu sehen, was dort im Körperinneren abläuft – sie ist nicht die Einzige, die einen langen Hals macht, der Assistenzarzt, der neben Harfang steht, drängt sich auch näher heran, er ist schweißgebadet, und die Brille rutscht ihm von der Nase, er kann sie gerade noch festhalten und wendet sich ab, um sie wieder aufzusetzen, stößt dabei aber an einen Infusionsschlauch, pass bitte auf, ermahnt ihn knapp der Anästhesist und reicht ihm eine Kompresse.

Die Chirurgen beginnen jetzt mit einer langen Näharbeit: sie müssen das neue Herz anschließen, indem sie es, von unten nach oben vorgehend, an vier Stellen mit dem Gewebe des Empfängers verbinden – an den linken Vorhof des Empfängers wird der komplementäre Teil des linken Vorhofs des Spenderherzens genäht, entsprechend geschieht es mit dem rechten Vorhof, die Lungenarterie des Empfängers wird mit dem Ausgang der rechten Kammer des Spenders verbunden, die Aorta mit dem Ausgang der linken Kammer. In regelmäßigen Abständen massiert Virgilio das Herz, er luxiert es mit beiden Händen, dabei verschwinden seine Handgelenke in Claires Körper.

Jetzt kehrt so etwas wie Routine ein, Gesprächsfetzen sind zu hören, manchmal erheben sich laute Stimmen, OP-Späße, Insiderwitze. Mit der Herablassung und der geheuchelten Kumpelhaftigkeit, die Virgilio nervt, erkundigt sich Harfang bei ihm nach dem Spiel: Na, Virgilio, was sagst du zur Strategie der Italiener, meinst du, damit kommen schöne Spiele zustande? Und so erwidert der junge Mann nur knapp: Pirlo ist ein sehr guter Spieler. Der Körper wird bei Hypothermie operiert, aber im OP ist es jetzt heiß, man trocknet den Ärzten die Stirn, die Schläfen und Lippen, man hilft ihnen, regelmäßig die Kittel und die Handschuhe zu wechseln – die Schwester reißt die Packung auf und reicht die Handschuhe flach und halb auf links gedreht an. Die menschliche Energie, die hier verausgabt wird, die physische Spannung, aber auch die Dynamik des Vorgangs – nichts Geringeres als eine Weitergabe von Leben –, all das muss diese Feuchtigkeit erzeugen, die immer drückender im Raum hängt.

Schließlich ist alles vernäht. Die vier Herzkammern werden entlüftet, um zu verhindern, dass Luftblasen in Claires Gehirn gelangen: nun kann das Herz durchblutet werden.

Die Spannung um den OP-Tisch steigt, Harfang verkündet, okay, es ist so weit, wir können füllen. Es geht los. Die Füllung der Koronararterien ist Millimeterarbeit, der Druck muss genauestens kalibriert sein, wenn er zu groß ist, verformt sich das Transplantat und gewinnt nie wieder seine ursprüngliche Gestalt zurück – die Schwestern halten den Atem an, die Anästhesisten liegen auf der Lauer, der Kardiotechniker schwitzt, nur Alice bleibt unerschütterlich. Niemand rührt sich mehr, eine tiefe Stille liegt über dem OP-Tisch, während das Herz langsam durchblutet wird. Dann kommt endlich der entscheidende Moment. Virgilio greift zu den Elektroden, er will sie Harfang reichen, einen Blickwechsel lang bleiben sie in der Luft, dann fordert Harfang mit einer Kinnbewegung Virgilio auf, los, mach du es – und in diesem Augenblick sammelt Virgilio vielleicht alles, was er an Gebet und Aberglauben kennt, vielleicht fleht er zum Himmel oder vielleicht denkt er im Gegenteil auch an all das, was vollbracht worden ist, an alle Taten und Worte, alle Räume und Gefühle –, er setzt sorgfältig die Elektroden ans Herz, wirft einen Blick auf das Elektrokardiogramm. Bereit? Schuss! Das Herz erhält einen Stromstoß, die ganze Welt starrt auf das, was jetzt Claires Herz ist. Das Organ regt sich leise, zuckt zweimal, dreimal, dann nichts mehr. Virgilio schluckt, Harfang stützt sich mit den Händen auf den Tisch, und Alice ist so weiß, dass der Anästhesist, aus Angst, sie könnte umfallen, sie am Ärmel zieht, damit sie von der Leiter steigt. Zweiter Versuch. Bereit?

»Schuss!«

Nun zieht sich das Herz zusammen, ein Beben, dann fast unmerkliche, aber, wenn man sich nähert, sichtbare Erschütterungen, ein schwaches Pulsieren, das Herz fängt langsam an, Blut durch den Körper zu pumpen, es nimmt wieder seinen Platz ein, bald schlägt es regelmäßig, merkwürdig schnell, ein Rhythmus entsteht, es ist ein Pochen, wie man es vom Herzen eines Embryos kennt, dieses hektische Klopfen, das man beim ersten Ultraschall hört, und es ist ja der Anfang, das erste Pochen, das die Morgendämmerung anzeigt.

Hat Claire in ihren Anästhesieträumen Thomas Rémiges Gesang gehört, diesen Gesang vom schönen Tod? Hat sie seine Stimme gehört, als sie um vier Uhr in der Nacht das Herz von Simon Limbres empfing? Noch eine halbe Stunde erhält sie extrakorporale Kreislaufunterstützung, dann wird ihr Brustkorb verschlossen, die letzten Wundhaken werden entfernt und geben das Gewebe für eine zarte Hautnaht frei, anschließend bleibt sie unter Überwachung im OP, umringt von den schwarzen Bildschirmen, über die hell die Wellen ihres Herzens laufen, so lange, bis ihr Körper sich wieder etwas erholt hat, so lange, bis man wie besessen aufgeräumt, die Instrumente und Kompressen gezählt und das Blut aufgewischt hat, so lange, bis das Team auseinandergeht, jeder die OP-Kleidung abgelegt, sich wieder angezogen, sich frisch gemacht und die Hände gewaschen hat und das Krankenhausgelände verlässt, um in die erste Metro zu springen, so lange, bis in Alice' Gesicht die Farbe zurückkehrt und sie ein Lächeln riskiert, während Harfang ihr zuflüstert, nun, kleine Harfanguette, was sagst du zu alldem?, so lange, bis Virgilio seine Haube abnimmt, die Maske herunterzieht und sich entschließt, ihr vorzuschlagen, auf ein Bier, einen Teller Pommes oder ein blutiges Steak nach Montparnasse zu gehen, damit die Stimmung noch ein Weilchen anhält, bis sie in ihren weißen Mantel schlüpft und er über den Pelzkragen streicht, bis schließlich Licht ins Unterholz fällt, das Moos blau schimmert, der Distelfink singt und das große Surfen durch die digitalisierte Nacht zu Ende geht. Es ist fünf Uhr neunundvierzig.